아이의 생각력을
키우는 독서교육

4차 산업혁명시대 생각력이 자본이다

아이의 생각력을 키우는 독서교육

김지영 지음

바이북스
ByBooks

엄마! 독서력 좀 키워주세요

"사람은 책을 만들고 책은 사람을 만든다." 신용호 선생님의 말씀에서 독서를 해야 하는 이유를 찾는다. 대개는 독서를 해야 하는 이유가 '선진국은 책을 많이 읽고, 성공한 사람들은 독서광이고, 책 읽는 아이는 공부를 잘한다' 등이라고 말한다. 사실이다. 검증된 독서의 효과들이다.

독서육아와 교육에 관련한 책에는 독서 영재, 독서로 사교육 없이 특수고등학교, 명문대 입학한 이야기, 독서로 영어 공부한 이야기 등 성적에 관련한 내용이 많다. 그런데 독서로 크는 아이들의 행복하고 가치로운 삶을 살아가고 있는지에 대한 이야기가 담긴 책은 없는 듯하다. 사교육을 하지 않고 책을 읽으면서 행복하게 크고 있다는 성장 이야기는 결과가 없기에 부모들에게 불안함이 된다.

부모들은 성적을 높이기 위한 수단으로 책 읽기를 강요한다. 어른들에게 독서는 아이들이 해야 하는 공부쯤으로 생각하는 경우가 종종 있다. 1년에 책 한 권도 읽지 않는 부모들이 생각 외로 많다. 어떤 부모는 아이들 책은 사주지만 자기 책을 돈 주고 사본 적이 없다고 한다. 나의 책 읽기에도 성공과 사교육 없이 상위권을 유지하기를 바라는 마음이 은근히 숨어 있었고 지금도 숨어 있음을 인정한다. 그러나 성적을 올리고 싶은 내밀한 마음이 독서의 목적은 아니다.

독서를 해야 하는 이유는 사람을 만들기 위해서다. 사람다운 사람이 책을 만들고 그 책이 다시 누군가를 사람으로 만들기 때문이다. 즉 사람다운 사람이 국민이고 나라의 주인이 되기 위해 독서를 해야 한다. 독서로 강국이 되기 위해서는 '어떻게 하면 독서를 많이 하게 할까?'의 대중적 질문보다 '왜 독서를 하지 않을까?' 근본적 질문을 해야 한다. 질문을 바꾸면 원인을 알 수 있다. 원인은 바로 독서의 목적에 있다. 독서를 삶의 질을 높이고 즐거움을 추구하는 욕구로 하지 않고 공부와 성공을 목적으로 하기 때문이다.

우리가 독서를 해야 하는 이유는 사람다운 사람으로 성장하기 위해서다.

사람다운 사람으로 성장한다는 말 안에는 큰 의미가 담겨 있다.

엄마는 엄마답게 성장하고, 아빠는 아빠답게 성장하고, 정치인은 정치인답게 성장하고, 유치원 원장은 원장답게 성장하고, 대통령은 대통령답게 성장하고, 학생은 학생답게 성장하고 각자가 자기답게 살아간다는 것은 최상의 조화로운 삶이다. 각자가 '답게' 살지 못하니 인성이 무너지고 청소년 문제가 심각해지고 우울해지고 옳음을 분별하는 생각력이 약한 사람들이 많아져 나라가 혼란스럽다.

부모와 아이 모두 독서를 해야 한다.

부모들이 독서를 해야 하는 이유는 '부모가 독서를 해야 아이들이 독서를 한다'의 논증을 위해서가 아니라 성공과 행복을 위해서다. 성공은 가치로운 성장을 공유하는 것을 의미하고 행복은 건강하고 강한 내면의 힘을 의미한다. 나에게 책 읽기는 불행한 삶에서 행복한 삶으로 이어주는 징검다리가 되었다. 그 맛을 알기에 한 명이라도 더 불행한 삶에서 행복한 삶을 선택하기를 응원한다. 생각이 없이 공부만 하고 살아가는 아이들에게 생각 있게 공부하는 방법이 더 행복한 삶이라는 것을 가르치는 어른이 필요하다.

아이들이 독서를 해야 하는 이유는 상위권 성적을 위해서가 아니라 지성인과의 대화, 의식 있는 사람과의 만남, 가치 있는 삶의 추체험 현장, 세상을 연결하는 장소여야 한다.

주위 사람들은 스스로 책을 찾아 읽는 딸아이를 부러워하면서 "엄마가 책을 읽으니까 아이가 책을 잘 읽는다"라고 말한다. 결론부터 이야기하면 아니다. 물론 엄마가 책을 좋아해서 아이가 책을 좋아하게 된 동기는 될 수 있었다.

나는 매일 책 읽는 엄마이고 딸은 매일 책 먹는 아이다. 책으로 성장하는 엄마와 책으로 크는 아이의 진솔한 이야기를 통해 부모들의 마음이 세워지고 아이들의 마음이 세워지고 나라가 세워지기를 간절히 바란다.

대한민국 국민 한사람이라도 더 행복한 삶을 선택하기를 바라는 간절한 마음을 담았고, 매일 아이들 손에 스마트폰이 들려 있는 나라가 아니라 책이 들려 있는 나라가 되기를 바라는 마음을 담았다.

우리나라 아이들 마음의 소리가 들리는가? 엄마! 독서력 좀 키워주세요.

김지영
책으로 성장하는 엄마(독서 라이프 코치)

제4장 생각력을 키우는 독서코칭

제5장 독서 습관 환경 만들기

제1장

독서는 인생수업
마중물이다

엄마가 독서를 하는 이유

독서가 삶에 어떤 영향을 주었기에 평생 독서 라이프 코치로 살아가기를 소망할까?

나에게 독서란? 단 한마디로 정의하라면 '치료제'다.

치료제라고 정의한 이유, 엄마인 내가 독서를 하는 이유, 여러분이 독서를 해야 하는 이유는 크게 여덟 가지다.

첫째, 독서는 나에게 살아가는 이유를 주었다.

대개의 사람들은 남과 비교하며 불행한 삶을 사는 데 애를 쓰며 살아간다. 나처럼 말이다. 불행한 삶을 살 때 살아가는 이유는 목숨이 붙어 있기 때문이었다. 죽지 못해 산다는 분들의 말처럼 하루하루를 이어나가는 삶이었다. 엄마가 되기 전에는 죽음과 삶에 대해 진지하게 생각을 해본 적이 없다. 출산을 하고 아주 무섭게 찾아온 우울증이 엄마는 살아 있어야 한다는 마음 안에 죽음의 탈을 쓰고 넘나들었다. 엄마가 된 것도 아이를 잘 키워야 한다는 것도 무섭게 만드는 우울증을 독서로 몰아냈다. 육아휴직 일 년 반 동안 300권의 책을 읽은 듯하다.

죽음을 맞이한 랜디 포시의 《마지막 강의》, 위지안의 《오늘 내가 살아가는 이유》를 읽고 살아 있음에 감사하는 법을 배웠고 김혜영, 닉 부이치치, 장영희, 이지선, 김혜남, 고정욱, 오세은, 이지영 작가 등의 책을 읽으며 내가 살아가야 할 이유를 찾았다.

둘째, 독서는 나에게 가슴을 뛰게 하는 꿈과 행동으로 옮길 수 있는 용기를 주었다.

꿈이 무엇인지 모른 채 하루하루 살아가는 하루살이 삶이었고 다람쥐 쳇바퀴 돌 듯 매일 같은 일상을 죽을 힘을 다해 살아가며 불평하는 삶이었다. 꿈을 키워주는 학교에서도 꿈을 찾아준다는 다양한 강의와 연수에서도 찾지 못했던 가슴 뛰는 꿈을 책에서 찾았다. 그 꿈은 지금까지 듣던 좋은 직업도 아니었고 거창함도 아니었다. 내 가슴이 무엇인가를 하고 싶은 마음이 들게 했고 그것을 행동으로 옮길 수 있는 용기를 주었다. 독서는 나에게 인생의 걸림돌이라 생각했던 것들을 디딤돌로 생각하게 하는 마법을 부렸다. 실수와 실패가 인생의 걸림돌이 아니라 배움의 과정이고 꿈을 이루는 과정임을 알게 했다. 지금도 수없이 많은 꿈을 꾸고 행동으로 옮겨보는 과정 중에 있다.

셋째, 독서는 나에게 한결같은 친구였고 어버이 같은 스승이었다.

진정한 친구 한 명만 있어도 외롭지 않다고 했다. 사람들의 대부분은 위로보다 동정을 하고, 당신보다 더 어려운 경험을 가지고 있다는 어설픈 위안을 주고, 격려보다 해결을 해주려고 한다. 배신도하고, 자기의 이익을 위해 이용을 하고, 서로 필요에 의한 관계를 유지하기도 한다. 사람이 나빠서가 아니라 살아가는 방식이기 때문이다. 개인주의적 사회로 변화해가는 요즘 같은 세상에 진정한 친구 한 명 만나기는 더 어렵다. 책은 나에게 무조건 위안을 주는 한결같은 친구였다. 손을 뻗으면 언제나 내 옆에서 가슴 깊은 울림으로 위로가 되어주는 진정한 친구다. 지칠 때면 가장 먼저 손을 내밀고 다가와 말을 건네고 가장 너른 품으로 마음을 다독여준다. 마음을 공감해주는 한 문장을 만나면 밑줄을 긋고 내 마음을 글로 마구 쏟아낸다. 내가 어떤 말을 해도 따지지도 나무라지 않고 그저 들어주는 친구다. 때로는 지금까지 배우지 못하고 생각하지 못했던 세상의 이치를 엄하게 가르치는 스승이었다.

대충 살아가는 나에게 삶의 의미와 가치 있는 삶의 의미를 일깨워 주고 하루 24시간은 누구에게나 공평하게 주어지지만 각자 쓰는 시간만큼만 자기의 시간이라는 것도 어디에 쓰느냐에 따라 가치가 달라진다는 것도 깨닫게 해준 존경하는 스승이다.

자식을 사랑하는 어버이의 마음으로 가치로운 삶을 살아가도록 매질을 하는 어버이 같은 스승이었다.

넷째, 독서는 나를 바라보고 타인을 바라보는 법을 가르쳐주었다.

독서를 하기 전까지는 나의 눈으로 타인을 먼저 보면서 살았다. 타인의 상처를 볼 수 있었다는 것이 아니라 타인의 시선을 의식하며 나를 외면하고 살았다. 내 마음이 어떤지, 나는 어떤 사람인지를 성찰하는 시간보다 타인이 바라보는 나는 어떤 사람일지를 고민하며 맞추려 노력하고 살았다. 나의 삶에 가장 중요한 내가 없었다. 독서를 한 후에는 삶의 주인이 되어 살아가고 있으며, 타인의 상처를 깊이 응시하는 법도 배워가고 있다. 나를 바라보게 되니 타인의 상처도 기쁨도 보이기 시작했다. 나를 인정하고 공감하기 시작하니 타인도 인정하고 공감되기 시작했다. 더불어 함께 사는 삶을 위해서는 나를 먼저 바라보는 법을 배워야 한다.

내가 없는 불행했던 삶에 나를 찾아준 것도 독서였고 더불어 살아가는 사회에 만나게 되는 모든 사람을 응시하는 여유를 갖게 한 것도 독서였다.

사람은 누구나 상처를 가지고 살고 있다. 상처를 의식하고 사는 사람들도 있지만 무의식 속에 있어서 모르고 살고 있기도 하다. 상처를 덤덤하고 감사한 마음으로 받아들일 수 있는 마음근력도 독서를 통해 키워가고 있다.

다섯째, 독서는 나에게 삶의 긍지와 끊임없는 생명력을 불어 넣어주었다.

꿈을 가지고 있다고 언제나 가슴이 뛰는 건 아니고 용기를 가지고 있다고 언제나 용기가 샘솟는 것도 아니다. 매일 기분 좋은 시간만 있을 수도 없다. 내 마음의 면역력이 약하기 때문에 주위의 작은 자극에도 불같이 화가 나기도 했다가 기분이 좋기도 했다가 우울하기도 했다가 행복하기도 한 시간들이다. 어느 날은 살아가고 있는 삶이 가치 있고 어느 날은 살아지고 있는 삶이 생명력을 잃어버리기도 한다.

한 권의 독서를 하고 또 한 권의 독서를 하고 이렇게 쉬지 않고 독서를 하니 점과 점이 모여 선이 되듯이 들쑥날쑥하던 마음과 마음이 모여 긍지와 생명력이 이어져 갔다. 기복의 틈이 짧아지고 어느새 선이 되었고 지금은 더 단단한 선을 이어가고 있다.

부모교육에서 만나는 부모들이 강의를 들을 때는 좋은데 돌아서면 잊어버리고, 엄마의 본연 모습으로 아이를 대하니 혼란스러움을 주는 것 같다는 이야기를 자주 한다. 원래 그런 거다. 한 번 밥을 먹었다고 배가 계속 부른 상태가 아니라 하루에 삼시세끼를 먹는 것처럼 부모교육과 독서도 그렇게 하는 거다. 한번 듣고 본연의 모습으로 돌아오면 또 듣고 또 듣고 하면서 건강한 부모의 삶을 이어가는 거다. 독서도 그렇다. 한 권 읽고 긍지와 생명력이 배가 불렀다가 고파질 때쯤 다시 한 권 읽고 하면서 말이다. 독서는 삼시세끼를 먹듯 생활의 일부가 되어야 한다.

매일 독서를 하니 삶의 긍지가 이어지고 생명력이 생긴다. 독서는 삶의 긍지와 끊임없는 생명력을 불어 넣어주는 신앙이 되었다.

여섯째, 독서는 나에게 옳은 것과 그른 것을 구분하는 변별력과 소신을 주었다.

책을 읽어야겠다는 생각으로 책을 읽기 시작한 것은 양육정보를 얻기 위함이었고, 변별력이 없었기에 전문가의 이야기는 아무런 비판 없이 무조건 옳다고 믿었다. 점점 독서의 양이 많아질수록 양육 정보들이 풍부해지고 교육에 관련한 공부를 할수록 지식이 많아지니, 책은 작가의 생각이 담겨 있거나 전문적인 정보가 담겨 있는 것이라는 것을 변별하는 힘이 생겼다. 작가의 생각에 동의를 하기도 하고 큰 울림을 받기도 하고 비판적인 생각이 생기기 시작했다. 작가의 생각이 옳은 것인지 그른 것인지 적용 가능한 것인지 아닌지를 변별할 줄 알게 되었다. 작가의 생각이 옳고 생각과 닮았을 때는 나의 교육 철학이 되기도 하고 소신이 되기도 했다. 독서는 엄마로서 아이에게 무엇을 가르치고 주어야 할지의 뚜렷한 소신을 주었다. 주변의 사교육 열풍에 휩쓸리거나 흔들리지 않고 단단한 뿌리를 내리고 든든한 기둥을 가진 나무처럼 흔들리지 않고 아이에게 마땅히 주어야 할 것을 변별하여 아낌없이 줄 수 있는 나무가 되었다.

남아 있는 삶을 어떻게 살아가야 하는지에 대한 소신도 생겼다. 돈을 좇는 삶에서 가치를 좇는 삶으로 바뀌고 늘 행복을 추구하는 삶에서 지금의 순간이 가장 행복한 순간이라는 것을 알고 행복을 즐기는 삶으로 바뀌었다. 좀 더 많은 돈, 좋은 집, 좋은 자가용 등 더 많은 것을 가지기 위해 욕심을 내는 삶에서 작지만 나누며 사는 삶에 대한 소신을 가지게 되었다.

일곱째, 독서는 나에게 다양한 관념을 주었고 비판적 사고력을 주었다.

비판적 사고는 어떤 사태에 처했을 때 감정 또는 편견에 사로잡히거나 권위에 맹종하지 않고 합리적이고 논리적으로 분석, 평가, 분류하는 사고 과정. 즉, 객관적 증거를 비추어 사태를 비교·검토하고 인과관계를 명백히 하여 여기서 얻어진 판단에 따라 결론을 맺거나 행동하는 과정을 말한다(네이버 지식백과). 나는 가장 합리적인 방법이 부모와 같은 권위자의 말을 잘 듣는 거라 배우며 자랐고, 논리적으로 분석하고 평가하고 분류하기보다 전문가의 말이라면 무조건 옳다고 믿었다. 생각을 가지기보다 전문가의 지식을 구겨 넣으려 애쓰고 그 지식이 나의 생각인 것처럼 착각하고 살았다.

나는 아이들과 하브루타를 하는 선생님이기도 하다. 생각을 키우는 하브루타 수업을 통해 생각이 사라져가고 자기의 생각을 전문가에게 내맡기고 살아가는 아이들의 현실을 알게 되었다. 합리적이고 논리적인 사고를 위해서는 지식이 필요하다. 전문가의 지식이 필요하지만 무조건 구겨 넣으려 하지 않고 비판적인 사고를 할 수 있도록 해야 한다. 독서와 독서토론으로 비판적인 사고를 길러가고 있다.

생각이 사라지는 아이들에게 유대인들의 하브루타를 흉내 내기보다 먼저 해야 할 것이 독서다. 독서를 많이 하다 보면 질문이 많아지고 나누고 싶은 이야기도 많아지고 생각도 많아진다. 생각의 재료, 대화의 재료, 질문의 재료가 바로 독서다. 다양한 관념은 '반드시 그래야만 해'라는 자기만의 고정된 사고에서 벗어나 '그럴 수도 있구나'라는 다양한 사고로 유연하게 사고할 수 있게 한다. 독서는 다양한 생각을 가진 사람들의 만남이고 다양한 경험이기 때문이다.

여덟째, 독서는 나에게 사람을 주었다.

성공하고 싶은 마음으로 성공한 사람들의 책을 많이 읽었다. 성공한 사람들의 공통점들이 많지만 그중에 인본사상을 여기에서 나누고 싶다. 사람을 가장 중심에 놓을 줄 아는 사람들이 성공을 했다. 동물이 아니고 사람이니 그냥 사람인 줄 알았다. 사람다운 사람들의 삶을 읽으니 그리 살고 싶었다. 사람답게 사는 삶이 얼마나 가치로운지를 알게 되었다. 사람을 가장 중심에 놓고 살면 어느새 나도 가장 중심에 놓여지는 것이 자연의 섭리다. 사람답게 살아가자는 마음이 아이도 사람답게 키워야겠다는 가치관을 가지도록 했다.

같은 에너지를 끌어당기는 법칙처럼 사람을 중심에 놓고 사람답게 살아가고자 노력하니 좋은 사람들과 인연이 생긴다. 서로 긍정의 에너지를 주고받으며 날마다 성장을 나눈다. 아이의 주변에도 좋은 에너지를 가진 사람이 많았으면 좋겠다. 그러기 위해서는 좋은 에너지를 가진 아이가 되도록 도와야 한다.

독서는 가장 쉽게 좋은 에너지를 매일 만나는 방법이다. 독서가 준 많은 선물을 혼자만 가지려 움켜쥐고 살고 싶지 않다. 나누는 삶 또한 독서가 준 선물이다.

위 여덟 가지는 아이들에게 최고의 선생님 자리에 있는 엄마가 독서를 하는 이유다.

이 책을 통해 대한민국 모든 가정이 독서로 가치로운 행복한 삶을 살아가는 데 동행하기를 바란다.

나의 부모는 평생에
단 한 권의 책도 읽지 않았다

"부모가 책을 읽어야 아이가 책을 읽는다." 독서 관련한 책에서 가장 많이 접한 문장이다. 나의 부모는 평생에 단 한 권도 책을 읽지 않으셨지만 나는 매일 책을 읽는다. 딸의 출간 소식을 기뻐하셨지만 읽어보시지는 않으셨다. 바빠서 책 읽을 시간이 없다고 하신다.

"거실에 TV를 치우고 책을 놓아 주어라." 독서환경이 중요하단다. 나의 부모는 농사짓는 시간을 제외하고는 항상 TV를 보셨다. TV를 틀어놓고 주무시고 눈을 뜨면 TV를 보셨지만 나는 TV를 보지 않고 책과 신문을 읽는다.

독서 습관을 위해 부모가 책 읽는 모습을 보여주고 TV 대신 책을 놓아주는 환경이 중요하지만 보다 중요한 것은 독서의 본질이다. 독서의 중요성을 인식하게 되면서 독서환경이 좋아졌다. 학교, 학원, 도서관, 가정에서 독서를 위한 다양한 프로그램을 연구하고 개발하고 있지만 독서를 습관처럼 하는 나라는 아니다.

집집마다 거실을 도서관처럼 꾸며주고 아이 책 사주는 돈을 아까워하지 않는 부모들도 늘어나고 있다. 어릴 때부터 도서관을 찾는 아이들이 많아지고 도서관도 늘어나고 있다. 책이 없어서 못 읽는 아이는 드물다.

내가 만나는 아이들에게 "독서를 왜 해야 하니?"라고 물어보니 "똑똑해지려구요, 공부를 잘 하기 위해서요"라고 대답을 한다. 어느 아이는 "읽으라고 하니까요"라고 대답한다. "왜 읽으라고 하는 걸까?"라는 물음에는 "몰라요" "똑똑해지니까요"라고 대답한다.

독서 교육의 중요성이 높아지고 독서환경이 좋아지고 있지만 아이들은 자랄수록 책을 읽지 않는다. 어릴 때부터 책 읽는 습관을 들였으니 독서를 더 많이 해야 할 텐데 이상하게도 학년이 올라가고 성인이 될수록 책을 읽지 않는다. 학생들은 필독서 외에는 읽지 않고 사회인들도 회사에서 필독하라는 것 외에는 읽지 않는다. 필독서가 없는 엄마들은 읽을 이유가 없다. 육아에 지쳐 책 읽을 시간이 없다고 말한다. 여러 가지 원인들이 있겠지만 독서의 본질에서 원인을 찾는다.

독서의 본질은 읽고 싶은 마음이 저절로 간절하게 하는 것이고 책 읽는 행위가 즐거움인 것이다. 여기에서는 간절함과 즐거움으로 독서를 하게 하는 방법으로 '답게' 사는 본보기를 통한 교육환경과 엄마 품 사랑으로 접근한다.

첫 번째는 '답게' 사는 본보기를 통한 교육환경으로 부모가 책 읽는 모습을 보여 주기보다 부모답게 살아가는 모습 보여주기다.

내가 책이라고는 교과서가 전부인 줄 알고 살았던 학창시절을 보내고 사회인으로 첫발을 내디딘 곳은 유치원이었다. 유아교육을 전공했고 유치원 교사가 되었다. 아이를 키워본 적 없는 대학을 갓 졸업한 20대의 젊음에게 아이들 생활지도는 힘에 겨웠고 학부모와 전화 상담은 공포였다.

아이가 유치원에서 누구랑 놀았고 무엇을 먹었는지의 생활내용만 전달하는 내 모습이 교사가 아닌 보모 같다는 생각이 들기 시작했다. 유치원 교사는 웃음을 파는 직업이라는 선배의 가르침과 학부모들에게 무조건 '네,네'만 하고 아이가 잘한다는 말을 앵무새처럼 하라는 원장님의 가르침은 교사로서 자긍심을 바닥까지 끌어내렸다. 자긍심이 바닥인 데다가 학부모에게 질문을 받으면 교육적으로 답변을 해줄 수 없는 육아지식의 한계로 자괴감이 들기까지 했다. 생업인 농사일을 최선을 다해 성실히 하시던 친정 부모님의 본보기를 통해 교사로서 성실하게 최선을 다하고 싶었다. 교사로서 웃음을 팔지 않고 전문성을 나누고 무조건 잘한다는 말이 아닌 적합한 말을 해주고 싶었다.

그때부터 육아서를 읽기 시작했고 교육에 관련한 연수를 들으러 다녔다. 책 읽기를 해본 적이 없는 나에게 육아서는 신세계였다. 무지했던 육아의 세계를 읽어가는 내내 "아~"라는 탄성이 나왔다. 그때 알아가는 배움의 기쁨을 처음으로 느꼈다. 학창시절에 배움의 기쁨을 알았더라면 학창시절이 지겨움이 아니라 즐거움이었을 텐데 말이다. 배움의 기쁨이 어찌나 달콤했던지 지금도 입안에 맴도는 느낌이다.

야근의 연속이었고 바쁜 일들로 읽을 시간이 없었지만 간절하니 시간을 쪼개고 쪼개서라도 읽고 싶은 마음으로 항상 책을 가지고 다녔다.

아이들에게 책을 읽히기 위해서는 거실을 책으로 채우고 TV를 치우고 부모가 책 읽는 모습을 보여주려는 노력보다 부모답게 사는 삶을 본보기로 보여주기가 먼저다. 그리고 간절함을 느끼도록 해주어야 한다. 나의 부모는 책 읽는 모습을 한 번도 보여준 적이 없지만 성실하고 정직한 삶을 사시는 모습이 자식들의 몸과 마음에 배어들도록 매일 보여주셨다. 성실한 부모의 삶을 어디에 적용하는가는 자라는 환경에 맞는 자식의 선택이기에 바로 독서로 이어지지는 않을 수도 있다. '답게' 사는 방법에 도움을 주는 것이 바로 독서이기에 언젠가는 독서로 통하게 되어 있다.

사람답게, 어른답게, 부모답게, 나답게 사는 삶 보여주기다.

두 번째는 엄마 품 사랑이다.

나처럼 어른이 되어 책 읽기를 한다면 각자의 삶에서 간절함을 스스로 찾을 수 있지만 어린아이들은 보호를 받아야 하는 연령이

므로 독서 습관도 보호가 필요하다. 어린아이들에게 간절한 것은 무엇일까?

바로 엄마 품 사랑이다. 연령이 어릴수록 엄마 품의 간절함이 크다. 독서를 사랑의 도구로 활용하면 좋다. 딸아이가 여섯 살 때까지는 직장인이었기에 책 읽는 모습을 보여줄 시간이 부족했다. 아침에 자는 아이 깨워 어린이집 보내고 해가 떨어져야 만나서 먹이고 씻기느라 책 읽는 모습을 보여줄 시간도 읽어줄 시간도 없었다. 아이가 자는 시간에 책을 읽으니 엄마는 꾸준히 독서를 하고 있었지만 아이는 엄마의 책 읽는 모습을 거의 본 기억이 없는 셈이다.

직장에 에너지를 쓰느라 아이에게 쓸 에너지가 남아 있지 않았다. 저녁에만 엄마 냄새를 맡을 수 있는 아이는 업어 달라, 안아 달라, 놀아 달라 칭얼대기 일쑤였다. 엄마의 에너지 부족으로 선택한 것이 책 읽기다. 입만 움직이면 되는 가장 좋은 놀이가 책 읽기였다. 엄마를 만나면 엄마의 품이 그리운 아이는 책이 재미 있어서가 아니라 엄마의 품이 간절했기에 책을 들고 엄마 품으로 찾아 들어왔다.

어릴 때일수록 독서를 엄마품 사랑의 도구로 활용하면 간절함과 즐거움으로 습관 형성하기 쉬워진다. 엄마 품이 그리워 책을 찾았던 아이는 책을 사랑하게 되었다. 엄마 품을 떠나 사회의 품에서 세상을 배우는 10세 전후가 되면 엄마 품 사랑의 힘으로 책을 사랑하고 세상을 살아갈 발 디딤을 한다.

어린아이들은 엄마 품 사랑이 가능하지만 초등고학년 아이들은 어떻게 하느냐는 질문을 종종 접한다. 초등고학년 아이들이 책을 안 읽어서 걱정을 하거나, 어릴 때는 많이 읽었는데 고학년이 되면서부터 안 읽어서 걱정이라는 부모들에게도 책을 읽히려는 노력보다 엄마 품에 안고 책 읽어주기를 제안한다. 엄마 품을 준다는 것은 꼭 안으라는 의미는 아니다. 엄마와 함께하는 시간을 의미한다. 엄마 품이 간절한 아이들은 매일 책 읽는 시간을 기다리게 된다. 어느 부모는 TV도 치우고 책 읽는 모습을 매일 보여주는데 아이는 책을 읽기는커녕 엄마가 책 읽는 것조차 싫어한다고 한다. 어쩌면 아이는 엄마에게 가장 소중한 것은 나보다 책이라고 인식하고 있을 가능성이 높다. 엄마 품 사랑이 채워진 아이들에게는 엄마의 책 읽는 모습이 본보기가 되어 책 읽는 습관이 형성되지만 책이 엄마 품을 빼앗아 버리게 된 아이는 책이 싫어진다.

우리나라 국민들이 책을 읽지 않는 이유 1위는 '시간이 없어서'라고 한다. 시간이 없어서 못 읽는 것이 아니라 독서하는 데 시간을 내지 않아서다.

왜 독서하는 데 시간을 내지 않을까? 독서가 당장 시급하고 중요한 부분이 아니기 때문이다.

왜 독서를 중요하게 생각하지 않을까? 독서는 안 해도 되는 여가 활동이라 생각하기 때문이다.

왜 독서를 안 해도 되는 여가 활동이라 생각할까? 부모와 교사가 독서의 본질을 모르기 때문이다.

왜 아이들에게 가장 영향력이 큰 부모와 교사는 독서본질을 알지 못할까?

독서의 본질보다 독서지도, 독서법 등을 더 중요하게 배웠기 때문이다. 우리는 독서를 해야 하는 본질보다 독서를 하게 하는 방법에 더 많은 시간과 교육환경을 두고 있다. 학교에서도 독서통장을 만들어 독서 횟수를 늘이고, 독서 골든벨로 얼마나 많은 지식을 넣었나를 확인하는 교육을 중요시 여긴다. 가정에서도 하루에 책 몇 권 읽기의 행동습관을 들이고 책의 내용을 더 잘 기억하기 위해 독서록 쓰기를 중요시 여긴다. 독서를 논술을 위한 도구로 사용하기에 학원에서 배우기도 한다.

독서의 가장 좋은 환경은 내면으로부터 간절함과 즐거움이다. 외부로부터 환경은 내면이 먼저 채워진 후에 도움을 준다.

부모가 자식에게 가르쳐야 할 가장 중요한 덕목이 독서가 아니라 사람답게, 나답게 사는 삶이다. 독서는 사람답게 사는 삶에 도움을 주는 영양제 같은 역할을 한다.

부모가 독서를 하는 목적이 독서하는 모습을 보여주어 아이의 독서 습관을 들이기 위해서가 아니라 부모답게 살고자 하는 마음으로 독서의 도움을 받으며 즐거움으로 하는 일상이라면 자연히 독서의 즐거움이 몸에 밴다.

이 나이에 무슨 독서를 하느냐, 크는 아이들이나 하게 하자는 마음을 접고 부모의 삶을 위해 지금부터 조금씩 독서를 시작하자. 지금부터라도 가슴 뛰는 행복한 삶을 살게 된다. 부모가 독서로 가슴 뛰게 행복한 삶을 본보기로 자란 아이들은 행복할 수밖에 없다. 나이가 들어 스스로 간절함으로 독서를 할 수도 있지만 어릴 때부터 책을 읽은 아이와 나이 마흔에 책을 읽는 사람의 독서 효과의 차이는 40년이라는 시간 만큼이다. 40년 더 행복할 수 있다.

독서가 운명을 바꾼다

우리는 이미 독서로 성공하고 성장한 많은 사람들의 이야기를 알고 있다. 독서로 운명이 바뀐 사람들의 이야기는 나와 거리가 먼 영화와 같은 이야기라 생각했다.

별다르지 않은 하루하루를 살아가던 서른 중반에 결혼을 하게 되었다. 결혼을 하면 다음 단계로 임신을 바란다. 임신 사실을 알게 되었을 때 인생 최고의 선물이라 생각했고 엄마로서 최선을 다하는 삶을 선물해야겠다는 다짐을 했다.

귀하게 얻은 자식을 출산하고 엄마가 되었는데 우울증이 찾아왔다. 아이를 잘 키워야 한다는 책임감만큼 육아는 쉽지 않았다. 밥하고 빨래하고 하루 종일 아이만 바라보고 있어야 하는 일이 빛이 없는 감옥살이 같았다. 아이를 보고 있으면 가슴이 답답해졌다. 체력이 급격히 떨어진 것도 우울함을 보탰다. 이미 아이는 태어났고 엄마가 되었다. 그것도 간절히 바라고 바라던 아이가 말이다. 건강한 아이로 키우고 지혜로운 아이로 키우고 마음이 맑고 밝은 아이로 키우고 똑똑한 아이로 키우자는 마음으로 건강에 관련한 민간요법과 육아서를 일 년 반 동안 약 300권 정도를 읽었다.

그 당시에는 책이 좋아서 읽는 것이 아니라 불안하고 우울한 마음을 달래기 위해서 읽었다. 책을 읽지 않으면 불안하고 우울했기에 정신적 치료제로 사용했다. 책을 읽을수록 좋은 엄마가 되고자 했던 마음보다 성공을 위한 꿈, 열정, 도전의 힘이 커지기 시작했다. 엄마와 사회적 성공을 동시에 이루어낼 수 있을 거라는 착각으로 복직을 했다.

좋은 엄마가 되기 위해 책을 읽고 간절히 바랐던 마음과 다르게 성공에 욕심을 내고 사는 동안 살아 있지만 엄마의 품이 없어서 정서적 허기를 느끼던 아이는 마음이 아프다고 산만한 행동으로 경고장을 보내기 시작했다. 아이들은 정서적 허기를 공격적이거나 틱, 강박 등의 다양한 형태의 행동으로 표현한다.

아이의 정서적 허기를 알아차렸을 때 또 한 번의 인생 위기를 만났다. 위기는 기회가 된다는 말처럼 책은 엄마의 품을 내어주라고 알아차릴 때까지 포기하지 않고 계속 말해주고 있었다. 책은 다람쥐 쳇바퀴 돌아가는 직장생활을 그만두고 정말 하고 싶었던 일을 시작하라고 조언해주었다. 책은 돈의 노예로 살지 말고 삶의 주인으로 살아가라고 방법을 안내해주었다. 책은 가치 있는 삶을 살라고 채찍이 되어주었다. 책은 남은 인생을 행복하게 잘 사는 방법을 알려주는 스승이 되어주었다.

책을 읽어도 실행을 선택하는 것은 독자다. 책을 많이 읽으면 생각을 하는 시간이 많아지고 생각하는 시간이 많아지면 생각에 변화가 생긴다. 직장에 주인의식을 가지고 몸과 시간을 아끼지 않고 책임감으로 성실하게 일을 하던 삶이 부질없이 느껴지기 시작했다. 아무리 주인의식을 가지고 일을 해도 주인이 될 수 없다는 것을 너무 늦게 깨달았다. 아이들에게 부끄럽지 않은 교사가 되자는 신념으로 엄마의 자리도 뒷전으로 하고 최선을 다해 노력하는 삶을 자꾸 부끄럽게 하고 교사의 사명감의 가치를 바닥까지 내리치는 일들이 생기기 시작했다.

가치가 사라지면 의미를 잃어버린다. 매월 월급을 받아야만 했기에 월급을 주는 리더의 생각에 맞추어 움직이는 돈의 노예의 삶을 살아가고 있었다. 아무리 리더의 눈에 들게 노력을 해도 돈의 노예가 나만 있는 것은 아니었다. 또 다른 돈의 노예가 나의 자리를 호시탐탐 노리며 아부라는 것을 떨기 시작한다.

독서는 나에게 '지금' 가장 가치 있는 일이 '엄마'의 자리라는 것을 알게 했고 부끄러운 교사로 성공은 의미가 없음을 깨닫게 해주었다. 명심보감에 '황금백만냥 불여일교자黃金百萬兩 不如一敎子'라 했다. 황금 백만 냥도 자식 하나 가르침만 못하다를 알게 된 후에는 더 이상 좋은 교육을 한다는 가면을 쓰고 돈의 노예로 살고 싶지 않았고 더 늦기 전에 엄마의 따듯한 품을 아이에게 주어야 했다.

독서를 하지 않았다면 아직도 아이에게 엄마의 자리를 내어주지 못하고 주인이 주는 당근을 감사히 받아 먹으며 쳇바퀴를 죽을 힘을 다해 돌리고 있었을 수도 있다.

사표를 쓰기 전에는 잘나가던 원감이었지만 매일 출근하기 싫은 마음으로 마음에 사표를 넣고 다녔고 윗사람 눈치 보면서 윗사람이 웃으면 웃고, 화내면 웃게 해주려 온갖 비위 다 맞추느라 내 아이의 비위는 못 맞추고 짜증을 냈다. 윗사람이 어느 날 갑자기 보너스로 주는 당근 몇십만 원에 행복을 느끼며 살았다. 사표가 운명을 바꾸어 놓았다는 오해가 없기를 바란다. 직장생활이 모든 사람에게 나와 같은 의미는 아니다. 내가 처한 상황에서 선택한 최선이었을 뿐이다. 잘 살아가고 있는가? 어떻게 살아야 할까? 엄마로서 무엇을 해야 할까? 등 삶을 성찰하는 시간을 독서를 통해 가지게 되었다는 이야기다.

아이는 엄마의 품에서 자라야 할 시기가 있다. 즉 엄마 품에는 아이를 품어야 할 시기와 꿈을 품어야 할 시기가 따로 있다. 시간이라는 것은 돌릴 수 없기에 그 시기를 놓치면 정서에 큰 영향을 미치고 사춘기부터는 품을 주지 않았던 대가를 돌려받게 된다. 비록 오랜 시간을 돌아왔지만 아이는 엄마의 사랑을 채워가며 엄마 품에서 든든하고 안전하게 뛰어 놀면서 몸과 마음이 건강하게 자라고 있다. 엄마의 자리로 돌아오니 독서하는 시간이 더 많아졌다. 아이를 유치원에 보내고 오전 시간에 무엇을 할까? 청소, 빨래, 음식 등 집안일은 매일 해도 끝이 없었다. 한번 흘러가면 오지 않을 시간을 집안일 하면서 흘려보내기에는 아까웠다. 하루 24시간은 누구나에게 공평하게 주어지지만 각자 쓰는 시간만큼만 내 시간이 된다. 오전 3시간을 집안일 하는 데 쓰는 사람, 배우는 데 쓰는 사람, 봉사하는 데 쓰는 사람, 텔레비전을 보는 데 쓰는 사람, 운동을 하는 데 쓰는 사람, 독서를 하는 데 쓰는 사람에 따라 그 사람의 시간이 되고 가치가 된다.

청소는 일주일에 한 번만 하기로 정하고 반찬을 만드는 데 시간을 너무 많이 쓰지 않고 반찬 전문가가 만들어 놓은 것을 적당히 사먹기로 하고 오전 3시간은 독서와 배우고 익히는 데 사용하기로 했다. 3시간이면 책 한 권을 읽을 수 있는 시간이다. 오전에는 가급적 핸드폰을 무음으로 하고 독서를 하거나 배우러 다녔다. 아이가 집에 오면 엄마가 만든 간식도 먹고 놀이터에서 놀고 산책하고 도서관에서 책도 읽어주며 함께하는 시간을 가졌다. 아이가 놀이터에서 놀 때는 엄마들과 수다 떠는 시간이 아까워 주로 독서를 했다. 아이가 가장 좋아하는 놀이터에서 책 읽는 엄마의 모습은 엄마에게 가장 재미있는 놀이는 독서구나를 세뇌시키는 환경이 되었다.

함께하는 시간만큼 아이의 마음이 느껴졌다. 무엇을 보고 있는지, 생각의 키가 얼마만큼 자랐는지, 무엇을 좋아하는지 느껴졌다.

아이를 느끼는 순간순간이 감사했다.

사회적, 경제적 지위가 상위권으로 올라있는 잘나가던 직장생활에 사표를 던지는 것은 큰 용기와 결단이 필요했다. 그것을 가능케 한 것은 독서였다. 독서는 이렇게 운명을 바꾸어 놓았다.

독서는 가장 중요하고 가장 시급하고 가장 큰일인 엄마라는 직업에 감사하는 힘과 함께 엄마 안에 꿈과 열정도 키웠다. 직장은 없지만 직업의 숫자는 하나씩 늘어갔다.

유치원 원감으로 근무하면서 교사교육을 매월 한 덕분에 유치원, 어린이집 교사교육 강사의 일을 이어서 하게 되었고 아이들의 발달과 심리, 문제행동 코칭을 하면서 양육 상담을 하던 일과 감정 코칭 전문강사 자격을 받은 덕분에 양육 상담가의 일을 이어서 하게 되었다. 배움을 꾸준히 했기에 전국을 다니며 부모교육 강의를, 유대인 교육에 관심을 가지고 공부하고 하브루타 교육사 공부를 한 덕분에 아이들에게 하브루타를 가르칠 수 있게 되었다. 독서가 삶을 디자인한다는 것을 경험한 덕분에 독서 라이프 코치가 되었다.

사표 하나를 내어 놓고 엄마의 자리, 부모교육전문강사, 교사교육강사, 하브루타 선생님, 양육 상담가, 독서 라이프 코치, 이 많은 것을 선물로 받았다. 그중 가장 가치 있고 고마운 선물은 엄마의 자리다.

지금은 멋진 1인 기업가가 되었다. 아이가 유치원과 학교에서 배우는 시간에 엄마도 배우고 익히려 노력한 시간이 쌓일수록 직업이 하나씩 더 늘어간다.

독서를 통해 매일매일이 성장하는 시간이 되고 감사한 시간이 되는 지금은 아이도 엄마인 나도 행복하다. 아이와 나는 서로 지혜를 쌓고 키워서 세상을 이롭게 하는 사람이 되자는 꿈을 나누는 꿈 친구다.

독서 습관이 자리 잡히니 스스로 책이 주는 보물들을 찾아낸다. 꿈 친구인 엄마는 아이가 찾은 보물이 빛날 수 있도록 생각을 덧붙여준다. 큰 인물이 된다는 것은 공부를 잘 해서 명문대학을 가고 좋은 직업을 가지는 것이 아니라 사람다운 사람이 되는 거라는 것을 말해준다.

사람다운 사람의 마음을 잃어버리면 훌륭한 지식이 세상을 해롭게 하는 데 사용될 수 있다는 것을 말해준다. 사람이 사람답게 살아가는 데는 배움이 필요하기 때문에 공부도 해야 한다고 말해준다.

엄마가 독서를 하고, 강의를 하고, 글을 쓰는 이유는 세상을 이롭게 하기 위함이라는 것을 말해주고 실행하며 살아간다.

아이들 인생에 순간순간 찾아오는 문제에 든든한 코치가 되어줄 독서 습관이 필요하다. 독서하는 아이의 선택은 운명을 긍정의 방향으로 이끌어줄 것이다.

독서는 성장의 원동력이다

부모교육 강의 전반부에 직업이 무엇입니까?라는 질문을 할 때가 있다. 평일 낮에 강의를 듣는 대부분 부모들의 반응은 대답을 하지 않거나 작은 목소리로 주부라고 대답한다. 간혹 교대근무를 하는 직업을 이야기하는 분들도 있다. 직업에 대한 질문을 하는 이유는 엄마는 우리의 직업이며 사명감을 가져야 하기 때문이다. 엄마라는 직업의식이 없으니 가장 큰 일이며 중요한 일인 엄마를 본업이 아니라 부업 정도로 한다. 엄마라는 직업의식이 없으면 주변사람들의 좋다는 것에 몰려다니며 줏대 없이 아이를 키우게 된다. 우리의 직업은 엄마다. 여러 가지 직업을 가질 수 있지만 본업은 엄마다.

엄마는 집안일을 하는 주부의 역할보다 우선으로 자식 교육에 힘써야 한다. 교육은 인재를 키우는 일이다. 나라에 필요한 인재, 나라를 부강하게 하는 인재, 세상을 널리 이롭게 하는 인재로 키우는 일이 엄마의 사명이다. 엄마를 직업으로 하지 않고 사명감으로 하지 않으면 성장을 갈망하지 않게 된다.

아이가 성장을 하듯 엄마도 성장을 해야 한다. 아이들 성장이 멈출 때 부모들은 혹시 성장에 무슨 문제가 있는지를 걱정하고 걱정이 깊어지면 성장발달 검사를 위해 병원을 찾기도 한다. 그런데 왜 엄마의 성장은 신경 쓰지 않는 것일까. 엄마들의 성장이 멈추면 엄마 성장발달을 걱정해야 한다. 아이는 매일 성장을 하는데 엄마가 성장이 없다면 아이의 성장이 엄마보다 커질 때 엄마 말을 듣지 않게 된다. 엄마의 권력으로 아이를 키우는 것에는 한계가 있다. 아이와 함께 성장하는 권위 있는 엄마가 되어주자.

엄마 사명감을 가지고 성장하게 하는 원동력은 꿈과 가치관이다. 엄마와 아이들 대개는 꿈과 가치관의 부재 속에 살고 있다.

우리 아이들에게 꿈이 있을까? 꿈이 무엇인지는 알고 있을까? 꿈은 무엇인가를 하고 싶은 마음씨앗이다. 아이들 마음은 해야 할 것들이 너무 많아서 지쳐 있다. 지친 마음들이 행동으로 나타나 청소년 문제가 된다. 사회와 부모 모두 아이들의 마음은 보지 못하고 문제 행동에만 집중을 하고 제거하려는 방법을 찾고 있다. 아이들의 마음에 집중을 하면 행동은 스스로 변화해간다.

청소년들의 문제를 해결할 수 있는 한 가지는 바로 "꿈"이다. 꿈이 있다는 것은 살아가는 이유가 있다는 것을 의미한다. 꿈이 있는 아이는 꿈을 이루기 위해 하고 싶은 일들과 해야 할 일이 많지만 청소년 문제를 일으키는 아이들은 그 행위 자체가 해야 할 일과 하고 싶은 일의 전부다. 누구에게나 꿈을 가질 자유가 있다. 특히 아이들에게 꿈의 한계는 없다. 지금 아이들에게는 꿈이 없다. 아이들의 꿈을 훔친 도둑은 바로 어른들이다. 어른들이 아이들에게 오로지 지식을 주입하는 것만 하고 있다. 어릴 때부터 놀이도 정해진 방법에 의해 놀아야 하는 놀이수업을 받는다. 스스로 하고 싶은 일에 희망을 품어야 하는 일도 부모가 정해준다. 부모의 꿈이 아이의 꿈이 된다. 꿈은 자기 안에 있는 것이 진정한 꿈이고 스스로 꿈을 품고 키우는 과정이 아이들의 인생이 되어 아름다운 것이다.

청소년 문제로 나타나는 행동을 제거하기 위해 예방교육을 추가하고 선도 교육을 추가하고 엄중한 법을 만들어내기보다 아이들에게 꿈을 품을 시간과 환경을 주자. 꿈이 있는 아이는 행복하다. 행복한 아이는 자기를 사랑할 줄도 알고 자기 인생을 귀하게 여길 줄도 안다. 자기가 행복한 아이는 타인의 행복도 생각할 줄 안다.

엄마에게도 꿈이 있을까? 아이가 "엄마 꿈이 뭐예요?"라고 묻는다면 꿈을 이야기할 수 있을까?

40년 동안 꿈을 크게 가지고 살라는 가르침과 꿈이 무엇이냐는 질문에 대한 대답을 하고 살았지만 진짜 꿈이 없었다. 가슴이 펄떡이게 뛰고 1분이라도 낭비할 시간이 아까운 마음이 들게 하는 꿈을 찾은 나이는 인생 중반의 문턱인 마흔에서다. 가짜 꿈을 품고 살 때는 불행한 시간이 더 많았다면 진짜 꿈을 품고 사는 지금은 어렵고 힘든 일도 불행이 아니라 행복으로 가기 위한 과정일 뿐이다. 그것 또한 행복이라고 생각하고 감사하다. 가짜 꿈을 마음에 품고 '언젠가는 꼭 이루어야지, 다음에, 승진한 다음에, 요것만 해놓고'라며 늘 오늘이 불만스러웠던 과거에서 책이 2권 출간되고 세 번째 책을 쓰고 있고 앞으로 쓰고 싶은 책들도 가슴에 한가득하고 전국을 다니며 강의를 한다. 말과 글로 사람들의 마음을 세우고 살리는 꿈을 펼치는 지금에 이르기까지 변화에 가장 큰 역할은 바로 독서다.

평생 인생에 가장 소중한 도반이 되어줄 '책'이 진짜 꿈을 주었고 꿈을 이루는 행복한 삶을 주었고 더 가치로운 꿈을 가지게 했다. 책이 나에게 무엇인가를 하고 싶은 마음을 일으킨 것처럼 아이도 하고 싶은 많은 것들을 마음에 품는다. 정원을 가꾸는 정원사 이야기를 담은 책을 읽은 후에는 식물을 디자인하는 일을 해보고 싶단다. 심리학에 관한 책을 읽은 후에는 심리학자가 되어 사람들의 마음을 건강하게 해주고 싶단다. 어렵게 사는 나라 사람들의 책을 읽은 후에는 사회적 기업가가 되고 싶단다. 책을 읽을 때마다 하고 싶은 일이 생겨 행복하단다.

요즘 아이들에게 어른의 가치관이 부재중이다. 정약용은 유배지에서도 자식에게 편지를 써서 아버지의 곧은 가치관으로 가르침을 아끼지 않았다. 아버지와 함께 살지 못해서 함께한 추억은 없지만 아버지의 사랑과 올바른 가르침은 늘 함께했다.

요즘 아이들에게는 주말을 이용한 다양한 경험, 추억은 많아졌지만 부모의 올바른 가치관은 부재다. 엄마를 직업의식을 가지고 하는 엄마들도 있지만 부업 정도로 생각하는 엄마들이 더 많아 엄마 부재로 인한 정서적, 가치관 빈곤을 겪는 아이들이 부모로부터 독립을 할 수 있는 힘이 생기기 시작하는 청소년 시기에 다양한 사회적 문제를 일으키게 된다. 가치관의 부재는 사춘기 이후에 자녀의 삶에 반영된다. 아이들이 겪는 많은 갈등 상황을 들어주고 '엄마는 이렇게 생각해'라고 들려줄 시간도 없고 무슨 말을 해야 할지도 모른다.

예를 들면 아이가 어리면 친구의 작은 물건을 가지고 오는 경우가 종종 있다. 엄마가 부재중이면 물건을 가지고 온 상황을 알지 못하게 되고 가치관이 부재중이면 잘못된 행동이라고 화만 내게 된다.

가치관이 있는 엄마는 이렇게 대처한다.

"어린 시절엔 한 번쯤 친구의 물건에 욕심을 내거나 훔치는 실수를 한단다. 작은 것 하나쯤이라는 마음으로 시작한 일들을 바로 잡지 않으면 큰 일이 된단다. 옛말에 바늘 도독이 소도둑 된다는 속담이 있다. 아무리 작은 것이라도 남의 물건을 탐내는 행동을 하지 않도록 교육시켜 왔단다. 부모는 아이를 바르게 키워야 하는 책임이 있단다. 아무리 작은 잘못이라 해도, 아무도 모르는 일이라 해도 네 안에 양심은 다 알고 있단다."

이런 대화는 정직에 대한 아이의 가치관이 된다.

딸아이가 친구의 물건을 가지고 왔을 때 들려준 이야기들이다. 그리고 아이를 키우다 보면 정의로운 행동에 관한 가치관을 수시로 들려주어야 할 상황이 생긴다. 나는 그럴 때마다 책에서 읽은 한나라 소열 황제 유비의 말을 들려준다.

"착한 일이라면 그것이 아무리 보잘 것 없는 일이라도 그만두지 말 것이며, 악한 일이면 아무리 작은 일이라도 해서는 안 된다. 이것은 한나라 소열 황제의 말이야. 엄마는 이렇게 생각해. 그리고 엄마는 그렇게 살려고 노력하고 있어."

부모의 부재로 인한 정서적 문제는 독서가 대신할 수 없지만 위로를 줄 수는 있고 올바른 가치관의 문제는 독서가 대신할 수 있다.

책은 나에게 부모가 주지 못한 올바른 가치관들을 가지게 했다. 이제는 나도 부모가 되었고 아이에게 올바른 가치관을 주어야 하는 역할을 하고 있다. 나에게 없는 것을 다른 사람에게 절대 줄 수 없다. 부모에게 올바른 가치관이 없으면 자녀에게 줄 수 없다. 다행히 독서 덕분에 올바른 신념, 부모의 역할, 올바른 가치관을 가질 수 있었고 아이에게 줄 수 있다.

사람들은 내가 유아교육을 전공했기에 아이 잘 키우는 방법을 알고 있다고 생각하지만 유아교육 전공과 아이 키우는 가치관은 별개다. 유아교육을 전공하고 배우는 것을 좋아한 덕분에 아이의 발달과 심리에 대해서는 많은 정보를 가지고 있고 일부 적용도 하니 도움이 되긴 하지만 정보와 가치관은 이론과 실행이라는 점에서 차이가 있다.

사회에 선한 영향력을 주는 사람들의 책을 읽으니 가슴이 가치로운 삶이란 선한 영향력이라고 말을 하며 경쾌하게 북을 치며 행진을 하듯 열정을 쳐서 깨워 행진하게 한다. 독서는 부모가 주지 못한 부분의 가치로운 삶에 대한 이야기들을 들려주고 가르쳐주었다. 독서의 위대한 힘으로 성장하고 있으니 세상에서 가장 어렵다는 엄마의 역할이 쉽고 즐겁고 두렵지 않다. 상상도 할 수 없었던 큰 꿈을 꾸며 한 걸음 한 걸음 꿈을 향해 나아가는 발걸음에 열정이 가득하다. 작은 일에도 감사하며 행복한 삶을 살아간다.

독서는 완료형이 아니라 진행형이다. 독서가 진행형이니 꿈도 생명을 다하는 날까지 진행형이다. 꿈 안에서 새로운 꿈이 또 생겨난다. 독서가 진행형이니 성장도 진행형이다.

어른들의 질문에 답하기 위한 가짜 꿈이 아니라 가슴을 살아 움직이게 하는 진짜 꿈을 찾아주는 것이다. 독서로 꿈꾸게 하자.

꿈이 있는 아이는 매일 성장한다. 어른들의 잔소리에 의해 움직이지 않고 스스로 꿈을 위해 참 삶을 가꿀 줄 안다. 아이들이 행복하면 우리의 미래도 행복하다. 가정에 독서 습관이 자리하면 온 가족이 꿈을 꾸고 가치로운 삶을 살고자 하니 행복이 넘치게 된다. 행복한 가정을 꿈꾸지만 방법을 몰라 열심히 일하고 공부만 하는 대한민국 가정에 책의 대화가 봄꽃처럼 활짝 피어나길 바란다.

독서보다 독서 모임을 하라

    엄마들의 독서 수준은 어느 정도일까? 연구조사 통계를 찾아보지 않아도 주변 엄마들의 일상을 통해 알 수 있다. 아이들에게는 매일 독서를 강요하지만 엄마들은 바쁘다는 이유로 매일 독서를 하지는 않는다. 아이들 책은 많아도 엄마들 책은 적다. 아이들 책 사는 돈은 아끼지 않아도 엄마 책 사는 돈은 아낀다. 친구랑 커피숍에서 커피 마실 시간과 돈은 있지만 책 읽을 시간과 책 살 돈은 없다고 말한다. 애청하는 텔레비전 프로그램은 있지만 애독하는 책은 없다. 텔레비전은 꼭 봐야지만 책은 꼭 보지 않는다. 집 인테리어에는 신경을 쓰지만 영혼의 집 인테리어가 되는 책에는 신경을 쓰지 않는다. 천만 원이 넘는 자동차는 꼭 있어야 된다고 생각하고 나이가 들수록 좀 더 고급차를 가지려 하지만 만 원이 넘는 책은 꼭 있어야 된다고 생각하지 않고 나이가 들수록 영혼을 고급스럽게 하는 책을 가지려 하지는 않는다. 모든 엄마들이 독서를 하지 않는다고 말할 수는 없지만 내가 만나는 부모들의 대개는 그렇다.

책 읽는 즐거움을 맛보지 않았을 때, 독서의 위대한 힘을 경험하지 못했을 때 나의 모습도 별반 다를 것이 없었다.

독서를 하지 않는 엄마들의 공통적인 대답은 "책만 읽으면 잠이 온다, 가만히 앉아서 책 읽는 것을 못한다. 책 볼 시간이 없다"이다. 아이가 책만 읽으면 잠을 자면 좋겠느냐? 교과서도 책인데 말이다. 가만히 앉아 책 읽는 것을 못하면 좋겠느냐? 책 볼 시간이 없다면서 텔레비전이나 스마트폰 게임을 하면 좋겠느냐?라고 되물어준다. 대개의 부모들은 나는 그렇지만 아이들은 안 그랬으면 좋겠다고 한다. 아이들이 책 읽는 즐거움을 느끼며 살기를 원한다면 엄마가 인생의 전환점을 찍어주는 책을 만나야 한다.

양육상담, 부모교육을 하면 아이를 잘 키우는 방법과 기술을 찾아다니는 부모들이 많다는 것을 느낀다. 내 아이뿐만 아니라 세상 아이들을 잘 키우고자 하는 사명이 더듬이를 세우고 이유를 찾게 했다. 과연 세상 아이들을 잘 키우기 위해 부모들이 원하는 방법과 기술을 전달하는 것이 최선인가. 아이들을 잘 키우기 위해서는 부모가 잘 커야 한다는 것이 부모교육 강사로서의 신념이다. 아이를 잘 키우기 위해 엄마의 성장이 먼저다.

내가 행복한 이유, 성장하는 엄마로 살아가는 이유, 꿈을 이루며 가치로운 성공을 하고 있는 이유, 그래서 사람답게 살고자 노력하는 이유의 시작은 독서였다. 실행할 수 있도록 힘을 실어준 것도 독서였기에 엄마들의 성장을 돕고 싶은 마음으로 가장 쉽고 효과적인 방법인 독서 모임을 만들기로 했다.

SNS를 통해 부모교육 전문가의 양육코칭을 함께하는 독서 모임을 홍보했다. 그때 엄마들의 반응은 양육코칭을 해준다는 이야기에는 관심을 보였지만 책을 읽어야 한다는 것과 생각을 나누어야 한다는 것에는 고개를 절레절레 흔들었다. 다른 건 다 해도 책을 이 주일에 한 권은 못 읽겠다는 엄마들이 더 많았다. 책은 읽을 수 있지만 생각을 나누는 건 못한다는 엄마들도 있었다.

세상에 못하는 것은 없다. 안 할 뿐이다. 안 하고 싶은 것을 못한다고 하는 것 자체가 한계선이 된다. 엄마가 자식을 위해서 못할 것이 무엇이 있느냐며 사교육에 목숨을 내던지려는 투지를 보이던 엄마들이 이 주일에 책 한 권 못 읽는단다. 많은 분들이 참여할 것이라는 예상과 달리 성장하고 싶은 지인 몇 명으로 독서 모임이 시작되었다. 성장하고 싶은 열정으로 시작은 했지만 이 주일에 한 권 읽기는 벅차다는 반응이었다. 독서 모임을 통해 성장하는 맛을 보았기에 지금은 자체적으로 일주일에 한번으로 늘리고 틈새 독서도 하며 멋진 엄마로 성장 중이다. 아이를 잘 키우고 싶다면 우선 엄마가 잘 커야 한다. 엄마 안에 있는 어린 아이들을 무시한 채 성인으로 살아가려니 육아가 힘들고, 우울하고, 화가 조절이 안 되는 것이다. 독서 모임을 '아육맘'이라고 한 이유는 나 아我, 기를 육育으로 나를 기르는 엄마들의 성장 독서 모임이라는 의미를 담았다. 아이를 잘 키우고 싶은 열정으로 양육코칭을 받고 싶어 참석한 엄마들이 스스로 성장하며 내면의 아이를 잘 키워나가고 있다.

독서량이 늘어나면서 무엇인가를 하고 싶다고 한다. 무엇인가는 꿈이다. 엄마들 안에 잠자고 있던 꿈을 깨워준 것도 독서다. 각자 꿈을 품으니 독서가 더 즐거운가 보다. 독서는 다른 사람의 글을 읽으며 치유하는 과정이고 독서 모임은 자기의 삶을 나누며 치유하는 과정이다. 독서는 작가의 생각을 읽으며 생각 재료를 모으는 과정이고 독서 모임은 생각을 생산하고 삶에 적용하며 성장하는 과정이다. 3년 동안 3곳에서 독서 모임을 하며 발견한 독서 모임의 효과는 다섯 가지다.

첫 번째, 관념이 다양해진다.

생각이나 견해가 고정되어 있는 사람은 융통성, 다양성이 부족하니 창의성도 부족하다. 창의성이 풍부한 아이로 키우기 위해서는 다양한 관념을 가질 수 있도록 환경을 주어야 한다. 독서 모임을 통해 내가 가진 생각이 옳고 다른 사람의 생각은 틀렸다가 아니라 나와 다른 사람의 생각이 다르다는 것을 배우게 된다. 관념이 다양해지면 삶이 윤택해진다는 의미다. 삶에서 일어나는 상황들이 '왜 하필'이 아니라 '그럴 수도 있다'로 받아들여지기 때문이다.

두 번째, 토론과 논술 실력이 늘어난다. 독서 모임은 책을 읽고 생각을 나누는 시간이다.

책을 읽고 말할 거리를 찾는 과정에서 무엇을 말할지를 생각하게 되고 생각한 것을 잊지 않기 위해 글로 정리하게 된다. 자기의 생각을 글로 쓰는 것이 논술이고 말로 하는 것이 토론이다. 독서 모임을 하면 자연스럽게 자기의 생각을 말하고 글로 쓰게 된다. 다양한 책을 읽고 다양한 생각을 정리하고 말하는 기회다. 다양한 정보를 입력한다는 것은 토론과 논술에서 논증거리가 많아진다는 것이다.

세상은 아는 만큼 보인다고 했다. 독서를 통해 아는 것이 많아지면 생각의 세상이 넓어진다. 생각의 세상이 넓어지면 표현 또한 깊어지니 토론과 논술 실력이 늘어날 수밖에 없다. 교육이 선진국처럼 독서, 토론, 논술을 중요시하는 방향으로 바뀌고 있다. 독서 모임은 변화하는 교육의 일석 삼조의 효과를 볼 수 있다.

세 번째, 인성이 자란다.

독서 나눔을 하다 보면 다른 사람의 생각을 경청하게 되고 감정을 공감하고 상황이나 삶에 대한 애환을 듣고 위로하게 된다. 자연스럽게 이해와 배려가 바탕이 되어야 모임이 지속가능하다. 독서 모임은 '함께' 성장이라는 목표를 두고 있기 때문이다.

네 번째, 삶에 적용이다.

책 속에 나오는 내용이 나와의 삶과 일치할 때 위로받기도 하고,

반성이 되기도 하고, 방향을 잡아가기도 한다. 또 구성원들의 변화를 보면서 자극을 받아 나의 변화를 실천하려는 의지도 생긴다.

서로의 삶을 나누는 가운데 지혜로운 방법을 찾기도 한다. 엄마들의 독서 모임에서는 특히 구성원들의 올바른 양육 방법을 각자의 양육에 적용하고 삶에 반영하며 서로 성장해간다.

다섯 번째, 지속성이다.

독서의 위대한 힘을 느끼기까지는 독서의 행위가 외로울 수도 있다. 외로우면 쉽게 지치고 포기하게 된다. 그러나 함께하면 지속성이 크고 독서의 위대한 힘을 경험하면 외로움에도 흔들리지 않는 내면의 힘이 생긴다. 내면의 힘이 생기면 삶에 일어나는 모든 문제를 극복해나가게 된다. 내면의 힘을 단단하게 키우기 위해서는 독서를 지속해야 하는데 독서 모임을 하면 좀 더 쉬워진다.

독서 모임의 효과는 아이들에게도 적용이 된다.

어른들의 독서 모임은 있는데 아이들의 독서 모임은 없다. 아이들이 어른들보다 더 바빠서 시간이 없다고 한다. 그래서 나는 딸과 둘이서 독서 모임을 한다. 아이가 읽는 책과 신문을 함께 읽고 생각을 주고받는다. 시간과 장소는 정하지 않고 자유롭게 한다. 아이가 읽는 책을 모두 다 읽을 수는 없다. 처음부터 끝까지 다 읽을 수 없을 때도 있다. 읽은 만큼만 생각을 나누기도 한다. 아이들의 독서 모임이 늘어나면 좋겠다. 친구들이 너무 바빠서 독서 모임을 못한다는 핑계를 찾지 말고 가족들끼리 독서 모임을 하는 방법을 찾으면 좋겠다. 둘 이상 모이면 모임이 된다. 온 가족이 매일 함께 모일 시간이 없다면 둘이서라도 시작하면 된다.

아이들의 독서 모임이 생겨나기 위해서는 엄마의 독서 모임이 먼저다. 엄마가 독서 모임의 효과를 삶으로 느낄 때 아이에게 주고 싶은 의지가 생긴다. 엄마는 좋은 것이 있으면 자식에게 주고 싶기 때문이다.

살고 있는 지역에 찾아보면 독서 모임이 의외로 많다. 혹시 찾아봐도 없다고 하면 스스로 만들면 된다. 책을 읽으며 성장하고 싶은 엄마들 둘만 모이면 독서 모임이 된다. 처음은 서툴게 시작해서 단단하게 다져가면 된다.

독서의 힘을 경험으로 행복을 나누는 행복 기부가이기에 독서하는 국민들이 많아져 행복한 나라면 좋겠다. 조금이라도 더 많은 행복을 나누고 한 명이라도 더 많은 엄마들에게 행복을 나누며 살고 싶다. 말과 글로 가정마다 행복의 씨앗을 심는 농부의 삶이 행복하고 감사하다. 이 모든 일을 가능하게 한 성장의 원동력은 독서다. 성장의 발전소는 독서 모임이다. 혼자 가는 것보다 함께 가면 더 멀리 갈 수 있다. 더 멀리, 더 깊게, 더 즐겁게 성장하는 길은 독서 모임이다. 아이들이 유치원과 학교에서 공부하는 시간은 엄마도 성장하는 시간으로 사용하자. 나는 독서 모임 하는 엄마다.

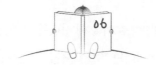

독서의 방해꾼은 TV보다 부모다

아이들이 영상을 접하는 시기가 빨라지고 보는 시간이 많아졌다. 어린이집, 유치원을 등원하는 아이들의 손에 만화영상이 나오는 엄마의 스마트폰이 들려 있는 모습을 종종 본다.

식당, 지하철, 카페 등의 공공장소에서도 어린아이들이 영상을 보고 있는 모습을 종종 본다.

아이들이 울거나 떼를 쓰면 재미있는 영상으로 관심을 돌려 멈추도록 하는 부모들도 있다. 잘 먹지 않는 아이들에게 재미있는 영상을 틀어주며 밥을 한 숟가락이라도 더 먹이고 싶어 하는 부모들도 있다. 아침에 일어나기 힘들어 하는 아이들에게 TV시청의 힘을 빌려 깨우는 부모들도 있다. 아이의 울음을 멈추기 위해, 밥을 한 숟가락이라도 더 먹이기 위해, 공공장소에서 조용히 시키기 위해 아이들에게 주어지는 영상이 아이들에게 미치는 영향을 알고 있는 것일까.

대개의 부모는 영상을 보여줄 때 시력이 나빠질 것만을 걱정하여 멀리서 보게 하는 주의에만 각별히 신경을 쓴다. 시력만큼 뇌력과 독서력이 나빠지는 것을 걱정해야 한다. 아이가 어릴 때부터 영상을 멀리하는 환경을 주고자 노력했던 것은 크게 두 가지 이유에서다.

첫 번째는 책 읽는 아이로 키우고 싶어서였다.

TV는 화려하고 자극적이며 영상의 변화가 빠르다. TV와 스마트폰과 같은 미디어 영상에 오래 노출되면 강한 자극에만 반응하고 더 강한 자극을 찾게 된다. 책은 화려하지도 자극적이지도 빠르지도 않기 때문에 영상에 노출이 된 아이는 책을 멀리하게 된다. 반대로 책 읽기를 좋아하는 아이는 영상에 빠져 들지는 않는다.

두 번째는 아이의 전인 발달에 부정적 영향을 미치기 때문이다.

상호작용 없이 혼자 보는 텔레비전은 아이의 언어, 인지 발달을 늦추고 호기심과 창의력을 저하시킨다. 몸을 움직여 학습하는 특성을 가진 아이들의 손과 발, 생각을 묶어놓으니 무기력해진다. 특히 텔레비전의 일방적인 메시지 전달은 옳고 그름을 판단하는 생각 등을 무의식적으로 학습시켜 아이가 바라보는 가치와 규범을 편향되게 만들 수 있다. 또한 생각하고 판단하는 기능이 저하되어 집중력이 떨어지고 감정조절 능력이 발달하지 않아 폭력적인 성향을 띠게 된다. 하루 중 많은 영상노출 시간은 후천적 자폐의 원인이 되기도 한다고 한다. 영상이 뇌에 미치는 부작용에 관한 내용들은 여기에서 나누지 않으려 한다. 곳곳에 많으니 참조하기 바란다.

나도 독서의 재미에 푹 빠지기 전에는 TV를 사랑하는 사람이었다. 좋아하는 프로그램 방영 날은 약속을 잡지 않고 집으로 돌아오고 주말에 재방송까지 챙겨봤다. TV를 사랑한 나에게 지독한 사랑이 찾아왔다. 바로 독서다. 독서를 사랑하기 시작할 때는 조금의 설렘 정도였지 지금처럼 애끓는 간절함은 아니었다. TV도 보면서 독서도 하면서 시작한 독서사랑은 점점 TV를 보는 시간이 아깝고 의미 없고 가치 없게 느껴지게 했다.

남편과 나는 독서로 성장하는 여자와 TV를 사랑하는 남자로 만나 부부가 되었다. 남편은 집에 있는 시간 중 거의 TV 보며 시간을 보냈다. 어느 날은 TV를 보고 있는 남편의 모습이 생각 없이 사는 바보 같기도 하고 꿈 없이 사는 멍청이 같기도 해서 나랑 결혼한 건지 TV랑 결혼을 한 건지 따져 물으며 혼인신고 다시 하라고 했다. 처 : ***(TV 상호명) 이렇게 말이다. 최대한의 무시적인 발언이었는데도 여전히 TV를 사랑하는 남편이다.

아이가 태어나기 전까지는 각자의 삶의 방식이니 이해보다 무시를 하며 지낼 수 있었다. 아이가 태어나면서부터 문제가 되었다. TV가 아이에게 미치는 부정적 영향을 너무나 잘 알고 있었기에 아빠가 될 남편에게 부탁을 했다.

TV가 신생아에게 미치는 부정적 영향을 조금 더 과장하여 심각하게 이야기했다. 부탁이 마음을 움직였나 보다. 거의 TV를 보지 않았다. 영원하길 바랐지만 일시적이었다. 아이가 돌이 지나니 슬슬 TV를 보기 시작했다. 이제는 TV가 영·유아기에 미치는 부정적 영향에 대해 이야기를 들려주며 부탁을 해야 했다. 아빠라는 책임감이 있었는지 많이 줄였지만 안 보지는 않았다.

그러던 어느 날 아이가 24개월 전후쯤일 때 소파에 앉아 아빠와 똑 같은 자세로 TV에 쏙 빠져 있었다. 그 사건이 남편에게는 큰 충격이었나 보다. TV를 없애버리자고 했다. 그때 없애야 했는데 큰 맘 먹고 비싸게 산 TV라 아까운 마음에 그냥 두고 안 보면 된다, 혹시 손님이 오면 필요하지 않겠느냐며 미련을 가진 것은 나였다. 그 사건을 계기로 아빠가 된 남편의 TV사랑은 이별을 할 거라 기대했는데 몰래하는 사랑이 되었다. 거실에 있던 것을 안방으로 옮겨서 자기영역을 표시하고 아이 몰래 TV를 봤다. 아이를 피해 몰래 보는 남편의 노력에 감사했지만 아빠를 좋아하는 아이는 늘 아빠를 찾았다. 아빠가 화장실에 있어도 "아빠" 하며 안방으로 들어갈 만큼 아이에게 아빠는 안방을 지키시는 분이었다.

엄마와 아빠가 책을 읽는 가정을 선물하고 싶었던 마음을 따라주지 않는 남편을 바꾸어 놓을 수도 나쁜 아빠라고 말할 수도 없다. 각자의 삶이 다를 뿐이다. 각자의 삶이 다름을 인정하지만 우리는 독립된 개체로서 각자의 삶을 중심으로 살아갈 수 없는 '부모'라는 자리를 가지고 있다.

부모는 자식을 위해서 옳고 그름을 가릴 줄 알아야 한다. 하고 싶어도 자식에게 좋은 본보기가 아니면 하지 말아야 하고, 하고 싶지 않아도 자식에게 좋은 본보기를 위해서 해야 하는 '부모'다.

남편의 TV사랑을 끊어 놓을 수는 없었지만 가릴 줄 아는 아빠로 성장시켰고, 10년이 지난 지금은 거의 안 본다. 아빠로 성장을 돕는 것은 아내의 몫이다. 엄마는 자신을 성장시키기도 해야 하고 남편을 성장시키기도 해야 하고 아이를 성장시키기도 해야 한다.

그래서 엄마는 위대한 사람이다. 이런 내용의 강의를 하다보면 억울해하는 엄마들이 있다. 왜 나만 해야 하느냐며 너무 힘겹고 버거워 억울하기까지 한 엄마들의 하소연을 공감한다. 나만 하는 것이 억울하다고 자식을 포기할 것이냐고 물어본다. 한숨을 쉬며 그건 아니라고 대답을 한다. 이미 우리는 엄마이기를 선택했기에 포기할 수는 없다. 억울하지만 포기할 수 없다면 남편 탓하지 말고 엄마가 하는 편을 선택하는 게 더 현명하다고 말해준다. 남편과 자식을 바꾸려고 하지 말고 엄마 자신을 먼저 사랑해야 하는 것과 방법을 안내하면 위로를 받는 듯 힘을 낸다.

TV를 사랑하는 남편을 가릴 줄 아는 아빠로 바꾸는 방법은 간단하다.

첫 번째는 남편에게 잔소리를 하지 않고 부탁을 하면 된다.
아빠의 수고로움과 고생하심을 아이들에게 교육을 시킨다. 아빠의 수고로움으로 오늘도 우리가 이렇게 편안한 생활을 할 수 있다는 것을 꼭 남편이 들을 수 있을 때 교육을 시킨다. 남편이 아빠의 역할을 잘 해서가 아니라 아빠의 자리를 만들어주면 역할을 해내기 때문이다. 남편을 위하는 일은 남편을 위해서가 아니라 아이를 위해서다.

두 번째는 소리로 자극을 주지 않고 감동적인 편지로 자극을 주는 방법이다.

남편의 장점을 쭉 쓰고 그런 남편을 만나 아이를 낳고 부모로서 사는 삶에 감사와 행복을 담아야 한다. 감사하지 않고 행복하지 않아도 선의의 거짓말이 필요한 법이다. 그리고 아이를 잘 키우고자 하는 엄마의 마음을 쭉~ 쓴 다음 남편에게 부탁의 내용으로 TV가 미치는 부정적 영향에 대해 쓰면 된다. 부탁을 할 때 주의할 점은 많은 부탁을 하면 안 된다. 남자는 단순하다. 한 가지만 부탁해야 한다. TV를 보지 말라는 것이 아니라 아이가 있을 때는 자제해달라고 부탁하는 편이 남편의 마음을 더 쉽게 움직일 수 있다.

엄마의 노력에 남편의 TV사랑이 바뀌지 않아도 억울해 하지 말자. 어쩔 수 없는 일이다. 하지만 엄마가 노력을 안 해보는 것보다는 해보는 쪽을 선택하길 바란다. 아빠가 몰래몰래 TV를 봐도 아이는 알고 있다. 남편을 바꾸기 위한 노력이 아니라 아이를 위한 노력이다. 아이 앞에서 TV 보는 아빠를 나무라거나 흉보기보다 아빠는 뉴스와 스포츠를 보는 것이 쉬는 것이라는 것과 아이의 뇌와 어른의 뇌는 다르다는 것을 설명해주는 엄마가 되어야 한다.

우리나라 대부분의 아빠는 아침 일찍 출근하고 저녁 늦게 돌아오는 경우가 많다. 아빠는 회사에서 일도 하시고 책도 읽으시기 때문에 집에서는 쉬는 시간이 필요하다는 것을 말해주어, 아빠의 TV 시청하는 모습도 존중할 줄 아는 아이가 되도록 하는 현명한 엄마가 되어야 한다. 엄마의 노력을 아는 아이는 엄마 편이 되어 책을 읽는 아이가 된다.

내 아이는 아빠가 TV중독이라며 걱정을 많이 하고 때때로 아빠 옆에 붙어서 TV를 보기도 하지만 푹 빠져 보지는 않는다. 오히려 책에 더 빠져 사는 아이다. 엄마와 아이가 책 읽는 모습이 아빠를 움직이기 시작했다. 때때로 책을 읽고 도서관을 가자고 하기도 한다. 서점에 가서 읽고 싶은 책을 사오기도 한다.

엄마, 아빠, 아이가 거실 곳곳에서 함께 책을 읽는 가정을 꿈꾸지만 억지로 할 수는 없는 일이다. 아빠가 TV본다고 탓하지 말고 엄마라도 자식을 위해 가릴 줄 아는 삶을 살아주자.

책 읽는 가정을 위해 TV를 치우자고 하는 독서 운동가들이 많지만 나는 TV를 치우기보다 조절할 줄 아는 아이로 키우자고 한다. 아이가 책의 재미에 푹 빠진 후에는 일부러 TV를 통해 영화를 보여주기도 한다. 아이에게 TV는 영화관이나 마찬가지다. 아이에게 TV는 문화생활이다. 영화 한 편이 끝나면 잔소리 하지 않아도 끄고 다른 일로 전환을 할 줄 안다. TV를 더 보고 싶다고 조르거나 떼를 쓰지는 않는다. 아이에게 TV는 좋아하는 많은 활동 중에 영화를 보는 문화생활일 뿐이다.

요즘은 1박2일을 시청하기도 한다. 아빠와 나란히 침대에 누워 뭐가 그리 재미있는지 깔깔깔 웃으며 유일하게 시청하는 방송이다. 그것 또한 추억이다. 부녀의 웃음소리에 미소 짓게 된다. 나는 아빠와 나란히 누워 TV를 시청해본 기억이 없기에 아이가 부럽기도 하다.

TV 시청을 스스로 완벽히 조절하지는 못하지만 정신을 놓고 빠져 들지는 않는다. TV시청이나 스마트폰을 아주 즐기는 집을 가면 때때로 정신을 놓을 때도 있지만 외부 환경의 노출은 엄마가 막을 수 없기에 아이에게 맡겨둔다. 엄마의 마음이 쪼그라들 만큼 긴 시간을 영상에 빠져 들기도 하지만 영상만 보려고 하지는 않는다. 다른 활동으로 쉽게 전환이 가능하다. 외부환경에서 영상에 노출되는 시간이 그리 많지 않기 때문에 느긋하게 아이에게 맡길 수 있다.

책 읽기의 맛을 먼저 보고 맛에 길들여진 아이는 영상 시청을 조절할 줄 알지만 영상 시청의 맛을 먼저 본 아이들은 책 읽기에 즐거움을 느끼기는 쉽지 않다.

아이가 책 읽는 재미에 푹 빠질 때까지는 영상 시청의 환경을 가릴 줄 아는 부모가 되어주자.

독서는 아이에게 물려줄 유산이다

유치원 교육현장에서 수많은 가정들을 만났다. 내가 만난 가정의 아이들은 부모의 뒷모습을 보고 자란다는 것을 증명해주었다. 부모들의 생각 수준이 아이들의 생각 수준이었고, 부모들의 인성이 아이들의 인성이었고, 부모들의 삶이 아이들의 삶이라는 것을 20년 동안 눈으로 확인하며 살았다. 자연스럽게 나는 어떤 엄마가 될까를 상상했다. 엄마가 되면 훌륭한 엄마가 되고 싶었다. 훌륭한 엄마가 되어야 아이도 훌륭해진다는 생각에서였다. 완벽하게 훌륭한 엄마가 될 수 있을 줄 알았다. 세상의 엄마들을 두 부류로 나누어 보았다.

무식한 엄마 vs 똑똑한 엄마
무늬만 엄마 vs 친 엄마
나쁜 엄마 vs 좋은 엄마

자격 없는 엄마 vs 자격 있는 엄마

어떤 부류의 엄마인가를 생각해보자. 앞쪽 부류의 엄마인가, 뒤쪽 부류의 엄마인가를 생각하기 전에 엄마를 두 부류로 나눈 것에 반감을 가질 수도 있다. 반감을 거두고 잠시만 생각해보자. 생각한다고 해서 그 부류가 되는 건 아니니까.

훌륭한 엄마를 꿈꾸었고 훌륭한 엄마가 되고 싶었지만 훌륭한 엄마에 대한 개념이 없었다. 내가 원하는 것은 뒤쪽 부류의 엄마였지만 결국 내가 하고 있는 것은 앞쪽 부류의 엄마였다.

아이들의 발달과 심리 등 교육에 전문적인 지식을 가진 똑똑한 엄마인 줄 알았지만 정작 내 아이 마음의 소리를 듣지도 보지도 못하는 무식한 엄마였다.

아이를 뱃속으로 낳았지만 엄마의 품이 필요한 가장 중요한 시기에 엄마의 성공에 눈이 멀어 다른 사람의 품으로 밀어 보내고 먹이고 재우기만 하는 무늬만 엄마였다.

세상에서 내 새끼를 제일 사랑하지만 아이가 원하는 사랑을 무시하고 주고 싶은 사랑만 주는 나쁜 엄마였다. 유아교육 최고의 원감자격이 엄마의 자격인 줄 착각하고 사랑하기보다 가르치려 애쓰며 사는 자격 없는 엄마였다.

훌륭한 뒤쪽 부류의 엄마가 되기를 바라면서 앞쪽 부류의 엄마로 살고 있다는 것을 깨닫게 해준 것이 아이다. 아이를 잘 키우고 싶은 엄마 마음만 가지고 있지, 아이의 마음을 무시하고 있다는 것을 깨닫게 해준 것도 아이다. 아이는 뒤쪽 부류의 엄마가 되어달라고 신호를 보내고 있었지만 듣지 못하고 성공을 위해 달리고 있었다. 독서를 통해 성공이란 사회적, 경제적으로 위치를 높이는 것이 아니라 가치 있는 성장을 사람들과 공유하는 것임을 알았다. 독서는 귀를 열고, 눈을 열고, 마음을 열고, 생각을 열어주는 정신 작용이다.

독서를 통해 아이의 행동이 아픈 마음의 신호라는 것을 알았다. 아이 마음의 신호를 듣지 못했더라면 청소년 시기에 대가를 톡톡히 치루어야 했을 텐데 책 읽는 엄마인 것에 감사했다.

앞에서도 독서가 나의 삶에 준 지대한 영향을 이야기했듯이 행복하고 감사한 삶을 살아가고 있는 엄마다. 엄마는 가장 귀한 것을 주고 싶은 마음과 놀라운 자식 사랑의 힘을 가졌다. 어머니의 놀라운 사랑을 표현한 이야기가 있다.

괴팍한 여자와 사랑에 빠진 한 청년이 있었다. 여자가 남자에게 사랑한다는 증거로 엄마의 심장을 꺼내 오라고 한다. 남자는 엄마의 심장을 꺼내 사랑하는 여자에게로 달려가다 그만 돌부리에 걸려 심장을 떨어트리고 말았다. 떨어진 엄마의 심장이 아들에게 "어디 다친 데는 없니?"라고 물어본다.

엄마는 심장을 꺼내주고도 다친 데가 없느냐고 걱정하는 큰 사랑을 가진 사람이다.

세상에서 가장 귀한 것은 엄마들마다 다를 수 있다지만 20년 동안 교육현장에서 10년 동안 엄마로서 살아본 나는 엄마의 품과 독서라고 확신한다. 아이가 평생 따뜻한 온기로 살아갈 수 있는 사랑 발전소가 되어주는 것은 돈, 지식, 좋은 환경, 고급 교육이 아니라 엄마 품이다. 엄마는 아이 마음을 들을 줄 알고 마음을 단단하고 건강하게 사랑이 넘치는 환경을 제공하고 옳고 그름을 분별하는 사리 판단력을 가르칠 수 있는 품을 가지고 아이의 보금자리가 되어주어야 한다. 어리면 어릴수록 엄마의 품이 필요하다. 그리고 성장하면서는 엄마의 품보다 엄마의 옳은 가치관, 정신이 깃든 영혼이 필요하다. 영혼을 건강하게 살찌우는 것은 독서다.

나의 첫 책인 평생 아이 걱정 할 일 없이 잘 키우는 방법을 안내하는 습관 육아에는 엄마가 물려줄 최고의 유산을 습관이라 말했고 10가지 습관을 제안했다. 제안한 9가지의 습관을 이끌어준 것은 바로 읽는 습관 독서다. 독서가 최고의 삶으로 이끌어준 경험으로 살고 있기에 아이에게도 내가 가진 가장 귀한 것을 주고 있다.

내가 살아가는 이유는 자식 덕분이다. 죽음을 수시로 생각해본 적이 있다. 죽음이 무섭지도 두렵지도 않았다. 지금은 죽음이 무섭다. 내가 살고 싶어서가 아니라 엄마라서 그렇다. 사람의 명은 각자가 정하는 게 아니라는 것은 누구나가 다 아는 사실이다. 다만 평생 살 것처럼 죽음을 준비하지 않을 뿐이다. 만약에 내가 죽는다면 내 아이에게 엄마는 없다. 엄마의 욕심으로 평생 아이 옆에 살아 있고 싶었다. 아이가 힘들어 할 것이 염려가 되어서도 죽음이 두려워서도 아니다. 아이의 삶에 고통과 고난이 왔을 때 담담히 해결해나갈 수 있도록 위로해주고 도와줄 수 없다는 것이 무섭기 때문이다. 점점 엄마 품을 떠나 넓은 세상을 혼자 걸어나가는 아이에게 엄마로서 영혼을 챙기는 선물을 주고 싶었다. 아이를 위로해주고 가치로운 선택을 할 수 있도록 도와주고 행복한 삶을 꾸려 나갈 수 있도록 지혜와 용기를 주는 것은 독서뿐이다.

독서로 성장하는 엄마가 되기 전까지는 친정 부모를 원망하며 엄마처럼 살지 않겠다고 몸부림치며 엄마처럼 사는 나를 발견하고 괴로워하면서 내 아이만은 나처럼 살지 않기를 바라는 정상적이지 못한 마음이었다. 정상적이지 못한 마음을 위로해주고 정상적인 마음으로 돌려준 것도 독서다.

나처럼 살고자 하는 것도 살고 싶지 않은 것도 아이의 마음이다. 아이의 마음을 엄마가 결정해놓고 그 결과를 만들어내기 위해 애쓰며 살고 싶지는 않다. 엄마라서 감사하며 성장하면서 행복하게 살면 아이가 엄마처럼 살고 싶다는 마음이 들지 않을까 하는 마음으로 살아가는 중이다.

해는 뜨면 지는 시간이 정해져 있지만 인생은 지는 시간이 정해져 있지 않다. 준비 없이 죽음을 맞이하기도 하고 떠오르기도 전에 죽음을 맞이하기도 한다. 해가 지는 모습이 너무 아름다워서 눈물

흘린 적이 있다. 지는 해가 눈이 부시게 아름다웠다. 아름답게 지는 해가 되기 위해서는 지금 준비해야겠다는 마음이 들었다. 지는 해가 아름다운 줄 모른 채 해처럼 떠오르는 삶을 살아왔다. 해마다 신년에 뜨는 해의 기운을 받아 남들보다 조금 더 높게 떠오르고 조금 더 빨리 떠오르고 조금 더 빛나는 삶을 살기 위해 세상과 싸우며 살아왔다. 지는 해가 뜨는 해보다 아름답다는 것을 처음으로 느껴보았다. 엄마로서 저렇게 아름답게 지는 삶 앞에서 내 아이가 "우리 엄마의 삶은 지는 저 해처럼 아름다웠어"라는 마음을 느낄 수 있는 삶을 살아야겠다고 생각했다. 아이에게 부끄럽지 않은 엄마가 되기 위해서 말이다.

조금 더 사랑하고, 조금 더 나누고, 조금 더 감사하고, 조금 더 겸손하고, 조금 더 사람답게 살아가는 삶이 아름답게 익어가는 지는 해의 삶이다.

아이 옆에 엄마로서 영원히 살아줄 수 있는지 없는지 알 수 없다. 신도 알 수 없는 영역이리라.

아이의 영혼에는 영원히 살아 있는 엄마가 되어주고 싶다. 아이에게 엄마처럼 살지 않겠노라고 원망을 주는 존재가 아닌 눈이 부시게 아름답게 지는 해의 존재이고 싶다.

눈이 부시게 아름답게 지는 해가 되기 위해 독서와 글쓰기를 해야 한다. 독서는 영혼을 살찌우는 영양제였다면 글쓰기는 영혼을 치유하는 치료제다.

나의 선택이 꼭 아이의 선택이 되어야 하는 것은 아니지만 내가 알고 있는 최고의 방법이 독서와 글쓰기뿐이기 때문에 내가 줄 수 있는 것도 독서와 글쓰기뿐이다.

독서는 아이에게 편안한 엄마가 되어준다. 엄마가 하는 옳은 말도 듣는 아이들에게는 잔소리가 될 수 있지만 책이 하는 말은 훌륭한 가르침이 될 수 있다. 책을 읽는다는 것은 아이에게 훌륭한 가르침을 주는 엄마가 있다는 것이다. 책을 매일 읽는다는 것은 훌륭한 가르침을 주는 엄마를 매일 만난다는 것이다.

책을 많이 읽는다는 것은 훌륭한 가르침을 주는 엄마가 많다는 것이다.

나는 책 읽는 엄마로 아름답게 익어가고 있는 중이고 아이는 책 먹는 아이로 성장해가는 중이다.

내가 물려줄 수 있는 귀한 유산은 독서다.

제2장

사^死교육이 아닌 독서
사^私교육인 아이로 키워라

세상을 읽는 아이

　요즘 사람들은 참 바쁘다. 어른도 아이도 모두가 바쁘다. 맞벌이 부부만 늘어나는 게 아니라 온 가족이 다 벌이를 한다. 부모는 돈을 벌고 아이는 지식과 기술을 벌러 다닌다. 아이를 잘 키우겠다고 엄마 일을 선택했지만 아이를 잘 키울 수가 없다. 아이가 매일 지식과 기술을 벌러 다니느라 바쁘기 때문이다. 즉 아이를 사교육에 위탁하는 시간이 더 많아 잘 키울 수가 없는 노릇이다.

　엄마는 사교육이 내 아이를 잘 키우고 있는지 지켜보고 있을 뿐이다. 아이에게 최고의 교사는 엄마라는 것을 잊고 1년에 한 번씩 바뀌는 선생님을 잘 만나기를 바라고 선생님이 잘못하면 내 새끼 잘 못 키웠다고 맞서 싸우는 역할을 한다.

　아이를 잘 키운다는 것은 부모마다 개념을 달리하겠지만 인간이라는 특성을 놓고 볼 때 사회적 동물이므로 사회의 구성원으로 어울려 살아갈 수 있도록 바른 인성과 지적인 사고에 근거하여 문제를 해결하는 지성을 가진 아이로 키운다는 것이다. 지식과 기술을 배우고 익히는 교육이 잘못이라기보다 왜 해야 하는지 모르면서 하고 있다는 것과 연령보다 과하게 하다 보니 공부는 하기 싫은 것을 억지로 해야 하는 스트레스가 된다는 것이 문제다.

하기 싫은 일을 왜 해야 하는지 모른 채 억지로 하는 것과 하기 싫은 일이더라도 왜 해야 하는지 알기 때문에 힘들지만 하는 것과는 결과가 다르다.

하기 싫은 일과 힘든 일은 다르다. 힘든 일이라는 것을 알지만 해야만 하기 때문에 하다보면 재미가 붙을 수 있다. 공부도 마찬가지다. 공부를 왜 해야 하는지의 필요성을 알게 하면 힘들지만 스스로 하게 되고 하다 보면 재미가 붙을 수 있다. 공부를 왜 해야 하는지를 잘 알게 하는 방법이 바로 세상을 읽게 하는 거다. 유아기까지는 자기중심적 사고기에 있기 때문에 자기 이야기에 관심을 갖지만 학교생활을 시작하는 시기부터는 달라진다.

스위스의 심리학자 피아제는 자신의 딸들을 키우면서 자세히 관찰한 내용들을 바탕으로 인지발달이론을 정립했다. 피아제에 따르면, 학교생활을 시작하는 7세부터 11세까지를 구체적 조작기라고 하는데 이 시기에는 자기중심적 사고에서 벗어나 집단에서의 자기 역할에 대해 이해하고 협동하는 것의 중요성을 이해한다고 한다. 십대가 되면 형식적 조작기에 들어서는데, 이 시기부터는 추상적이고 가설적인 수준에서도 체계적으로 사고할 수 있는 능력이 발달하고, 논리성과 합리성을 토대로 한 추론을 할 수 있게 된다고 했다. 이를 기반으로 자신이 처한 환경과 사회적인 현실에 대해서 본질적인 탐색과 질문을 할 수 있고 토론하기를 좋아한다고 한다.

초등학교에 입학하는 나이가 되면 사회적인 이야기에 더 관심을 가지고 사회 속에 나를 탐색하고 질문할 수 있다는 것이다. 세상읽기를 통해 무엇을 해야 하는지와 왜 해야 하는지를 알고 자신에게 필요한 지식과 기술을 스스로 배우고 익히게 된다.

독서는 다른 사람의 생각을 읽을 수는 있지만 세상을 읽기에는 제한적인 면이 있다. 독서의 한 종류로 풀이하는 세상읽기는 신문, 잡지, 여행, 경험을 이야기한다. 신문에는 우리 사회뿐 아니라 세상의 사회적 현상에 관한 이야기가 실린다. 어른들이 읽는 신문도 있지만 어린이의 눈높이 맞게 만들어진 어린이 신문들도 있다.

신문으로 세상을 읽는다는 것의 예를 들어보면 북한 핵 발사 내용에 관한 신문기사를 읽은 초등학교 2학년 딸아이는 궁금한 것이 많다.

"핵이 뭐예요? 왜 북한은 핵을 쏘는 거예요? 전쟁이 또 일어날 수도 있겠네요. 전쟁이 일어나면 우리는 어떻게 해야 하는 거예요?"

남북정상회담에 관한 신문기사를 읽은 초등학교 3학년 아이들은 비핵화 하는 것에 장점과 단점을 이야기하고, 통일했을 때 장점과 단점에 대한 이야기도 나누었다.

인공지능에 관한 내용을 읽은 후에는 세상이 점점 로봇화되어 간다는 것을 알고 본인이 만들고 싶은 로봇을 상상해서 말하기도 하고 로봇이 많아지면 사람들의 일자리가 없어진다는 것을 걱정하기도 한다.

로봇이 못하는 일을 하기 위해서는 무엇을 해야 하는지를 묻기도 하면서 사람에게 지혜가 필요하다는 것도 안다. 로봇이 할 수 없고 사람만이 가진 능력은 문제 해결력이라는 것을 대화를 통해 알고는 문제 해결력을 키우는 방법을 묻기도 한다. 문제 해결력을 키우는 방법으로 제안한 것이 바로 세상읽기다. 현재와 미래의 세상뿐 아니라 과거 역사의 세상을 읽기도 한다. 군함도 내용을 읽은 아이는 애국심을 불태우며 우리나라가 힘을 키워야 한다는 굳은 다짐을 보이기도 한다. 다른 나라에서는 어떤 역사가 만들어지고 있는지 세계사에 관심을 가진다.

신문 읽기가 성적에도 영향을 미친다고 한다. 2018년 8월 2일자 신문에 일본 문부과학성이 초등학교 6학년과 중학교 3학년을 대상으로 실시한 전국학력테스트 및 학습현황 조사에서 신문을 많이 읽는 학생일수록 정답률이 높은 것으로 나타났다. 특히 산수와 수학B에서 신문을 매일 읽는 학생과 전혀 읽지 않는 학생 사이에 성적 격차가 가장 많이 벌어졌다. 이 같은 추세는 국어, 과학 등에서도 비슷하게 나타났다는 기사가 실렸다.

신문 외에도 세상 이야기가 실린 잡지도 있다. 어린이들이 볼 수 있는 잡지들이 많으니 아이가 관심 있어 하는 분야의 잡지를 구독하는 것도 좋다. 정기구독도 있고 필요할 때만 구입할 수도 있다.

세계를 모두 가볼 수도 없고 세상에 일어나는 일을 모두 찾아다닐 수도 없으니 세상 이야기를 전하는 글을 읽어야 한다. 세상읽기는 역사의 현장에 참여자로 역사를 기록하는 행위다.

세상을 읽는 아이와 지식과 기술만 배우는 아이들의 차이는 바로 세상 속에 한 개인으로서 살아가는 목표를 가지고 준비할 줄 안다는 것과 어디에 쓰여야 할지도 모르는 지식과 기술을 억지로 하고 있다는 것의 차이다.

여행으로 세상읽기를 하는 방법도 있다. 세상읽기 여행은 세계여행만을 이야기하는 것은 아니다. 동네여행도 여행이다. 매일 반복적으로 하는 일상을 벗어나보는 것을 여행이라고 한다. 다른 지역의 가볼 만한 곳을 찾아 체험을 하고 힐링하는 여행도 좋지만 무엇을 하더라도 그 지역을 여행한다는 것은 그 지역사회를 읽어본다는 것이다.

세상읽기 여행의 필수 두 가지는 지도와 대화다. 아이와 다른 지역으로 여행을 하면 제일 먼저 그 지역의 지도를 구한다. 지도를 펼쳐놓고 지역의 문화유산과 특성을 이야기 나누어보기도 하고 가 볼 곳을 함께 알아보기도 한다. 지역마다의 역사 이야기를 나누기도 한다. 지리적 특성에 따라 발달 정도가 다르다는 것도 여행을 통해 읽어본다. 여행지에 대한 대화를 나누다 보면 아이의 주장이 바르지 못할 때가 있다. 아이의 잘못된 주장을 반박하기보다 자기의 의지와 생각이 있다는 것을 인정하되, 그 주장이 자의적이고 협소할 수 있다는 점에 대해서 알려주면 된다.

내가 어릴 적보다 요즘 아이들은 가족 여행, 캠핑을 많이 다닌다. 여행을 다녀온 아이들에게 어디 다녀왔냐고 물으면 모른다고 한다. 무엇을 보고 왔냐고 물으면 그냥 재미있게 놀다가 왔다고 하고 좋았다고 한다. 자주 가는 할머니 집이 어디냐고 물어도 지역을 이야기하기보다 시골이라고 하거나 먼 곳에 있다는 정도로만 대답을 하는 아이들이 많다. 여행을 다니기만 하지 세상을 읽지는 않고 있다는 의미다. 여행의 목적은 힐링도 있지만 자기와의 대화를 통해 성찰하는 시간이기도 하고 내가 살고 있는 작은 세상이 아닌 다른 세상을 읽기 위함이기도 하다. 아이들의 대답을 통해 여행은 먹고 놀고 즐기는 것이라는 인식을 하고 있다는 것을 알게 된다.

나의 여행 시작도 처음에는 힐링, 먹고 놀고 즐기는 것이었고 목적을 위해 완벽하게 계획을 하고 계획대로 움직이느라 여행지의 세상을 읽을 시간적 여유가 없었다. 부모가 되고서는 아이를 위한 여행을 했다. 여행을 다녀와서 무엇을 보고 느끼고 생각하게 되었는지 모르는 아이의 반응에 여행을 다시 생각하게 되었다. 그때부터 지도와 대화를 하면서 여유롭게 여행지를 느끼며 세상읽기 여행을 하고 있다.

세상읽기의 방법으로 경험도 있다.

백문이 불여일견不如一見이라고 했다. 백 번 듣는 것이 한 번 보는 것만 못하다. 백 번 듣는 것보다 한 번 보는 것이 더 낫지만 백 번 보는 것보다 한 번 경험하는 것이 더 낫다. 스스로 경험해본 것은 백 번 보는 것보다 학습효과가 크다는 의미다. 우리 아이들이 하는 공부는 획일적이고 좁은 공간에서 백 번 듣고 보는 교육이다. 동방예의지국이었던 우리나라가 인성이 부족한 나라가 된 것도 백 번 듣고 보는 교육의 결과다. 예를 들면 배려라는 인성의 한 덕목을 획일적인 공간에서 배려가 무엇인지 백 번 듣게 하고 배려하는 장면을 백번 보게 했다고 배려를 아는 것은 아니다. 여기서 안다는 것은 실천한다는 것이다. 배려가 무엇인지를 말할 수 있고 배려하는 장면을 정확히 찾아낼 수 있어도 관계에서 배려는 못할 수도 있다는 것이다. 백 번 듣고 백 번 보는 것보다 한 번 배려받고 배려해본 경험이 더 큰 가르침이 된다. 세상읽기를 위한 경험은 일상에서 작은 것부터 스스로의 경험이 필요하다.

빌 게이츠를 누르고 세계 1위 부자 자리에 오른 아마존 CEO 베저스의 육아비법은 "4세 때 칼을 쥐여 줘라"라고 한다. 베저스는 아이들이 4세 때부터 날카로운 칼을 쓰도록 허락했고 전동공구도 만질 수 있도록 했다. 아이들이 칼을 만지다가 다치더라도 거기서 무언가를 배울 수 있다는 이유에서다. 기지 없는 것보다 손가락 9개가 낫다는 말을 했다. 업무철학에서도 "문제가 생길 때면 여러분의 기지를 발휘해 문제에서 벗어나는 자신만의 방법을 개발해야 한다"고 말했다.

베저스의 육아비법이 나의 교육철학이다. '스스로'를 중요시하는 교육으로 자율성과 문제 해결력을 키우려 했다. 영아기 때부터 가위를 사용하도록 했고, 유아기 때부터 칼을 사용하는 환경을 만들어주었다. 9살부터는 물건을 수리해야 하는 일이 생기면 공구를 가지고 스스로 수리하여 사용한다. 간혹 친구가 놀러오면 쌀을 씻어 밥을 하고 김치와 햄을 썰어서 김치볶음밥을 직접 요리해 대접하기도 한다. 직접 경험하는 것은 다양한 세상의 경험이다. 엄마 세상, 아빠 세상의 경험이고 위험한 세상을 가장 안전한 가정에서부터 경험을 하면서 사회에서 부딪혀야 할 위험한 상황을 대비하는 중이다.

세상을 신문, 잡지, 책 등의 글로 여행하고 여행과 경험을 통해 몸으로 읽는 독서가 필요하다. 세상 속에서 내가 무엇을 해야 하는지 왜 해야 하는지를 찾아 스스로 하게 해야 한다.

자기가 하고 싶은 일을 꿈이라고 하고 꼭 해야 하는 일을 사명이라고 한다. 세상을 읽는 아이는 꿈과 사명이 있어 강요하지 않아도 스스로 필요한 지식과 기술을 익히며 인성과 지성을 키우는 사람으로 자란다. 세상을 읽지 못하면 변화하는 세상을 따라가느라 힘이 들지만 세상을 읽으면 변화를 일으키는 주역이 된다.

만화 읽는 아이

독서 교육에 대한 강의를 하다보면 만화라도 읽었으면 좋겠다는 부모님과 만화만 읽어서 걱정이라는 부모들의 고민들을 듣게 된다. 만화를 읽혀도 되는지에 대한 질문도 많이 받는다.

우리가 자라는 세대에 만화는 공부 안 하는 아이들의 유희였고 만화방에 가는 아이들은 공부하기 싫어서 회피하는 문제아라는 인식도 있었다. 그래서 부모들에게 만화는 독서가 아닌 공부를 방해하는 노닥거림 정도로 인식되고 있는 듯하다.

어릴 때부터 만화를 보여주는 부모는 없다. 영·유아기에는 주로 동화책을 읽는 환경을 준다. 아이가 초등학생이 되거나 초등학생 형제가 있는 유아기 아이들은 만화를 접하게 된다. 만화를 읽는다는 것은 그림으로 내용을 추론할 수 있는 나이가 되었다는 의미다. 10살을 전후하여 만화책을 좋아하기 마련이다. 이때는 판타지 모험, 신화, 역사 책 읽기의 재미에 빠지게 하는 좋은 시기다. 딸아이는 책을 즐겁게 읽고 좋아서 읽고 긴 줄글 책도 겁 없이 읽는 아이였다. 초등학교를 입학한 후 친구들이 읽는 만화책을 처음 보았다. 만화책을 본 후부터는 만화책에 빠져 들었다. 학교에서 쉬는 틈만 있으면 도서관으로 달려가 만화책을 읽고 하교할 때는 매일 도서관을 들러 만화책을 대출해왔다.

만화책만 읽으니 불안했고 정확한 근거도 없이 만화를 보지 못하게 했다. 아이들은 통제된 것을 갈망한다는 말처럼 만화를 통제할수록 더 읽으려고 수업이 끝난 후 집으로 오지 않고 도서관이나 길바닥에서 읽었다. 만화를 통제하고 줄글 책 읽기를 강요하니 책을 읽을 때 표정이 어둡고 불만을 표현했다. 아무리 좋은 책이라도 불만을 가지고 억지로 하는 것은 좋은 효과를 얻을 수 없다.

아이와 만화책으로 실랑이를 하는 하루하루가 고민인 어느 날 만화책 읽기를 다시 생각해볼 계기가 생겼다. 대화 중 '자아'에 대한 이야기를 했다. 깜짝 놀라 무슨 뜻인 줄 아느냐고 물어봤더니 이해를 하고 있었다. 이어지는 대화는 초등학교 1학년 아이와 대화라고 하기에는 높은 수준이었다. 역사 부분에도 나보다 더 많은 역사 지식을 가지고 있었다. 아이의 지식을 높여준 것은 바로 학습만화였다. 나는 왜 만화를 보지 말라고 강요를 하고 있었을까? 학습에 필요한 능력인 이해력과 어휘력, 논리적 사고력 등에 방해가 될까 봐였는데 오히려 학습에 필요한 지식이 풍부해져 있었다.

그날을 계기로 아이가 읽는 학습만화에 대해 조사해보고 함께 읽어보고 만화를 읽은 후 변화를 자세히 관찰하고 기록했다. 그리고 학습만화에 장점과 단점에 대한 전문가들의 생각을 공부하기 시작했다. 모든 것은 과유불급이다. 학습만화도 마찬가지다. 학습만화의 장점과 단점을 파악하여 정리하고 장점을 활용하고 단점을 보완하여 적절하게 읽도록 환경을 제공하고 있다. 책 읽기를 싫어한다는 아이로 고민하는 부모들에게는 학습만화를 제안하기도 한다.

일본을 대표하는 소설가 히가시노 게이고가 《나미야 잡화점의 기적》이라는 책으로 2012년 '중앙공론 문예상'을 수상하는 시상식 자리에서 "어렸을 때, 나는 책 읽기를 무척 싫어하는 아이였다. 국어 성적이 너무 좋지 않아서 담임선생님이 어머니를 불러 만화만 읽을 게 아니라 책도 읽을 수 있게 집에서 지도해달라는 충고를 하셨다. 그때 어머니가 한 말이 걸작이었다. '우리 애는 만화도 안 읽어요.' 선생님은 별수 없이, 그렇다면 만화부터 시작하는 게 좋겠다고 했다"는 이야기를 했다고 한다.

아이를 통해 알게 된 학습만화의 장점은 첫 번째 유익한 정보와 지식을 얻을 수 있다. 두 번째 어려운 지식과 정보가 초등학생의 수준에 맞게 이해하기 쉽게 표현되어 있다. 세 번째 처음 접하는 분야에 거부감이 없어 다양한 분야에 관심을 가질 수 있다. 네 번째 책에 관심이 없는 아이들은 흥미와 재미가 있는 만화책으로 쉽게 접근할 수 있다. 다섯 번째 매일 꾸준히 책 읽는 습관을 형성하는 데 도움이 된다.

학습만화의 단점은 첫 번째 흥미 위주로 되어 있어 우스운 장면은 기억하지만 핵심 파악 능력은 늘어나지 않는다. 두 번째 짧은 대화체 형식으로 읽기의 호흡이 짧아져 줄글 책 읽기가 힘들어진다. 세 번째 그림으로 상황을 설명하기 때문에 어휘력 발달에 도움이 되지 않는다. 네 번째 논리적 설명보다 유머스럽게 설명하여 논리력, 사고력 발달에 도움이 되지 않는다. 다섯 번째 만화로는 문장력을 키울 수 없다.

만화책 읽기에도 장점과 단점이 있는데 단점에 대한 정보만을 가지고 있었기에 통제했다. 엄마의 지식 안에서만 아이를 키우려 하면 엄마의 지식만큼 밖에 못 큰다. 아이를 잘 키우기 위해서는 엄마가 공부를 해야 한다. 만화에 대한 장·단점을 공부하고 아이의 변화를 세밀하게 관찰하여 만화에 대한 견해가 생기니 학습효과를 최대로 경험할 수 있게 되었다.

학습만화를 통해 다양한 분야의 지식이 쌓이니 일상에서 토론을 하는데 가능한 힘이 생겼다. 토론을 위해서는 그 분야의 지식과 정보가 필요하다. 알지 못하면 의견을 말할 거리가 없고 상대의 이야기에 비판적 사고를 할 수가 없어 전문가의 말을 그대로 믿어버리게 된다. 학습만화로 알게 된 지식과 정보는 토론에서 의견을 내세울 수 있게 했다. 특히 역사 만화를 읽은 후에는 정치와 사회경제 분야의 시사적인 문제를 토론하는 데 재미가 붙었다.

학습만화의 장점을 살리고 단점을 보완하여 만화 읽는 아이로 키우는 방법을 소개한다.

　첫 번째 부분적 제한과 허용을 활용한다.

　학교에서 대출해오는 만화책만 읽기로 부분적 허용했다. 그 외에는 만화책을 읽지 못하도록 제한했다. 만화책을 두 권 읽은 후에는 자연스럽게 읽고 싶은 줄글 책을 읽었다. 권수를 제한하기도 하고 시기를 제한하기도 했다. 1학년 때는 부분 제한 허용하고, 2학년 1년 동안은 허용했다. 허용하면서 2학년 겨울 방학부터는 1년 동안 만화책 제한한다는 것을 미리 알려주었다. 만화책과 줄글 책을 자유롭게 넘나들며 읽는 지금은 특별히 제한을 하지도 않고 여기저기에서 얻거나 구입한 학습만화책이 집에 쌓여 있다.

　두 번째 만화의 장점과 단점을 미리 알려주어 스스로 조절할 수 있게 하고, 만화책에 줄글 설명 부분은 꼭 읽도록 했다.

　아이에게 말해준 만화의 장점은 "많은 지식과 다양한 분야의 정보를 알 수 있고 재미있다"는 것이고, 단점은 "쉽게 읽다 보면 생각하는 힘을 기를 수가 없다"라고 이야기해주었다. 만화를 제한하기만 하면 잘못한다는 죄책감으로 읽게 되어 책 읽는 행위가 불안하게 된다. 만화책의 장점을 취하고 단점을 보완하는 줄글 책을 읽어야 한다는 것을 알면 스스로 조절하기에 도움이 된다.

세 번째 만화책 읽기는 휴식이라고 인정하기다.

만화책 읽기는 휴식이라고 인정하면 게임하는 것보다 불안하지 않다. 아이는 잘 놀고 있는 중이기 때문이다. 통제하지 말고 적당히 휴식할 수 있도록 조절해주자.

네 번째 만화책과 관련한 영화나 줄글 책을 찾아주기다.

읽기 독립을 할 때나 줄글 책 읽기의 재미를 느끼게 할 때 만화책 내용에 관련한 영화를 보여주거나 줄글 책을 읽게 한다. 영화를 보여주어 관심과 정보를 다진 후에 관련된 줄글 책을 보여주면 이해력, 어휘력, 논리력이 단단해진다.

특히 역사책을 읽힐 때는 만화로 흥미를 유발하고 영화와 한국사, 세계사로 연결해준다. 만화책은 줄글 책을 읽히기 위한 에피타이저로 활용하면 좋다.

다섯 번째 문학책을 읽어주어라.

만화책을 읽기만 할 때 엄마가 읽어주는 책으로는 문학책으로 선택했다. 문학책은 책 읽기의 참 맛을 느끼게 한다. 책 읽기는 영혼의 밥이다. 몸의 건강을 위해 이로운 음식을 주로 먹고 해로운 음식은 조금만 먹도록 한다. 영혼에 가장 이로운 음식이 문학책이니 매일 조금씩이라도 읽도록 했다.

어린이 동화로 만든 박경리의 장편소설, 공지영, 박완서 등의 문학과 세계명작은 꾸준히 읽도록 아이 눈에 보이는 곳에 책을 깔아 둔다. 눈에 보이면 읽게 된다.

여섯 번째는 만화책을 읽고 대화를 꼭 나누어라.

대화 중에 수준 높은 지식을 말할 때 만화책을 읽은 덕분이라는 것을 인정해주면 지식과 정보를 하나라도 더 기억해서 엄마와 대화하고 싶어진다. 대화는 지적인 호기심을 자극하는 촉매제다. 엄마와 대화에서 말의 주도권을 가지기 위해 집중해서 읽게 된다. 만화의 장점을 인정하고 단점을 보완한 만화읽기로 박학다식한 아이로 키우자.

교과서 읽는 엄마와
일상이 복습인 아이

2017년 한 해에 두 번이나 경주와 포항에서 지진이 났다. 지진 피해로 건물에 금이 가거나 무너지기도 했다. 내구성 있게 단단히 지은 건물은 지진 근원지와 가까워도 피해가 없었다고 한다. 지진을 대비하기 위한 계획으로 건물을 지을 때 내구성 있게 단단히 지어야 한다는 의견을 모으고 있다.

우리의 교육 현실이 꼭 지진이 주는 교훈과 닮았다. 지진의 피해를 입고 난 후에야 지진에도 버틸 수 있도록 단단히 지어야 한다는 것처럼 국정교과서가 아닌 학습지와 사교육 시장이 만들어 놓은 교과서로 과도한 교육, 빠른 교육으로 인한 피해 후에야 느린 교육, 맞춤교육, 적기교육 등을 해야 한다고 한다.

집을 짓는 일뿐만 아니라 모든 것에 기본이 단단해야 하고 뼈대가 튼튼해야 한다. 즉 기본에 충실해야 한다는 것이다. 교과서는 학교라는 사회에 깔맞춤하기 위한 형식적으로 만들어 놓은 것이 아니다.

학습에 기본이 되고 단단한 뼈대가 되는 내용을 아이들의 인지 발달 수준에 적합한 내용으로 구성해 놓은 것이다. 나이에 맞게 배워야 할 기본적인 것은 교과서가 전부다. 교과서를 읽고 일상과 연결하여 놀면서 복습하는 학습방법은 지진에도 흔들리지 않는 학습의 내구성을 갖추게 된다. 교과서는 시대에 뒤처지고 주입식 교육으로 창의성을 키우지 못한다는 견해로 없애야 한다고 주장하는 분들도 있다.

교과서 읽는 엄마와 연결하는 아이의 공부법은 지식을 주입하는 교육이 아닌 지식을 활용하여 연결하고 새로움을 창조하는 창의성 교육이다.

교과서 읽기는 장소에 따라 대상이 달라진다. 학교에서는 아이가 읽고 가정에서는 엄마가 읽어야 할 책이다. 엄마의 교과서 읽기는 쉽고 간단하다. 조금의 시간만 투자해서 아이가 배우는 교과서에 관심을 가지고 읽기만 하는 정도의 수고로움이면 된다.

부모들은 교과서는 구닥다리 책이라고 하고 시대에 맞지 않는 책이라고 하고 배울 게 없는 책이라고 생각하고, 교과서에 연계된 독서목록에 있는 책이나 내용을 담은 학습지 형태의 책을 교과서보다 더 귀하게 여기고 읽게 한다. 교과서와 연계된 책을 읽는 것도 좋지만 교과서를 읽게 한 후에 연계된 내용의 책을 읽어 지식을 확장시켜주는 것이 더 좋다는 말이다.

초등학년까지의 교과서는 읽을 만하다. 어른이 읽기에 어렵지도 않고 내용이 많지도 않다. 개념만 정확히 아는 정도로만 읽으면 된다. 엄마는 교과서에 나오는 개념만 알아두면 된다. 교과서의 개념은 특별한 상황과 준비물이 없어도 아이와 일상생활에 모두 적용이 된다. 일상 중에 교과서의 개념을 사용해주기만 해도 아이의 입장에서는 놀면서 복습을 하는 셈이 된다.

예를 들면 초등3학년 국어교과서에 〈독서〉 단원이 있고 독서 준비, 독서, 독서 후로 구성되어 있다.

책을 읽을 때는(독서 준비) "오늘은 바리데기를 읽기로 결정했구나" "표지그림으로 내용을 예상해보니~~~ (엄마의 생각 덧붙이기)." 독서 후에는 "책 내용을 간추려 말해보자." "생각을 나누어보자." "새롭게 안 내용은 무엇이니?"와 같이 국어교과서에 나오는 단어를 사용해주기 정도만 해도 된다.

또 〈감각적 표현〉 단원에서는 "감각적 표현을 사용했구나." "모습이 보이는 것처럼 표현했네." "소리가 들리는 것처럼 표현했네." "손으로 만지는 것처럼 표현했네." 등과 같이 일상에서 감각적 표현했을 때 교과서에 표현된 개념을 사용해주는 것만으로도 일상과 연결되어 복습이 된다.

위의 예처럼 엄마가 교과서를 읽으면 내용을 알게 된다. 일상생활에 교과서의 개념으로 표현해주면 따로 복습하지 않아도 복습을 하게 된다.

좀 더 구체적으로 예를 들어보면 평상시 책을 읽을 때 "책 내용이 무엇이니?"라고 말했던 것을 교과서 복습으로 바꾸면 "책 내용을 간추려 말해보자"가 된다.

글을 쓰거나 말로 표현할 때 평상시에 "와~ 잘 썼다. 와~ 멋지게 말한다"라고 했던 것을 교과서 복습으로 바꾸면 "감각적 표현을 했구나" 좀 더 구체적으로 "모습이 보이는 것처럼 시감각적으로 표현했네"가 된다. 특별한 교수법을 사용하지 않아도 교과서를 읽으면 어느 누구라도 가능하다.

교과서는 통합으로 이루어져 있어서 일상과의 연결이 더 쉽다.

예를 들면 국어의 〈감각적 표현〉과 과학의 〈과학자는 어떻게 관찰할까요?〉 단원에 오감으로 관찰하기로 만져 보기, 냄새 맡기, 소리 듣기, 맛보기, 살펴보기 내용으로 연결해주면 학원을 다니거나 학습시간을 따로 빼지 않아도 일상 교과통합교육이 된다. 국어와 과학뿐만 아니라 과학의 측정과 수학의 길이재기도 연결해주면 통합교육이 된다.

오감각적으로 표현할 수도 있고 오감으로 관찰할 수도 있다는 것을 교과목에 따라 따로 배우고 공부하는 것보다 연결해서 정리해주는 것이 학습효과가 더 크다.

좀 더 구체적으로 예를 들면 놀이터에 핀 꽃을 수업교재로 활용해보자. 교과서를 읽지 않으면 그냥 스쳐지나가거나 "와~ 꽃이 폈다"정도의 감탄만 하고 지나칠 수도 있다.

교과서를 읽으면 오감으로 적합한 수업교재가 된다. "꽃을 오감으로 관찰해보자. 냄새를 맡아보자. 후각을 이용해보자," "이번에는 만져볼까. 촉각을 이용해보자." "이 꽃을 감각적으로 표현해보자" 등으로 일상에서 복습이 된다. 국어와 과학을 함께 복습하는 셈이다.

과학의 〈물질의 성질 단원〉에서는 일상생활에서 볼 수 있는 플라스틱, 고무장갑, 의자, 그릇, 주걱 등을 사용할 때 물체를 만드는 재료물질를 이야기 나눠본다. 공놀이를 하면서 "공의 재료는 무엇이니? 공의 성질은 무엇이니?" 두 가지 질문하는 것만으로 놀면서 복습을 하는 경우다.

엄마가 교과서 공부를 따로 시간 내서 하지 않아도 몇 분 정도 시간을 내어 읽기만 해도 일상에서 복습이 될 수 있도록 교육환경을 제공할 수 있다. 교과서에 나오는 내용 전부가 아닌 몇 가지만 해주어도 나머지는 아이 스스로 일상과 연결을 하며 복습을 하게 된다.

초등3학년 사회 교과서에 〈우리 고장의 문화유산〉 단원에 경주가 소개된 내용을 아이와 함께 읽었다. 책을 대출하기 위해 도서관에 들렀다. 내가 읽을 책을 대출하고 버릇처럼 반납코너를 훑어보다가 사회 교과서에서 봤던 경주에 관한《유네스코가 지정한 우리 나라 세계문화유산 (경주)에 가자》책이 눈에 띄었다.

대출을 한 사실을 기쁜 듯 아이에게 알려주니 그 자리에서 뚝딱 읽어 내려갔다. 경주여행 기억과 교과서에서 본 내용을 연결하며 재미있게 읽은 후 책 뒷면 표지에 소개된 화성, 종묘, 해인사에 가 자라는 책도 대출해 달라고 요청했다. 엄마가 교과서를 읽어보았 기에 관련된 책이 눈에 보였고, 아이에게는 책이 해설사가 되어 경 주여행을 한 번 더한 셈이다. 경주여행뿐만 아니라 다른 문화유산 으로 확장학습이 일어났다.

또 사회교과서에 '우리 고장의 주요장소를 백지도에 그려본다' 의 내용이 있다는 것을 읽은 엄마는 우리 고장이라는 말을 사용하 고 시청을 지나갈 때 "우리 고장의 주요장소 시청이다"라고 말해 줄 수 있고 확장하여 "우리 고장의 주요장소는 시청 외에 무엇이 있을까?"라고 생각할 시간을 줄 수 있다. 교과서를 읽은 엄마들은 백지도의 개념을 알고 일상에 사용해줄 수 있다.

개념에 대한 교육 없이 기술과 방법을 훈련하는 교육을 하게 되 면 무엇을 하고 있는지 모른 채 열심히 하는 것과 같다. 물라 나스 루딘의 이야기처럼 말이다.

나스루딘이 가로등 밑에서 잃어버린 열쇠를 찾고 있었고 친절한 행인이 도와주고 있었다. 한 시간을 넘게 찾아봤지만 열쇠를 찾을 수 없자 행인이 물었다.

"정말 여기서 잃어버린 것 맞소?"

"아니요. 저기 컴컴한 데서 잃어버렸습니다."

"그런데 왜 이 가로등 밑에서 열쇠를 찾고 있습니까?"

"여기가 환하니까요."

아이들 교육이 나스루딘처럼 개념을 알지 못한 채 문제를 푸는 훈련에 시간과 에너지를 쓰고 있지는 않은가를 생각해보아야 한다.

개념이 빠진 교육은 나스루딘의 열쇠 찾기와 같다. 세상의 모든 개념을 배우고 익힐 수 없다. 그래서 학년에 맞는 개념을 교과서를 통해 배우고 익힐 수 있도록 교육하는 것이다. 교과서를 읽는 엄마의 역할은 교과서의 개념을 읽어 일상생활에 적용해주는 정도다. 모든 교과서의 내용을 어떻게 적용하나를 미리 걱정할 필요는 없다. 연계되어 있고 모든 것을 다 해주지는 못해도 안 해준 것보다는 낫고, 주입식보다는 일상을 통한 교육이 더 효과적이다.

엄마가 교과서를 읽고 아이의 일상과 연결해주기는 공부 붕괴의 원인이 되는 지진이 일어났을 때 흔들리지 않는 든든한 뼈대가 되고 단단한 지반이 된다. 학년이 올라갈수록 늘어나는 사교육 시간에 지쳐 행복을 잃어가는 아이들에게 일상이 교육의 장이 되도록 엄마가 교과서를 읽자. 엄마가 교과서를 읽을 수 있는 시기는 길어야 초등학생 때까지다.

책이 고픈 아이

부모들은 아이를 잘 키우는 방법과 양육기술을 알고 싶어 한다. 어떻게 해야 할까? 방법보다 먼저 원인이 무엇일까를 알아야 한다. 우리나라는 본질을 잊은 채 방법을 아는데 인생의 많은 시간을 허비한다. 아이를 키우는 일에도 방법보다 본질이 먼저다. 예를 들면 아이가 밥을 안 먹어서 걱정인 부모들은 어떻게 하면 골고루 잘 먹게 할지의 방법을 묻는다. 아이가 밥을 잘 안 먹을 때 잘 먹게 하는 방법은 간단하다. 배고프게 하면 된다. 요리에 참여를 시킨다거나 야채를 눈에 보이지 않게 잘게 다진다거나 아이가 좋아하는 위주로 음식을 해준다거나 등은 잘 먹이는 방법들이다. 사람은 싫은 음식이라도 몹시 배가 고프면 살기 위해 먹는 것이 본능이다.

밥을 먹게 하려면 배를 고프게 해야 하는데 잘 먹이려고 만한다. 독서도 같은 원리다. 밥은 몸의 건강을 챙기는 영양소이지만 책은 영혼의 건강을 챙기는 영양소이다. 책을 읽게 하고 싶으면 책을 고프게 해야 하는데 읽히려고만 한다.

많은 부모들이 책 읽는 습관을 실패하는 원인 중 하나는 책이 고프도록 두지 못하고 읽게 하는 방법만 사용하기 때문이다.

딸아이는 책이 고파서 스스로 책을 찾아 매일 먹는 아이다. 아침에 눈을 뜨면 책을 읽고, 책을 읽느라 잠을 안 자고, 이동하는 차 안에서도 책을 읽고, 화장실에서도 책을 읽는다. 요리를 할 때도 책을 읽고 밥을 먹을 때도 책을 읽는다. 승강기 기다리는 시간에도 책을 읽고 심지어는 하굣길에 걸으면서 책을 읽을 때도 있다. 매일 매순간 책만 읽는 것은 아니다. 열 살 아이라 책보다는 친구를 더 좋아하고 노는 것을 더 좋아한다. 친구랑 놀 때 가장 행복하다는 아이에게 책 읽는 시간보다 놀이 시간을 더 많이 할애했고 책도 친구라는 이야기를 수시 때때로 들려주었다.

책이 고프게 하는 방법은 책과 친숙한 환경을 만들어주는 것과 책은 재미있다 메시지를 주면서 강요하지 않기다.

책과 친숙해지기 위해서는 책에 노출시켜야 한다. 예를 들면 책을 책꽂이에 가지런히 정리해두는 것보다 아이의 눈이 닿는 곳곳에 놓아두고 편한 마음으로 만져볼 수 있게 바닥에 깔아두면 좋다. 많이 볼수록 친숙해지는 것처럼 책 읽는 사람들을 자주 보여준다. 도서관이나 서점에는 책도 많고 책 읽는 사람도 많다. 책 읽는 사람들을 구경하러 도서관이나 서점 둘러보기를 하면 좋다. 돌아올 때는 빈손보다 엄마 책을 기쁜 마음으로 한 권씩 빌리거나 구입해 오는 모습을 보여주는 것도 좋다.

외출할 때 아이들의 장난감을 챙기듯 읽지 않아도 친숙함을 위해 한두 권의 책도 챙겨간다. 다양한 방법으로 책과 친숙하게 해준다. 책이 친숙하면 어린 연령은 책을 잡고 넘기기도 하고 뒤집었다가 바로 놓았다가 하면서 놀게 된다. 책을 가지고 놀 때 넘길 때 관심을 가질 만한 짧은 감탄사와 책 표지나 그림에 대한 이야기를 해준다.

예를 들면 아이가 책을 넘기고 노는데 오리와 연못 그림 장면이 있다면 "와~ 꽥꽥 오리다. 오리야 안녕?" 정도로 짧게 반겨주기다. 하루에 한 권 정도 읽어준다는 마음으로 매일 책과 친숙하게 하면 좋다.

책과 친숙한 환경과 함께 재미있다는 메시지를 준다.

책을 가지고 놀 때 수시로 "책은 재미있다."며 책 그림을 볼 때는 재미있는 것을 발견한 표정으로 이야기 만들기를 한다. 책을 덮을 때는 "아~ 정말 재미있다. 또 읽고 싶다"라는 메시지를 준다. 책은 재미있다는 메시지를 보내도 연령이 어릴수록 책보다 장난감에 관심을 가진다.

책은 재미있는 이야기보따리라 인식되면 좋아하게 되니 장난감을 가지고 놀더라도 엄마는 옆에서 책을 읽어준다. 책을 읽을 때 꼭 아이가 옆에 앉아 있어야 한다는 고정관념에서 벗어나야 한다. 엄마가 재미있는 책을 읽는다는 마음으로 소리 내어 읽으면 장난감을 가지고 놀면서 엄마의 소리로 책을 읽고 있는 중이다. 장난감을 가지고 놀면서 듣던 아이도 이야기의 재미에 빠져 어느새 엄마 옆으로 오게 되어 있다. 초기에는 왔다갔다 하는 시간이 잦겠지만 재미가 느껴지면 한 권을 읽는 동안 옆에 앉아 있게 된다. 이야기에 재미가 붙으면 책을 읽어달라고 하는 날이 많아진다. 이때부터는 책을 고프게 해야 할 때이다.

책을 읽어달라고 하면 기쁘게 읽어주다가 한두 번은 엄마가 읽는 책이 너무 재미있어서 지금은 읽어줄 수 없다는 거절로 더 간절하게 해준다. 엄마가 읽는 책이 재미있기 시작했고, 호기심이 차오를 때라서 엄마는 책에서 눈을 뗄 수 없을 정도로 재미있으니 방해하지 말아달라는 메시지를 보내면, 아이는 책을 읽어달라고 떼를 쓰기 시작한다. 생활 습관 중에 떼쓰기는 바르지 못한 행동이지만 책 읽기의 떼쓰기는 읽기 독립으로 가는 다리가 되어준다. 떼쓰기 시작하면 너무 오래 끌지 말고 그럼 딱 한 권만 읽어준다. 읽어주는 책의 권수를 점차 늘이면 된다.

주의할 점은 책은 재미있다는 메시지를 보내면서 간절하게 해야 한다. 엄마는 옆집 언니랑 전화수다를 떨거나 텔레비전을 보거나 다른 재미있는 것을 하면서 책을 읽어주지 않는다고 하면 책이 고픈 아이가 아니라 책을 멀리 하는 아이가 된다. 책이 고파서 읽는 아이는 읽기 독립이 빠르다. 읽는 습관을 위해 매일 책을 읽어 주는 엄마의 노력에도 스스로 혼자 읽지 않는 아이는 책이 고프게 하지 않고 읽게 하는 방법만을 적용했기 때문인 경우다.

재미와 간헐적 공복을 병행하여 읽기 독립을 할 때쯤에는 책이 고프게 하는 방법으로 지적 호기심을 자극하는 환경을 만들어주어야 한다. 지적 호기심이 유발되면 스스로 읽고 먹어도 먹어도 허기진 아이처럼 책이 고파진다. 읽는 습관이 생기면 이해력, 어휘력, 독해력, 판단력, 비판력, 창의력 등 가치로운 삶을 살아가는 데 필요한 능력들이 키워진다.

읽기 독립이 시작되면 엄마와 함께 읽기 중간에 한번쯤 내용과 관련한 일상생활 대화를 한다. 예를 들면 '바람이 쌩쌩 불어서 모자가 날라 갔어요.'라는 내용이 최근에 일상생활에서 경험한 적이 있다면 "그때 바람이 쌩쌩 불어서 네 모자를 가져 갔잖아"라며 바람이나 모자에 대한 지식을 모두 동원해서 이야기를 나눈다. 아이는 바람에 대한 지적 자극을 받고 있는 중이다. "책은 선생님인가봐 우리에게 가르쳐주네. 재미있다. 다음에는 어떤 사실을 알게 될까? 어떤 생각을 가지게 될까? 궁금하다"라는 말을 해주어 책은 지적 호기심을 자극하는 것이라는 것을 느끼게 한다. 지적 자극 뒤에는 또 읽고 싶은 마음이 따라온다.

아무리 화려하고 먹음직스럽게 차려진 음식이어도 배가 부르거나 먹기 싫으면 먹지 못하는 것처럼 좋은 책이라도 읽기 싫으면 안 읽게 된다. 반대로 맛이 없어 보이는 음식이어도 몹시 배가 고프면 먹는 것처럼 책이 고프면 읽게 된다. 책이 고프게 하면 일상이 책 읽는 모습인 아이가 된다. 일상 책 읽기는 자율성도 키우고 늘 수업 중인 상태가 된다.

하루 종일 노는 똑똑한 아이

하루 종일 노는 똑똑한 아이는 부모들의 바람이다. 부모라면 한 번쯤 '내 아이는 매일 놀기만 하는데 일등을 했다'는 말을 해보고 싶어 하면서도 불가능이라고 생각한다. 똑똑함은 유전적이며 공부하는 시간에 비례한다고 착각한다. 아이가 놀면 불안하고 책상에 앉아 있거나 학원을 잘 다니면 희망적이다.

똑똑한 아이는 문제해결 능력이 높은 아이라고 정의하고 싶다.

우리 사회에서 필요한 인재는 지식을 많이 가진 사람이 아니라 지식을 활용할 줄 아는 사람이고 문제를 잘 분석하는 사람이 아니라 문제를 해결하는 능력이 있는 사람이다.

하루 종일 노는 아이가 어떻게 똑똑할 수 있을까? 놀이를 학습으로 정의하면 가능하다.

문제해결 능력을 높이기 위해 놀이학습과 독서 놀이학습이 일상생활이면 된다. 마이크로 소프트 창업자 빌 게이츠, 페이스북의 최고경영자 마크 저커버그 이들은 대표적인 자수성가한 인물이다. 미국 시사주간지 타임은 최근 미국 종합 개인 재무 설계사 토머스 콜리가 자수성가한 부자 200여 명을 분석해 놓은《성공하는 사람들의 7가지 습관》을 소개했다. 7가지 습관에는 독서와 신체를 움직이는 운동하기가 있다. 노는 일이 불안한 일이 아니라 오히려 아이를 성공시키는 습관이다.

우리의 신체 가운데 손, 발, 입을 움직이면 뇌가 발달한다는 연구가 있다. 8세까지 뇌의 80%가 발달한다고 하니 어린 시기에 뇌 발달에 신경을 써야 한다. 뇌 관련 전문가들은 뇌 발달에 영향을 주는 것으로 주로 신체놀이와 독서를 말한다. 영·유아기에 신체를 만져주고 신체를 움직여 함께 노는 놀이에 관련한 교육들이 많은 이유다.

아이들의 하루 중 손, 발, 입을 움직여 노는 놀이시간을 확보해 보자. 노는 시간만큼만 내 아이가 똑똑해진다. 나는 아이들의 뇌 발달, 인지 발달, 전인 발달을 고려하여 가장 중요한 사교육으로 놀이학습과 독서학습을 선택했다. 노는 만큼 똑똑해진다는 것을 알기에 다른 아이들이 고급 사교육을 한다는 말에 흔들리기보다 오히려 안타까운 마음이 들고 구구단을 좔좔 외우고 영어로 술술 말해도 불안하지 않다. 내 아이는 지금 초등·중학생까지 필요한 최고의 사교육을 하고 있는 중이기 때문이다. 아이들의 놀이에는 문제들이 생기기 마련이다. 친구랑 놀다가 갈등이 생기고 예기치 않은 문제들이 발생한다. 놀이 중에 일어나는 크고 작은 문제들을 해결하는 과정이 공부다.

부모들은 놀이터에서 노는 것은 빈둥빈둥 노는 것 같고 체험은 경험을 통해 놀면서 배우는 것 같아 주말이면 현장체험을 할 수 있는 곳을 많이 찾는다. 우리나라 현장체험의 풍경에서는 스스로 문제를 해결하는 교육과 성적에 필요한 능력을 키우는 교육이 빠져 있다. 체험을 통해 '스스로' 비교하고 선택하고 판단하고 해결하고 책임지는 과정이 다 빠져 있다. 가장 중요한 '스스로'가 빠지고 안전을 위한다는 이유로 어른들이 세워놓은 규칙에 의해 움직이기만 하면 되는 시스템이다. 체험하는 곳에는 시키면 시키는 대로 빠른 시간에 할 수 있도록 친절히 안내되어 있다. 부모들도 빨리 안전하게 완성할 수 있도록 돕는 역할을 한다. 과정보다는 결과물을 손에 쥐어준다. 그리고 현장체험에서 가장 많이 하는 것은 사진 찍기다. 체험하는 과정을 즐기고 대화로 생각을 키우고 지적인 호기심을 자극하는 것이 아니라 긴 줄을 한 시간 이상 서서 타보고 만져보고 사진 찍는다.

사진을 찍기 위해 긴 줄을 마다하지 않고 아이들은 그늘에서 쉬고 부모는 볕에서 줄을 선다. 박물관이나 체험장에서 안내문이나 설명문을 읽고 대화를 나누는 가정보다 체험하고 사진 찍는 가정이 더 많다.

나는 일상생활과 놀이도 공부가 되게 한다. 아이는 하루 종일 놀았지만 엄마는 공부를 시켰다.

현장체험을 공부로 연결시킨 경우를 예로 들어보자. 체험하는 곳에 가면 만 원을 준다. 초등학교 입학 전까지는 결핍과 경제교육 차원으로 가급적 체험을 못하게 했고, 초등학교 입학 후부터는 자유롭게 쓸 수 있도록 만 원을 주었다. 만 원은 수업료다. 만 원으로 체험활동을 선택, 판단, 결정하도록 한다. 만 원을 쓰는데 규칙은 엄마는 절대 개입하지 않고 모든 것을 아이가 하도록 한다. 만 원을 다 써야 한다. 만약에 돈을 남기면 엄마에게 돌려주기로 한다는 정도면 된다. 만 원의 자유를 얻은 아이는 무엇을 체험할 것인가를 선택하기 위해 주인에게 묻기도 하고 안내문을 읽기도 하고 체험하고 있는 사람에게 묻기도 하면서 비교·분석한다. 비교·분석 후 결정도 아이 몫이다. 하다가 실수와 실패를 해도 그 감정도 아이 것이기 때문에 혼을 내거나 나무라지 않는다. 때로는 위로를 줄 뿐이다. 문제가 발생할 경우에도 아이가 스스로 해결하도록 지켜볼 뿐 부모는 절대 개입하지 않는다. 위급한 안전문제에만 개입을 한다.

또 체험장에는 장소 안내 표시는 있지만 설명문이 없는 경우가 많다. 설명문이 있어도 읽는 아이들이 없는 편이다. 우리 가족은 설명문을 읽고 대화하는 문화를 만들었다. 설명문을 읽고 서로 궁금한 것을 질문하면서 정보를 나눈다. 우리가 모르는 것은 안내하는 분께 질문한다. 딸아이는 질문하는 것이 자연스럽다. 아는 만큼 질문을 할 수 있는 것처럼 딸아이는 책으로 많은 지식을 알고 있어 질문 수준이 높은 편이다. 질문을 받은 전문가와 안내자의 첫 마디는 주로 '아이가 굉장히 똑똑하네요'다. 어른들에게 똑똑하다는 칭찬을 받은 아이는 질문을 하나라도 더 하려고 노력한다. 아이가 똑똑하다는 칭찬을 받을 때는 놓치지 않고 "책을 읽어서 아는 게 많으니까 질문도 하고 전문가와 대화도 하네"라고 말해준다. 어른들에게 인정받은 아이는 신이 나서 책을 더 열심히 읽는다.

우리 가족에게 체험장은 대화의 장소이고 입을 움직여 뇌를 발달시키는 수업이다.

교육의 일과 계획에 정적 놀이와 동적 놀이를 고루 배치한다. 몸을 움직이는 동적인 놀이 후에는 정적인 활동을 계획하는 것처럼 독서학습을 할 수 있도록 한다.

손과 발을 자유롭게 움직이는 바깥놀이를 신나게 하고, 집에 들어와서는 조용히 앉아 책을 읽으면서 논다. 책을 놀이로 하니 책 내용이 놀이 재료가 된다. 독서를 하면 문제 해결력이 연결되어 비판력과 창의력이 높아진다. 쉽게 말하면 비판력은 전문가들의 말을 그대로 입력하는 것이 아니라 자기의 사고 과정을 거쳐 옳고 그름이나 이치를 판단할 수 있는 능력이고, 비판력을 바탕으로 이미 밝혀 놓은 이론과 지식에 생각을 연결하여 새로운 것을 만들어내는 것이 창의력이다. 비판력과 창의력을 높이는 것으로 여러 가지가 있겠지만 가장 쉽고 경제적인 방법이 '스스로' 독서와 놀이다.

모험 책을 읽고 지도를 그리고 모험을 위한 준비물을 챙겨 들고 나가 놀이터를 모험하며 다닌다. 요리책을 읽으면 직접 요리를 하고 싶어 한다. 요리를 위해 필요한 재료를 적어서 사달라고 요청한다. 재료를 사주면 부엌을 엉망진창으로 만들어가면서 직접해본다. 책 내용에 만들고 싶은 것들은 직접 만들어본다. 단오날 창포물에 머리를 감는 내용을 읽은 날은 창포물을 해달라고 한다. 지금은 창포를 구할 수 없는 이유를 설명해주니 창포물에 머리 감는 흉내를 낸다. 책을 읽은 후 며칠 동안은 세숫대야에 물을 받고 쪼그리고 앉아 머리를 감았다. 책에 있는 내용을 일상에서 해보고 싶은 아이는 모든 가능성을 동원하여 한 번씩 해본다. 그 과정에서 문제 해결력이 자라고 있는 것이다.

꼭 책의 내용을 현실에 요리와 과학 등의 실험으로 연결하지 않아도 인생의 크고 작은 문제들을 풀어나가는 스토리에서도 문제 해결 능력을 간접경험하는 중이다.

독서를 꾸준히 해본 사람들은 독서가 최고의 예·복습 공부라는 것을 안다. 독서의 효과는 위대하다는 표현을 할 만큼 크고 많지만 공부와 연결되는 이해력, 분석력, 어휘력, 관찰력, 비판력, 속독 등 학습능력에 필요한 능력도 발달된다.

독서를 하지 않고 공부만 한 아이들이 고학년이 될수록 성적이 떨어지는 이유는 학습에 필요한 능력을 키우지 못했기 때문이다. 독서만 하라는 것이 아니라 독서를 꾸준히 하면 학습능력이 키워진다는 것이다.

하루 종일 노는 똑똑한 아이로 키우기는 어려워서 못 할 것은 없다. 하루 종일 놀려도 불안하지 않을 엄마의 마음만 챙기면 된다. 하루 종일 놀게 한다는 것은 방치한다는 것이 아니라 일상생활에서 배움을 키울 수 있도록 하고 공부를 놀이처럼, 놀이를 공부처럼 한다는 것이다. 딸아이는 일상에서 하루 종일 쉬지 않고 공부 중이다. 자유롭게 놀기, 엄마랑 시장보기, 책이랑 놀기, 교과서 읽기, 신문 읽기, 대화하기 등 하루 종일 놀다 보면 하루가 금방 간다.

나는 하루 종일 노는 딸아이의 미래가 기대된다. 그리고 믿는다. 큰 인물이 되어 사회에 선한 영향력을 줄 것이라는 것을 말이다.

세상을 살아가는 데 필요한 문제 해결력을 키우는 공부를 일상 생활에 놀며 하는 아이는 공부를 못하게 되지는 않지만 주입식 공부만 하는 아이들은 문제 해결력이 낮을 수밖에 없다.

독서는 가만히 앉아 책 읽는 행위만으로 제한하지 말고 현장학습장소에서 설명문 읽기, 직접경험을 통해 문제 해결력을 키우는 몸으로 읽기, 다양한 사람들과 관계하면서 다른 사람의 생각, 감정 읽기 등으로 넓혀주자.

생각하는 아이

어른들은 "요즘 아이들 똑똑하다"라는 말씀을 많이 하신다. 우리가 자랄 때보다 풍부한 교육환경으로 지식 양이 많아진 건 사실이다. 하지만 지식을 줄줄 말할 줄 알아도 그 지식에 대한 자기의 생각을 덧붙이는 아이들은 드물다. 아이가 지식을 말할 때 "네가 알고 있는 그 지식에 대해 넌 어떻게 생각하니?"라고 되물으면 황당스러운 표정을 지어 보인다. 생각을 해보거나 생각을 말해본 적이 많지 않기 때문이다. 우리는 아이들의 생각이 궁금하지 않다. 무엇을 잘했는지 잘못했는지와 답이 맞는지가 궁금하다. 아이가 3+2의 합을 구하는 문제에 4라고 답한다면 어른들의 반응은 어떨까. 다시 천천히 잘 생각해보라거나 틀렸으니 다시 문제를 풀어보라고 조언할 것이다. "왜 그렇게 생각했니?"라고 아이의 생각을 물어보는 어른은 없다.

딸아이가 학교에서 엉뚱한 질문으로 수업 시간을 방해한다는 이야기를 들었다. 엉뚱한 질문이란 어떤 것인지 구체적으로 말씀해주시기를 부탁하니 아이에게 한 번도 왜 그런 질문을 했는지? 생각을 물어본 적이 없다고 했다. 엉뚱한 질문이란 아이의 생각을 뺀 선생님의 판단이다. 맞다, 틀리다의 두 가지 결과로만 판단하지 말고 왜 그렇게 생각했는지 아이 생각을 궁금해하면 좋겠다.

생각하는 아이로 교육하는 선진국과는 대조적이다. 하비에르 국제학교 한국인 프랑스어 교사의 아들이 수학시간에 "바보 같은 질문이겠지만…"이라며 머뭇거리니 선생님은 "이 세상에 바보 같은 질문은 없단다"라고 말씀해주셨다고 한다. 프랑스에서는 질문이 없는 교실은 반쪽 교실이라고 한다. 교사의 의무는 학생의 질문에 대답해야 하고 교육철학은 수업은 학생들의 질문을 통해서 완성된다고 한다. 생각을 표현하는 방식이 서툴 뿐 아이들도 생각이 있다. 생각을 물어준다면 표현하는 방식도 배우는 좋은 기회가 된다.

어른들이 아이의 생각을 묻지 않으면 아이는 생각하지 않는다. "왜 그렇게 생각하니?"라고 묻기만 해도 생각이 있다는 것과 생각이 다르다는 것을 알고 생각하는 아이가 된다. 아이들만 어른에게 많이 묻게 한다. 아이들의 질문은 생각을 묻는 것이 아니라 허락을 구하는 물음이다. 생각하지 않고 어른에게 "선생님 ~해도 돼요? 엄마~해도 돼요?" 허락만 받는다.

아이들이 허락을 구할 때는 생각을 할 수 있도록 질문을 해주어 생각하는 아이로 키우자.

예를 들면

아이: 엄마 ~해도 돼요?

엄마: 그건 엄마에게 물어볼 일이 아니라 너의 생각에게 물어봐
　　　야 한다는 생각이 드는구나.

아이가 생각하고 판단하기를 어려워 할 때는

엄마: 네 생각에는 ~해도 될 것 같으니 안 될 것 같으니?

　　　(둘 중에 하나를 선택할 수 있도록 생각하는 시간을 준다. 아이가 둘 중

　　　에 하나를 선택하면)

엄마: 왜 그렇게 생각했니?

　　　(질문으로 생각에 대한 논리적 근거가 무엇인지를 생각해볼 시간을 준다.)

　생각하는 사람은 주인으로 살아가고 다른 사람의 생각에 의지하
는 사람은 노예로 살아간다. 생각하는 어른은 생각하는 아이로 키
울 수 있지만 생각하지 않는 어른은 '생각'이 없기에 줄 수가 없다.
어른들에게도 생각하는 시간이 필요하고 아이들에게는 시급하다.
아이들에게 생각하는 시간이 부족한 환경이다. 학교, 학원, 가정 아
이를 둘러싼 환경에서는 생각을 묻거나 생각하는 시간을 허락하지
않는다. 생각력의 필요성과 일상에서 사용할 수 있는 방법은《착한
엄마 콤플렉스》에 소개해 놓았다. 여기에서는 어른과 아이가 독서
로 간단한 생각 연습하기를 소개한다.

　책은 스스로 생각하는 시간을 갖게 한다. 다른 사람의 삶을 읽
으면 작가와 독자의 삶에 대해 생각하는 시간을 가지게 된다. 깊게

는 성찰을 하고 얕게는 비교를 하며 독자의 삶에 내비게이션이 되어주기도 한다. 책을 읽는다는 행위 자체가 생각하는 시간이 된다. 책 읽기를 흥미 위주로 하거나 많이 읽기, 빨리 읽기 하는 습관이 있다면 질문을 만들어보기를 권한다.

어른들의 생각하는 책 읽기 연습 첫 번째는 책에 관한 질문 만들기다. 독서가 더 깊어지면 책 내용에 대한 질문 만들기를 한다.

나는 왜 이 책을 읽게 되었는가?

책을 읽고 무엇을 알게 되었는가?

책을 읽고 생각하게 된 것은 무엇인가?

책을 읽은 후 변화된 것은 무엇인가?

책을 읽고 삶에 적용할 것은 무엇인가?

책에 대해 한 줄로 정리한다면?

질문을 통해 생각하기 연습이 되면 자연스럽게 나를 향한 질문을 하게 된다.

내가 만약에 주인공이라면 어떻게 했을까?

나는 어떻게 살아야 하는가?

내 안에 상처는 무엇인가?

내가 하고 싶은 일은 무엇인가?

간단하게 질문의 예를 들어보았지만 책을 읽기만 하기보다 질문을 만들고 답을 생각하는 시간을 가져보는 게 생각하기 연습이다.

자기의 문제를 책을 통해 생각하기 연습을 하는 이유는 사람들은 자기 문제를 직면하기보다 회피하거나 전문가에게 의지하려는 성향이 있다. 책의 주인공은 타인이지만 독자의 감정으로 읽기 때문에 자기성찰의 시간이 된다.

책의 갈등 상황, 책의 문제 상황, 책의 현명한 해결 상황 등을 읽으면 저절로 상황에 나를 비추어보게 된다. 또는 다양한 작가의 생각을 읽다 보면 비판적 사고를 하게 된다. 책을 읽는 것만으로도 사유하게 된다.

아이들에게 책을 통한 생각하기 연습은 간단하다. "왜 그렇게 생각했니?"라는 질문 하나면 된다.

독서 후 생각하기 활동으로 질문을 만들기, 마인드맵, 브레인 스토밍, 토론하기, 생각 정리하기 등의 다양한 활동들이 많지만 가장 손쉽게 할 수 있는 방법은 잠시라도 생각하는 시간을 갖도록 하기다.

예를 들어 어린 연령의 아이라면

엄마: 이 책 재미 있니?

(폐쇄적인 질문이지만 어린 연령 아이들에게는 생각을 끌어내기에 적합한 질문이기도 하다.)

아이: 네(아니오).

엄마: 아~ 재미가 없었구나(아이의 대답에 반응이 먼저다.). 왜 그렇

게 생각했니?

아이가 어떤 대답을 하더라도 바로 고쳐주거나 판단하면 안 된다. 아이에게 생각할 시간을 주기 위한 질문이다. 생각에 정답은 없다. 부모는 책을 통해 교훈을 얻어야 한다는 고정관념에서 벗어나야 한다.

초등학생이라면 책을 읽은 후 너의 느낌이나 생각은 무엇이니?
제목이 적합한 것 같니?
주인공의 성격은 어떤 것 같니?
등의 엄마가 내용을 몰라도 할 수 있는 질문들을 한다. 이 질문들은 생각할 시간이라는 준비 신호다. 어떤 질문을 해야 할까를 고민할 필요 없고 대답이 책 내용과 다르거나 교훈에서 벗어나는 이야기라고 나무라면 안 된다. 아이의 생각을 긍정적으로 인정해주자.
아이의 대답을 들어준 후 "왜 그렇게 생각했니?"라는 질문으로 생각하기를 연습한다. 책은 아이의 생각을 공유하기 위한 매개체일 뿐이다. 책의 내용과 책이 주는 교훈에 맞게 생각하도록 맞다, 틀리다의 평가는 옳지 않다.

일상생활 중에 아이의 생각이 무엇인지? 왜 그렇게 생각했는지? 생각을 자주 물어주는 것만으로도 생각하기가 되지만 엄마도 아이도 바빠서 일상생활을 함께할 시간이 부족하다. 일상생활을 함께

하는 시간이 없으면 생각 묻기가 아니라 아이의 생활을 묻게 된다. 아이의 입장에서는 귀찮은 간섭이나 캐묻기가 될 수 있다. 이럴 경우 생각을 묻기 위해 책을 활용하면 좋다.

아이의 생각을 넘겨짚거나 단정짓기 전에 "왜 그렇게 생각했니?"라고 물어봐주자. 아이는 생각하는 아이로 자란다.

글을 쓰는 아이

우리나라 사교육 중 가장 늦은 시기에 시작하는 것이 글쓰기다. 논술시험을 준비하는 시점부터 글쓰기가 시작되는 경우가 많다. 논술시험은 대리시험이 불가하니 어쩔 수 없이 글쓰기를 하지만 입학이나 취업 준비를 위한 자기소개서 쓰기는 대개 도움을 받는 게 현실이다.

선진국은 독서(읽기), 토론(발표), 글쓰기(에세이) 위주의 교육문화인 것에 비해 우리나라는 독서율도 낮고, 일방적 듣기식 수업이고, 글쓰기는 논술시험 대비용이다.

하버드대에서는 학생들을 인재로 육성하기 위해 글쓰기 능력 키우기가 먼저 필요하다는 생각으로 글쓰기 수업 지도에 많은 노력을 한다.

우리나라도 독서, 토론, 글쓰기를 통해 민주시민으로 성장하도록 자신의 생각을 표현하는 역량을 키워주는 교육이 필요하다.

우리나라는 시험 대비용 공부를 하고 있어 독서, 토론, 글쓰기 수업에 중요성을 인식하지 못한다. 특히 글쓰기는 소질 있거나 글쓰기에 관련한 작가, 기자 등의 직업인들만 하는 걸로 여긴다. 글쓰기 교육이 당장 필요 없는 듯 보이지만 사회에 생존하는 데 꼭 필요하다.

예를 들어 예술 영역에도 작품설명을 글로 표현해야 한다. 과학자가 하는 일 중 35% 글쓰기다. 연구한 결과를 글쓰기를 통해 세계적으로 발표해야 한다. 회사에서도 보고서, 발표 자료를 위해 글을 써야 한다. 수업시간 노트필기와 요점정리 노트도 글쓰기다. 글쓰기는 사회 지도층으로 성장하는 과정에 꼭 필요한 전문지식, 논리력, 표현력을 키워주는 데 가장 효과적인 방법이다.

매일 밥을 먹듯 글을 읽고 글을 써야 한다. 매일 학교에 가서 글을 읽고, 글을 써야 한다. 읽기(독서), 말하기(토론,발표), 쓰기(논술, 에세이)는 생활이기 때문이다.

글을 잘 쓰는 재주를 가지고 태어나는 사람은 없다. 신생아는 백지상태라는 표현이 있다. 백지 위에 그림을 그리고 지우기를 반복하면서 그림을 완성해가듯 종이 위에 글을 쓰고 지우기를 반복하면서 글을 쓰는 아이로 자라난다. 글쓰기 연습을 많이 한 사람이 잘 쓰게 된다. 글을 잘 쓰기 위해서는 많이 읽고, 많이 생각하고, 많이 쓰고, 많이 고쳐 써야 한다. 글쓰기는 자신의 생각을 논리 정연하게 주장하기다.

매일 밥을 먹듯 일상생활이 되게 하는 연령별 글쓰기 활동을 알아보자.

글자를 쓸 수 있기 전까지는 많이 읽고, 많이 말하고, 많이 생각하고, 손에 힘을 길러야 한다. 태어나면서부터 글을 쓰는 아이는 없다. 글은 손으로 쓰는 것이기에 손의 힘을 길러야 하고 자기의 생각을 쓰는 것이기에 생각을 키워야 한다. 손에 힘이 없으면 글을 쓰는 행동이 어려워진다. 손에 힘을 기르는 가장 좋은 방법은 많이 움직이기다. 즉 글쓰기 뿌리는 자발성 교육이다. 아이의 손발이 되어 다 해주면 좋은 엄마가 아니라 자발성을 저지하는 나쁜 엄마다. 아이가 최대한 손을 많이 움직이도록 기회를 주자.

예를 들면 옷을 입히지 말고 입도록 하는 거다. 단계적으로 간단한 팔 끼우기부터 세밀한 손의 움직임이 필요한 단추 잠그기까지 기회를 준다. 단추 잠글 때 엄마가 척척 다 해주지 말고 한 개는 아이가 하도록 한다. 남은 한 개를 스스로 잠그게 되었을 때 격려를 주고 다음에는 두 개를 남겨둔다. 점점 아이가 할 수 있는 숫자를 늘려간다. 엄마 손을 바삐 움직여 옷을 입혀주고 지퍼를 올려주고 여며주는 동안 아이의 손은 사용할 곳이 없다. 살아가기 위해 본능적으로 자발성을 키우려는 아이들의 손은 가만히 있지 못하고 물건을 만지게 된다. 그 순간 '가만히 있지 못하는 아이'로 혼난다. 친절한 엄마는 본능적으로 자발성을 키우는 아이를 가만히 있지 못하는 아이로 만들어버린다.

옷 입기, 단추 잠그기, 신발 신기 등 일상생활을 아이 손을 움직여 할 수 있게 기회를 주고 마지막에 사랑으로 여며주는 정도만 하면 된다. 아이들이 못하는 것이 아니라 기회를 안 줘서 안 할 뿐이다. 안 하는 것이 익숙해져서 못하게 된다.

일상생활에서 자발성을 존중하는 실천교육이 바로 이탈리아의 몬테소리Maria Montessori교육이다. 몬테소리는 "교육이란 인간 개인이 자발적으로 완수하는 자연적 과정이며 말을 듣는 것에서가 아니라 환경을 체험하는 것에서 배우는 것이다. 교사가 해야 할 일은 문화적 활동을 재촉하는 일련의 동기를 준비하고 준비된 환경을 정돈하며 지나친 간섭을 삼가는 것에 있다."라고 했다.

자발성은 손의 힘과 자기 생각 키우기의 기초가 된다. 자발성 키우기와 함께 생각을 글로 쓰기 전에 말하도록 자유롭게 해주자. 듣기, 말하기, 읽기, 쓰기의 언어 활동 중에 가장 늦게 발달되는 것이 쓰기다. 초등학생이 되면 첫 쓰기 활동으로 일기 쓰기를 한다. 아이들은 일기 쓰기를 싫어한다. 여러 이유가 있겠지만 먼저 언급하고자 하는 이유는 무엇을 써야 할지 모르기 때문이다. 무엇을 써야 할지 모르는데 매일 쓰라고 하면 하기 싫은 학습이 된다. 첫 글쓰기를 지겨운 숙제로 시작하면 지속하기 어렵다. 글쓰기 전에 말로 글을 쓰는 즐거움을 주자. 무엇을 써야 할지 몰라서 못 쓴다는 아이들에게 일상이 글쓰기 재료가 되도록 말로 하기가 먼저다. 하루 생활 중에 일어난 상황이나 현상에 대한 감정이나 생각을 나누는 대화시간을 가져야 한다. 꼭 하루의 생활뿐만 아니라 동화책의 상황이나 그림을 보고 생각을 나누는 것도 좋다.

자기 생각 말하기가 글쓰기이다. 즉 대화의 즐거움을 경험하는 것이 글쓰기의 선행 학습이다. 대화는 정신의 역동적 치료제라고 한다. 상담의 도구도 대화다. 대화는 자기의 내면을 볼 수 있는 기회가 되고 상대의 마음을 느낄 수 있는 시간이다. 따로 시간을 내지 않고 일상대화로 가능하다. 예를 들어 저녁을 먹으며 유치원이나 학교생활에 관한 주제로 대화를 나눈다. 글자를 쓸 수 있게 되기 전까지는 말로 쓰는 일기인 대화를 많이 하자.

글자를 쓸 수 있는 시기부터 글쓰기는 자유 글쓰기와 많이 쓰기다. 매일 많이 자유롭게 글을 쓰도록 하자. 글쓰기 학습으로 자유롭게 일기 쓰기, 자유롭게 독서 일기 쓰기만 해도 된다. 첫 글쓰기의 핵심은 자유롭게 많이 쓰기다.

초등자녀를 둔 부모들은 알겠지만 일기 쓰기를 좋아하지 않는 아이들이 더 많다. 숙제라서 마지못해 하는 정도다. 쓰는 시간보다 연필을 들고 앉아 있는 시간이 더 많다. 긴 시간 동안 쓴 일기는 고작 몇 줄에 불과하다. 아이들은 일기 쓰기를 어려워하고 부모들은 잘 쓰기를 강요한다.

부모들에게 일기를 잘 쓴다는 것은 문법에 맞게 쓰고, 문장부호를 알맞게 사용하고, 맞춤법에 맞아야 하고, 띄어쓰기도 맞아야 하는 등 쓰는 법에 맞게 쓰기를 의미한다. 아이들이 일기 쓰기를 어려워하는 이유는 부모들의 요구에 맞게 쓸 수 없기 때문이다.

일기는 자신과의 대화를 위해 쓰는 목적이어야 하는데 잘 쓰는 방법을 강요받게 되니 일기 쓰기가 공부가 되어버린다. 일기 쓰기는 자기와 대화하기다. 자기와의 대화에 간섭이나 참견을 받으면 더 쓰기 싫어진다. 일기는 형식 없이 자유롭게 써야 한다. 형식이 있다면 자기의 감정과 생각을 담아야 하는 정도다. 자기의 감정과 생각을 보여주기 위해 아름답게 꾸며 쓰기가 아니라 자유롭게 감정과 생각 쓰기가 잘 쓰는 일기다. 일기 쓰는 형식을 없애고 자유롭게 쓰라고 하면 일기 내용이 길어진다. 일기 내용이 길어진다는 것은 자신의 감정과 생각 표현이 풍부해진다는 거다.

나는 딸아이에게 독서, 토론, 글쓰기를 중점적으로 교육하고 있다. 딸아이가 첫 글쓰기를 즐겁게 할 수 있도록 노력했다. 첫 글쓰기를 시작할 때 "일기는 너를 표현하는 너만의 공간이란다. 너의 하루를 기록해 놓으면 너의 역사가 되는 거야." 하며 형식 없이 자유롭게 쓰도록 했다. 역사에 관심을 가지고 있던 터라 자기의 역사를 기록한다는 것을 흥미로워하면서 쓰기를 재미있게 했다. 그런데 1학년 때 일기 쓰기의 형식을 배우고 숙제를 하게 되면서 질문이 많아졌다. "엄마 뭐 써요? 쓸 게 없어요. 특별한 일이 없어요. 이거 써도 돼요?"라는 아이의 물음에 "너의 역사를 왜 엄마에게 물어 보느냐 엄마는 학교에서 너의 생활을 알지 못한다. 해도 되고 안 되고는 너에게 물어 보렴"이라고 반응을 해주었지만 아이는 여전히 일기 쓰기를 무척 싫어했다. "엄마 특별한 일이 없어요. 어제도 학교에서 오늘처럼 똑같았어요. 맨날 똑같아요"라며 징징거리기 일쑤였다. 특별한 일을 쓰는 것이 아니라 "네가 기록으로 남겨 두고 싶은 마음과 생각이나 상황을 쓰는 거야"라고 말해주는데도 학교에서 배운 형식을 지키려다 보니 일기 쓰기는 어려운 숙제가 되었다.

일기 쓰기는 형식에 맞게 쓰는 법도 알아야 하지만 그것보다 일기에는 자기의 감정과 생각이 담겨 있어야 한다는 것과 조금 더 크면 일기 쓰는 형식은 저절로 알게 된다고 말해주었다. 가장 잘 쓴 글은 진솔한 자기 삶이 담긴 글이다. 일기 쓰기 3년 차가 된 지금은 글쓰기를 어려워하지 않고 자유롭게 쓴다. 생각을 말로 하고 글로 쓰기가 쉬운 아이다. 첫 글쓰기의 목표는 즐겁고 자유롭게 쓰기여야 한다.

자유롭게 글쓰기보다 한 차원 높은 생각 쓰기로 독서 일기 쓰기가 있다. 독서록보다는 형식이 자유로운 독서 일기 쓰기를 제안한다. 독서 일기는 읽은 책 중에 한 권, 한 문단, 한 줄 등에 대한 생각과 느낌을 자유롭게 쓰기다. 짧은 문장을 필사하고 그 문장에 대한 생각 쓰기도 있다.

독서 일기는 책 읽는 재미에 푹 빠진 후에 시작하면 좋다. 쓰기 싫은 독서 일기를 위한 책 읽기는 소탐대실하는 격이다.

글쓰기 준비는 자발성과 생각을 말로 하기이고 첫 글쓰기는 일기와 독서 일기를 자유롭게 쓰기다. 글쓰기의 기초가 다져지면 좋은 글쓰기 조건에 맞게 글쓰기를 시작하면 된다.

초등고학년이 되면 부모들이 강요하고 싶은 좋은 글쓰기 조건에 맞게 쓰는 방법을 알려주면 된다.

글쓰기 준비(다지기)가 된 후에는 문법요소에 맞게 쓰고, 글의 구성 짜임새에 맞게 쓰고, 많이 고쳐 쓰도록 첨삭지도가 필요하다. 고쳐 쓰기는 생각을 좀 더 나은 상태로 만들어준다. 글쓰기와 생각하기는 톱니바퀴와 같다. 좋은 글을 쓰는 사람들은 생각을 치밀하게 하고 많이 고쳐 쓴다.

많이 읽은 아이는 말할 거리가 많고 쓸 거리가 많다. 즉 토론과 논술의 기본교육은 독서다.

제3장

책 읽기를 넘어
책 먹는 아이

책을 읽기 싫어하는 이유

딸아이가 학교생활을 시작하면서 친구들은 왜 책 읽기를 싫어할까에 대한 질문을 품고 다녔다. 쉬는 시간이나 점심시간에 친구들과 재미있는 책 읽기를 제안하면 번번이 거절 당했다고 한다. 친구들의 거절에도 도서관을 드나들며 책 읽기를 좋아한 아이는 3년만에 답을 찾았다.

아이가 "엄마 우리 반에서 제일 책을 많이 읽는 아이가 저예요"라며 "친구들은 재미있는 책을 왜 안 읽는지 아세요? 책 읽을 시간이 없기 때문이래요"라고 한다.

딸아이에게는 책 읽기가 재미있는데 친구들은 왜 책 읽기를 싫어하는지가 궁금해서 해마다 친구들에게 이유를 물었더니 모두 시간이 없어서라고 대답을 했단다.

친구들은 왜 시간이 없다고 하니?라는 질문에 학원, 학습지, 숙제 등 할 일이 많아서라고 했단다.

문화체육관광부는 '2017년 국민독서 실태조사'에서 평소 책 읽기를 어렵게 하는 요인으로 성인과 학생 모두 '일(학교,학원) 때문에 시간이 없어서'라는 응답이(29%)가장 많았고, 책 읽기가 싫고 습관이 들지 않아서(21.1%), 휴대전화, 인터넷, 게임하느라 시간이 없어서(18.5%) 순으로 밝혔다.

　아이들이 책 읽기를 싫어하는 이유는 시간이 없고, 책 읽기 싫고, 책보다 더 재미있는 게임이 있기 때문이다. 책 읽을 시간이 없다면 시간을 확보해주면 되고 어느 누구도 모든 이에게 공평하게 주어진 24시간에 시간을 더할 수는 없으니 시간 활용능력을 키우면 된다. 시간활용 능력은 독서력에 비례한다. 독서력을 키우면 해야 할 일을 다 하면서 여유로운 생활을 할 수 있다.

　1992년에 프랑스 예술 문학 기사 훈장, 2000년에 노벨문학상, 2002년에 미국의 국제평생공로아카데미 금상, 2006년에 미국 공공도서관 사자상을 받은 중국인 작가 가오싱젠의 독서력에서 교훈을 찾는다.

　가오싱젠은 항일전쟁기라는 혼란스러운 시기에 태어났지만 집에는 언제나 책이 가득했다고 한다. 집안 여기저기에 책 상자 없는 곳이 없었고 피난이나 이사를 갈라치면 그 많은 책 상자를 옮기는 게 가장 큰 일이었다고 한다. 그의 독서법은 한계를 두지 않는 다독이었다. 내용과 형식을 불문하고 관심이 가는 책이면 다 집어들었다. 독서력을 키운 덕분에 고등학교에 들어가서는, 교과서를 받으면 1주일 안에 그 학기 교과서를 모두 읽고 이해할 수 있었다. 학교에 가면 다 아는 얘기라 수업이 지루해 몰래 소설을 읽기도 했다고 한다. 1주일 안에 전 과목을 이해할 수 있었다니 놀랍다. 우리 아이들은 국어·영어·수학만 잡고 공부하기에도 시간이 부족해 다른 과목은 시험기간에만 집중 공부를 하는 편이다. 하루의 많은 시간을 공부하는 데 쓰지만 수업 내용을 다 이해하지 못하는 아이들이 더 많다.

독서력을 키우니 공부를 잘하면서도 시간이 여유롭고, 여유로운 시간에 독서를 하니 더욱더 독서력이 커진다. 독서력이 공부력에 영향을 미친다는 것은 이미 많은 연구들의 결과가 있다. 공부에 모든 시간을 활용하기보다 독서력을 키워 공부시간을 줄이면 공부에 지치는 아이들이 줄어든다.

시간이 없어서 책을 읽기 싫다는 아이들의 말이 사실이다. 우리 아이들의 하루를 살펴보면 아침에 일어나 학교 가기 바쁘다. 아침에 책 읽을 시간이 없다. 학교에서도 책 읽을 시간을 넉넉히 주지 않는다. 황금 같은 쉬는 시간 10분에 책을 읽으라고 하는 것은 황금을 줬다가 뺏는 것과 같다. 점심시간에는 점심 먹는 시간이지 책 읽는 시간이 아니다. 학교에서 귀가한다라고 하는데 집으로 오는 아이는 거의 없다. 학년이 올라갈수록 집으로 오는 아이들보다 학원으로 가는 아이들이 더 많다. 귀가한다는 말을 귀원하다로 바꾸어야 할 판이다. 학원 한두 군데 들렀다 오면 저녁시간이다. 저녁시간에 귀가하면 다행이다. 저녁을 먹고 다시 학원을 가는 아이들도 있다. 주변에 살고 있는 초등학교 고학년 아이들의 하루를 관찰해보니, 저녁시간에 잠시 집에 머물렀다가 학원으로 가는 아이들도 많았다.

아이들의 생활에서 가장 많이 차지하는 시간이 공부하는 시간이다. 요즘은 운동도 배워서 하고, 그림도 배워서 하고, 말도 배워서 한다. 부모들은 예체능은 공부가 아니라 유희쯤으로 착각하지만 아이들에게는 예체능도 배우고, 배우고 익히는 것을 공부라고하니 예체능도 공부가 되는 셈이다. 아이들의 하루를 살펴보니 책읽기까지 추가하면 고개를 절레절레 흔들 만하다.

책을 안 읽어 걱정이라고 말하는 부모들에게 사교육 시간을 줄여야 한다는 조언을 하면 불안해한다. 그거라도 안 하면 아이들이학교공부를 못 따라간다는 마음에서다. 어릴 때부터 사교육을 한아이들이 좋은 대학에 입학할 확률이 높다는 어느 기사를 읽으며일부 동의를 하기에 부모들의 마음이 이해가 된다. 그런데 부모들의 불안한 마음은 독서의 위대한 힘을 잘 알지 못해서다. 어떤 부모는 내 아이처럼 책을 잘 읽으면 사교육을 시킬 의도가 전혀 없다고 한다. 아이가 책을 많이 읽지 않기 때문에 어쩔 수 없이 사교육을 시키는 거란다. 불안하다는 것은 확실한 믿음이 없어서다. 사교육을 줄이고 책 읽는 시간을 주지 못하는 불안한 마음은 아이가 책을 좋아하지 않는다는 믿음과 스스로 하는 능력이 부족하다는 믿음이다. 그리고 부모마저도 독서의 위대한 힘을 믿지 못해서 생긴다. 믿지 못한다는 것은 정확히 알지 못한다는 것이기도 하고 경험을 해보지 않았기 때문이기도 하다.

나는 독서의 위대한 힘을 몸소 경험하며 살고 있기에 어떤 태풍에도 흔들리지 않고 책 읽는 시간과 환경을 우선으로 한다. 사교육을 하지 말자가 아니라 책 읽을 환경과 시간을 만들어주자는 거다.

책을 싫어하는 또 하나의 이유는 놀 친구와 놀 거리가 너무 많다. 학교 정규과정을 마치고 집으로 귀가하지만 책을 먹는 아이라도 책 읽기보다 노는 걸 더 좋아하는 천상 아이다. 가방을 벗어던지고 놀이터로 나가지만 놀 친구가 없어 집으로 돌아와 책을 읽는다. 집으로 돌아와도 특별히 놀 거리가 없다. TV, 게임, 인터넷은 못하는 환경이고 가지고 놀 장난감도 없다.

가오싱젠의 집처럼 책밖에 없다. 딸아이는 이사할 때 책이 너무 많아서 어떻게 하냐고 걱정을 했다. 이사 견적을 받기 미안할 만큼 책이 많아서 이사할 때마다 책 나눔을 해야 한다.

아이들에게는 학교 친구, 학원 종류별 친구가 있고 다양한 재미있는 영상(TV, 스마트폰 등)이 친구가 된다. 가지고 놀 장난감도 넘쳐나 일주일 동안 만져보지 못한 장난감도 많다. 아이들에게 자유롭게 쓸 시간은 없는데 놀 친구와 놀 거리는 많다.

특히 게임은 심각한 수준이다. 아침 등교하는 아이들 손에 스마트폰이 들려 있고 등굣길에도 게임을 하는 아이들이 늘어나고 있다. 계단을 이용하는 중에 놀랄 때가 많다. 게임하는 아이들은 나를 보고 놀라고 나는 게임하는 아이들을 보고 놀란다. 어느 곳에나 승강기보다 계단을 이용을 하다 보니 계단에 쪼그리고 앉아 틈새 시간에 게임을 하는 아이들을 많이 보게 된다. 틈새 독서가 아니라 틈새 게임하는 아이들이다. 영상을 주는 부모들에게 이유를 물어보니 심심해해서라는 이유도 있고, 패드로 책을 읽게 하면 집중을 잘하고 영상으로 책을 본 후 교육적인 활동이 제공되니 좋은 교육이라는 이유도 있고, 부모들을 귀찮게 하지 않도록 주의를 영상으로 돌리게 한다는 이유도 있다.

책은 좋아하지 않고 영상은 좋아하니까 주는 거라고 하지만 부모들의 착각이 만들어 놓은 가상이다. 영상을 좋아할 거라는 믿음으로 책을 주지 않고 영상을 주니까 책을 좋아하지 않게 된다. 즉 책을 읽지 않는 아이들은 부모의 환경이 만들어 놓은 결과다.

책을 읽지 않는 부모들에게 자유롭게 쓸 수 있는 시간이 있다면 책 읽는 것과 영상(TV, 영화, 스마트폰 등) 보는 것 중 무엇을 선택하겠느냐는 물음에 후자를 선택한다. 책 읽기를 좋아하는 부모들은 전자를 선택한다. 그렇다면 아이들은 어떨까? 아이들도 책 읽는 것보다 영상을 선택한다. 부모보다 더 높은 비율로 후자를 선택한다. 아이들이 가장 재미있어 하는 놀이시간을 확보해주고 에너지를 쏟을 수 있도록 운동(놀이)시간을 확보해준 후에 책 읽을 시간을 확보해주면 건강한 하루를 보낸다. 저학년까지 건강한 하루를 보내는 시간이 필요한 이유는 학년이 올라갈수록 놀이와 운동에 썼던 에너지를 좋아하는 일에 쓰게 되기 때문이다. 사교육에 에너지를 다 쓴 아이들은 좋아하는 일도 없고 쌓인 스트레스를 푸는 수단으로 게임으로 빠져든다.

어느 부모들은 학원을 보내고 싶어 보내는 것이 아니라 친구가 없어서 심심해하니 보낸다고 한다. 아이들에게 심심할 시간을 주고 빈둥거릴 시간을 주면 책이 친구가 된다. 책이 친구가 되고 놀이가 되기 위해서는 학원보다 시간이 필요하다.

부모들은 책을 많이 읽으면 똑똑해진다는 것을 알고 있다. 책을 많이 읽는 똑똑한 아이가 부러운 부모들은 책을 많이 읽히려는 방법만 적용하려 하고 사교육을 하지 않으면 불안하다는 엄마의 마음만 내세운다. 책을 읽히려고만 하지 말고 읽기 싫어하는 아이들의 마음을 살피자.

제 아무리 공부하는 시간을 많이 주어도 하기 싫어서 하는 공부는 부모들이 바라는 목적을 달성할 수 없다. 시간을 여유롭게 활용할 수 있도록 공부력을 키워주자. 공부력을 키우는 가장 쉬운 방법은 독서력을 키우는 일이다. 독서력은 공부뿐만 아니라 삶의 전 영역에 필요능력이다.

이 장에서는 책 읽는 아이를 넘어 책 먹는 아이로 키우는 근본적
인 이유와 대안을 살펴본다.

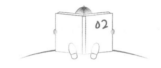

독서는 많이보다 즐거움이다

책을 많이 읽는 사람들의 공통점이 있다. 독서는 학습이 아니라 쾌락이고 결과가 아니라 과정이라는 점이다. 지금은 독서가 쾌락이고 과정이지만 어릴 때부터 책을 읽지 않았고 처음부터 독서가 쾌락은 아니었다. 독서 과거를 반추하니 부끄럽기도 하다.

독서를 많이 하긴 했지만 결과 지향적인 독서를 하던 유치원 원감으로 근무할 때 유치원 교육과정 편성, 운영에 독서 교육은 필수였다. 도교육청의 중점교육이었기에 비판적 사고 없이 독서 교육을 편성했고, 방법으로는 대개의 유치원에서 독서 골든 벨, 독서 통장을 운영한다고 하니 모방했다.

독서 골든 벨은 책을 읽고 책에 대한 내용을 문제로 만들어 맞추게 한다. 문제를 제일 많이 맞추는 아이를 독서왕으로 만들어 상을 준다. 결국 독서는 지식을 정확히 잘 기억하는 학습활동이었다. 부모들에게도 책 읽기는 내용을 기억해서 말하면 잘 읽는 것이고 기억하지 못하거나 순서대로 말하지 못하면 다시 잘 읽으라고 혼내기도 한다. 독서 통장은 책을 한 권이라도 많이 읽히게 하는 방법이다. 책 제목을 많이 적어온 아이가 독서를 잘 하는 아이로 인정받는다.

독서활동 목표는 많이 읽게 하고 지식을 기억하게 하는 결과가 되었다. 독서활동을 몇 년 동안 교육과정에 편성하고 운영했지만 읽기가 재미 있어서 즐겁게 하는 아이들이 많아지지는 않았다. 책을 많이 읽는 아이들이 늘어나지도 않았다. 유치원의 교육활동 결과물만 만들어 놓았다. 학교도 마찬가지다. 딸아이 초등학교에서도 아침독서, 독서 통장, 독서 골든 벨 등 독서 활동을 교사 재량으로 하지만 과연 책 읽기가 쾌락인 아이들이 많아졌을까. 책을 읽는 아이가 늘고 많이 읽게 되었을까.

또 부끄러운 독서 과거 중 하나는 독서경영이다. 교사의 본보기를 통한 교육을 중요시 하여 교사가 책을 읽지 않으며 아이들에게 독서 교육을 한다는 것은 흉내 내기라는 이유로 교사 책 읽기를 시도했다.

아이들처럼 교사들에게도 독서는 처리해야 할 업무가 되었다. "업무과중으로 책 읽을 시간이 없다. 책을 읽고 발표까지 하라니 죽을 맛이다" 등으로 건의가 있었지만 무시하고 독서경영을 진행한 결과 독서는 사표의 원인을 제공하는 하나의 이유가 되었다. 3개월에 한 권 읽기도 힘들다는 교사들의 건의가 이해되지 않을 때였다. 독서 교육이 중요하다고 가르치는 선생님들이 책을 더 안 읽는다는 슬픈 현실이다. 독서 교육경영을 지속적으로 했지만 독서를 즐겁게 하는 아이들이 늘어나지 않았던 것은 과정에 '즐거움'을 빼놓았기 때문이었다.

여러 곳에서 자주 언급되는 유명한 명언을 만나게 된 후 독서는 즐거움이라는 것을 깨닫게 되었다.

> 知之者 不如好之者(지지자 불여호지자),
> 好之者 不如樂之者(호지자 불여락지자)
> 아는 사람은 좋아하는 사람만 못하고
> 좋아하는 사람은 즐기는 사람만 못하다.
>
> – 공자의 《논어》, '옹야편'

독서 자체가 쾌락인 요즘은 딸아이와 엄마들에게 독서 교육경영을 성공적으로 하고 있다. 즐거운 독서 교육으로 스스로를 성장시키는 학급 경영을 하는 교사들과 가정 경영을 하는 엄마들이 많아지기를 힘쓰고 있다. 독서는 스스로 자기를 변화시키는 가장 좋은 도구이기 때문이다.

어떻게 하면 독서를 즐거움으로 할 수 있을까에 관한 궁금증을 풀어가보자.

영아기 독서의 핵심은 사랑이다. 영아기 최고의 교육 장소는 엄마 품이고, 교육 매체는 엄마이며, 교사도 엄마다. 엄마와 하는 모든 것은 최고의 교육이다. 엄마와 사랑을 나누는 시간의 도구가 책이면 된다. 책을 책장에 가지런히 정리해두지 말고 아이 눈길이 닿는 곳곳에 세워두고 눕혀두면 좋다. 아이가 엉금엉금 기어가다가 책을 입에 물고 질겅질겅 침을 묻힐 때 '지지'라며 빼앗지 말고 '책을 먹고 있구나'라며 반겨주면 된다. 영아기에는 책을 찢고 먹고 만지고 빨면서 친숙할 기회를 주면 된다. 걷기 시작할 때쯤이면 책을 이용한 도미노 놀이, 집짓기, 볼링놀이, 길 만들기 놀이 등으로 사랑을 나눈다. 도미노 놀이는 책을 길게 세우고 넘어뜨리는 놀이다. 집짓기는 책으로 큰 동그라미나 네모 모양을 만들어 아이가 들락날락 할 수 있는 공간을 만드는 놀이다. 볼링놀이는 책을 멀리 세워두고 공을 굴려 넘어뜨리는 놀이다. 길 만들기는 책을 눕혀 길을 만들어 자동차 같이 바퀴 있는 장난감을 굴려보는 놀이다.

책을 이용한 놀이에 관한 책은 자연관찰 책, 사물인지 책이면 더 좋다. 어릴수록 일상생활에서 자주 접하게 되는 사물, 동물 등에서 지적 호기심을 느끼기도 하고 이야깃거리가 많아지기 때문이다. 예를 들면 볼링놀이를 할 때 "사자, 호랑이, 강아지 중에 누가 먼저 넘어질까?"라는 질문으로 흥미를 높인다. 가장 먼저 넘어진 동물에게 "강아지야 아퍼 호~ 해줄게"등을 시작으로 땅을 파는 그림에서는 "땅 파는 놀이가 재미있니? 내가 도와줄까?" 등으로 자연스럽게 대화를 열고 이어나가면 된다. 영아기 최고의 독서 교육은 엄마 품에서 사랑을 나누는 도구로 활용하기다.

유아기(5~7세) 독서핵심은 이야기 장소다. 이야기로 크는 시기다. 모든 것을 직접경험으로 배울 수 없으니 재미있는 이야기로 세상을 경험하게 해야 한다. 엄마가 책을 통해 들려주는 이야기로 인성, 상상력, 생각력 등이 쑥쑥 크는 시기이다. 책 내용을 그대로 읽어줘도 좋지만 그림을 보면서 엄마가 만든 이야기도 좋다. 같은 그림을 보여주더라도 이야기가 달라지면 더 좋다. 유아기 독서는 매일매일 엄마와 이야기 나누는 장소가 되도록 하자.

초등기 이후부터는 지적 대화 재료다. 책이 즐거운 지성놀이가 되게 하는 것은 대화이고, 독서를 하는 행위 자체가 즐거움이 되게 하기 위한 명약도 바로 대화다. 책을 대화의 재료로 사용하면 책 읽는 행위가 즐거움이 되는 가장 빠른 길이다. 대화 재료가 되는 독서는 구체적으로 다음 내용에 다루어본다.

연령 발달에 따라 독서 핵심이 다르지만 전 연령에 걸쳐 독서를 사랑의 매개체로 접근하면 즐거움이 된다. 아이에게는 엄마와 함께하는 시간이 사랑이다. 책 읽어주는 시간은 엄마와 함께하는 시간이며, 최대한 편안하고 고운 사랑스러운 목소리를 들을 수 있는 유일한 시간이다. 화내면서 책 읽어주는 엄마는 없고 아이와 책 읽을 시간을 교육활동이라 여기기에 최선을 다한다.

　독서가 즐거움이 되기 위해서 부모들의 '~해야만 한다'는 조건을 붙이지 않기다. 예를 들어 부모들이 독서에 중요하게 생각하는 태도 잔소리다. 책 읽는 재미도 느끼기 전에 태도 먼저 바르게 가르치려는 "바르게 앉아라." "시력 나빠진다." "등 굽는다 허리 펴라." "책상에 앉아서 읽어라." 등의 잔소리다. 부모의 잔소리 자세로 직접 책을 읽어보기를 제안한다. 부모들이 말하는 바른 자세로 한 시간 이상 책을 읽는 사람들이 몇 명이나 될까. 얌전히 가만히 앉아서 하는 활동을 좋아하는 나에게도 노동이었다. 나는 딸아이 책 읽는 행동에 잔소리를 하지 않는다. 어느 날은 누워서 읽고, 어느 날은 창틈에 올라가서 읽고, 어느 날은 나무 위에 올라가서 읽고, 어느 날은 실내자전거를 타면서도 읽는다. 밥을 먹으면서도 읽고, 이동하는 차 안에서도 읽는다. 부분적으로 시력이 나빠지는 원인과 자세에 대해 이야기를 해주긴 하지만 조건을 붙이지는 않는다. 책을 많이 읽다 보면 가장 편안한 자세를 스스로 찾아가게 된다는 것을 알기 때문이다. 다양한 자세 중 가장 많이 취하는 자세는 책상에 앉아 허리 펴고 독서대를 이용하는 자세다. 즐거움을 경험하기 전에 '~해야 한다'는 조건이 많이 붙으면 재미를 잃어버리게 된다.

　읽을 책 선택권도 아이에게 있다. 아이가 꼭 읽어야만 하는 필독서는 없다. 처음부터 끝까지 읽어야 할 필요도 없다. 즐거운 책 읽기를 위해 ~해야만 하는 조건은 하나도 없다.

책이 재미있고 책 읽기가 즐거우면 자기에게 맞는 가장 좋은 독서법을 만들어 가기 때문이라는 것을 알기에 나쁜 독서 습관을 염려하여 잔소리를 하지는 않는다.

아는 사람은 좋아하는 사람만 못하고, 좋아하는 사람은 즐기는 사람만 못하다는 말에 비판하는 사람은 없다. 공자의 말씀이라 무조건 믿는 것이 아니라 삶을 통한 깨달음이기 때문이다. 무엇이든 자기가 좋아서 하는 일, 즐기면서 하는 일을 당할 것이 있을까. 나에게 독서는 즐거움이기에 손에서 책을 놓은 날이 없다. 하루라도 책을 읽지 않으면 온 몸에 가시가 돋힐 것만 같다. 즐거울 때도, 피곤할 때도, 우울할 때도, 괴로울 때도, 슬플 때도 책을 읽는다. 책을 읽으면 부정적 감정이 중립 상태로 돌아오기 때문이다. 독서가 쾌락이기 전까지는 마음이 혼란스러울 때 책이 읽혀지지 않는다. 독서가 쾌락이면 스트레스가 쌓일 때도 책을 읽는다. 실제로 독서가 스트레스를 줄여준다고 한다.

영국 일간 텔레그래프 등이 보도한 내용에 따르면 영국 서섹스대학교 인지심경심리학과 데이비드 루이스 박사팀은 독서, 산책, 음악 감상, 비디오 게임 등 각종 스트레스 해소 방법들이 스트레스를 얼마나 줄여 주는지를 측정했다. 그 결과, 스트레스 해소법 1위는 바로 '독서'로 판명됐다. 6분가량의 독서 후 스트레스가 68%

감소됐고, 심박수가 낮아지며 근육 긴장이 풀어지는 것이 확인됐다고 한다.

　독서를 많이 하게 하려는 욕심은 오히려 독서를 멀어지게 한다. 독서가 즐거움이 되면 저절로 많이 하게 된다. 독서가 즐거움이 되는 쉬운 원리를 적용하여 즐겁게 살자.

독서보다 대화를 많이 하라

세상에 가장 걱정이 많은 부류는 부모들이다. 부모는 '자식은 평생 걱정이다'라는 말을 합리화하며 걱정이 많다. 부모교육으로 만나는 부모들의 걱정은 끝이 없다.

독서 습관에도 부모들의 걱정이 존재한다. 고학년이라 학원을 줄이고 책을 읽게 하기도 걱정, 책 읽기 습관이 없는데 부모가 강제로 읽게 하는 것이 옳은지 걱정, 책을 강제로 읽히면 교과서마저 싫어하게 될까 걱정, 책을 읽히려다 부모와의 관계가 멀어질까 걱정, 책 읽는 시간이 많아지면 공부시간이 줄어들어 성적 떨어질까 걱정, 초독서증이 될까 걱정, 엄마들의 걱정에 끝이 없다.

심리학자 어니 젤린스키는 "걱정의 40%는 절대 현실로 일어나지 않고, 걱정의 30%는 이미 일어난 일에 대한 것이고, 걱정의 22%는 안 해도 될 사소한 것이고, 걱정의 4%는 우리 힘으로도 어쩔 도리가 없는 것이고, 걱정의 4%는 우리가 바꿀 수 있는 것이다"라는 연구를 했다.

걱정의 96%는 쓸데없는 것이고 4%만 우리가 바꿀 수 있다고 한다. 부모들이 독서 교육에 관심은 많지만 방법을 몰라 걱정만 하다가 독서마저도 학원을 보내는 현실이 안타깝다.

나는 사람들을 많이 만나는 일을 하고 있다. 만나는 사람들 중에 상당 부분은 걱정이 많은 사람들이다. 엄마의 삶이 우울한 사람, 아이를 어떻게 키워야 할지 어렵고 막막한 사람, 공부습관 코칭 방법을 묻는 사람, 자녀와의 관계에 어려움을 호소하는 사람 등 다양한 걱정으로 만난다. 오만 가지의 걱정을 해결해줄 수는 없지만 스스로 해결 방법을 찾아가도록 대화로 코칭을 한다.

자기가 가진 걱정 수준이 의식 수준이고 의식 수준이 삶의 수준이 된다. 삶의 질을 높이려면 의식 수준을 높여 걱정을 줄여야 한다. 의식 수준을 높이는 데 가장 쉬운 방법은 독서와 대화다. 학습을 포기하고 독서만 하라는 것이 아니라 학습시간을 조금만 줄여 독서와 대화 시간을 확보해주자. 의식 수준을 높이는 독서의 시작은 독서가 먼저가 아니라 대화가 먼저다. 많이 읽히는 것보다 한 줄을 읽더라도 읽은 한 줄로 대화를 하자.

책을 많이 읽는다고 의식 수준이 높은 것은 아니다. 부모의 강요에 의해 글자만 읽는 아이들도 많다. 글자만 읽는 아이들은 무슨 내용이냐고 물으면 모른다고 대답한다. 내용을 줄줄 말하는 아이들에게 내용에 대한 너의 생각이 무엇이냐고 물으면 대답을 못하거나 어른들에게 들은 교훈을 말하는 경우도 있다. 책을 읽는다는 것은 작가 생각이 독자의 생각 재료가 되어 사유하고, 사유한 것을 대화하며 의식을 성장시키는 과정이다.

요즘 아이들의 영혼이 아픈 이유는 부모와 대화 부족이다. 대화를 통해 삶에 대한 가치, 공부에 대한 가치, 인생에 대한 가치, 우정에 대한 가치 등 다양한 문제를 다루는 가치의식 방이 비어 있기에 아이들도 힘이 든다.

우리나라의 부모 자녀간의 대화를 살펴보면 "잘 잤니? 밥 먹었니? 옷 따뜻하게 입었니? 학교 잘 다녀 왔니? 필요한 것 없니? 힘들지 않니?" 등의 질문에 "네, 아니오"의 짧은 대답 형식이 많다. 대화시간이 부모에게는 무슨 말을 해야 할지 어색한 시간이고, 아이들에게는 부모의 질문이 무엇을 캐묻는 심문이라 피하고 싶은 시간이다. 부모 자녀 간의 대화 부족이 소통의 부재, 가치의 부재, 옳은 의식의 부재라는 부작용을 낳는다. 부작용은 청소년 문제, 사회 문제의 원인이 된다. 이와 같은 사회 문제가 읽기만 하는 독서가 아닌 대화를 통한 의식성장의 과정이어야 하는 이유다.

독서를 대화의 재료로 사용했을 때 효과는 다음과 같다.

첫 번째, 소통이다. 마음과 생각이 흐른다.
부모 자녀 간에 직접적인 마음과 생각표현은 어색하고 서툴다.

책을 소통의 매개체로 활용하면 좀 더 쉬워진다. 책 내용에 대한 생각과 마음을 말해보는 것은 제3자의 입장이 되어 말하기지만 제3자의 입장에 나의 생각과 마음을 담기 때문에 소통이다.

부모는 아이의 마음과 생각이 어떻게 영글어가고 있는지를 알게 되고, 아이는 부모의 마음과 생각을 들으며 어떤 가치관으로 살아가는지 알게 된다.

문학책 읽기 대화에는 부모가 살아온 시대적 삶에 대한 이야기로 소통한다. 예를 들면 옛날 재래식 화장실 내용을 소재로 하는 대화에서는 "엄마도 어렸을 때 화장실이 혼자 가기 무서워서 오빠한테 조르기도 했단다"를 시작으로 대화를 한다. 부모의 어릴 적 경험에 대한 대화로 이해가 깊어진다. 부모가 보이는 행동 뒤에는 자라온 환경의 영향도 있겠구나를 생각하는 계기가 된다. 예를 들면 짜장면에 관한 책을 읽고 "엄마는 짜장면을 보면 눈물이 나. 왜냐하면~~"으로 시작해서 짜장면에 얽힌 사연을 이야기를 하게 된다. 사연을 들은 아이는 엄마가 짜장면을 먹고 싶다고 할 때는 먹기 싫은 자기의 마음보다 추억하는 엄마의 마음을 알고 있으니 즐거운 마음으로 함께 먹어준다.

두 번째, 지성을 높인다.

지성의 사전적 정의는 지각, 직관, 오성의 지적 능력을 통틀어 이르고, 새로운 상황에 부딪혔을 때에 맹목적이거나 본능적 방법에 의하지 아니하고 지적인 사고에 근거하여 그 상황에 적응하고 과제를 해결하는 성질이다.

독서 대화는 부모, 자녀, 지성인(작가) 삼자 간의 대화가 된다. 책을 읽는 행위는 지성인과의 대화인 셈이다. 삼자 간에 다양한 주제로 매일 대화를 하면 지성이 높아진다. 부모들은 요즘 아이들이 부모와 대화를 싫어한다고 한다. 사람들은 본능적으로 말하기를 좋아한다. 성장하면서 환경에 의해 말하기를 좋아하고 싫어하는 정도가 달라질 뿐이다. 수줍음이 많아서 말하기를 싫어한다는 사람도 직접 만나서 대화를 하다 보면 말을 싫어하는 것이 아니라 안 하고 있었다는 것을 알게 된다. 부모의 대화 방식이 훈계나 설교조가 되어 대화를 피하는 거지 싫어하는 게 아니다. 삼자 간의 대화에서는 지성인의 생각이 부모 훈계를 대신할 수 있어서 좋다. 자녀에게는 딱딱한 가르침이나 훈계가 아닌 지성인의 생각에 대한 자신의 생각을 나누면서 생각이 건강해진다. 삼자 간의 대화로 관념을 다양하게 하고 지성이 높은 아이로 자라간다.

세 번째, 자연스럽게 토론하는 아이가 된다.

생각하는 힘이 절실히 필요한 대한민국이다. 생각하는 힘이 절실히 필요한 시대이다. 유대인이 세계에서 상위 1%로의 비율을 차지하고 있는 것은 토론의 힘이라고 한다. 어렸을 때부터 가정에서 부모와 토론하는 것이 일상이다. 유대인들의 도서관은 조용히 책을 읽고 공부하는 곳이 아니라 책은 토론의 논증거리를 담고 있는 매개체일 뿐이다. 유대인은 도서관에서도 짝을 지어 토론을 하면서 공부를 한다. 생각 독서를 한다는 것은 질문을 한다는 것이고, 질문은 대화의 문을 여는 시작이다. 책을 많이 읽히는 것보다 한 줄을 읽어도 질문하고 토론하는 것이 생각력을 키운다. 우리나라는 토론하는 문화가 아니다. 대화도 부족한 나라이기 때문에 토론보다는 대화를 먼저 해야 한다. 책뿐만 아니라 일상생활에 모든 현상이 자연스럽게 대화의 재료가 되면 토론의 시작이다. 토론은 생각하는 힘의 원동력이다.

네 번째, 대화는 치료제이다.

어느 정신과 의사는 대화는 정신의 역동적 치료제라고 했다. 상담치료는 대화로 이루어진다. 즉 대화만 해도 마음이 치료된다. 학교에서 친구 간의 갈등이나 여러 요인으로 인한 스트레스를 말하는 것만으로 상당 부분 해소가 된다. 어른들에게도 자기를 비난하지 않고 인정해주는 한 사람이 있으면 사랑받고 있는 행복한 사람이 되는 것처럼 말이다. 나와 아이는 대화를 많이 한다. 애착을 형성해야 할 시기에 엄마의 부재로 마음이 아팠던 아이는 상당 부분 회복했다. 회복에 가장 큰 영향을 준 것이 바로 함께하는 시간이다. 함께하는 시간이 많아지면서 자연스럽게 대화가 많아졌다. 아이는 학교에서 있었던 일, 불편함, 불만, 분노 감정 등을 대화의 재료로 쓴다. 때로는 책을 통해서 자기의 감정을 표출하기도 한다.

예를 들면 동화 내용에서 친구의 물건을 함부로 다루는 내용을 읽다가 학교에서 같은 반 친구가 자신의 물건을 함부로 다루었던 경험을 이야기한다. 동화 내용을 시작점으로 무의식 속에 숨겨져 있던 감정을 끌어내 대화를 하다 보면 치유가 된다. 엄마는 아이가 대화를 요청할 때 바로바로 대화 상대가 되어줄 수 있도록 있어주기만 하면 된다.

대화 시간이 길어지면 할 일이 많은 엄마에게는 번거롭기도 하지만 독서량이 많아져 배경지식과 이해력이 커지면 자기와의 대화로 이어지니 번거로운 시기도 잠깐이다. 독서력이 높아지면 옆에 있어 주지 않아도 산책을 하거나 이동을 할 때 대화의 재료로 사용하기도 하고 친구나 선생님 등 다양한 대화 상대를 찾기도 한다.

아이의 독서력을 높이기 위해 독서 방법을 찾기보다 짧은 글이라도 함께 읽고 대화하는 시간을 가지면 좋겠다. 독서를 대화의 재료로 사용하면 부모 자녀와의 관계 회복, 자녀와 책과의 관계 회복에 도움을 준다. 부모와 좋은 관계 욕구는 아이가 더 간절히 원하고 있다. 책을 대화의 재료로 부모와 좋은 시간을 보냈다면 아이는 스스로 더 열심히 책을 읽으려 한다. 책이 좋아서가 아니라 부모와의 대화가 좋아서이다. 책을 대화의 재료로 이용하는 방법은 특별한 방법이 아니다. 가정환경과 가족 성향에 맞게 만들어가면 된다.

예를 들면 공지영의 《봉순이 언니》 책을 대화의 재료로 사용해보자.

> 엄마: (제목을 대화 재료로 사용한다.) 봉순이라는 이름이 조금 우스
> 꽝스럽다.
>
> 아이: 우리 반 친구들의 이름은 서인, 지연, 윤서 같은 세련된
> 이름이에요.
>
> 아빠: 할머니 시대에는 봉순이, 말숙이, 영자, 순자 같은 이름
> 이 흔했지.
>
> 엄마: 옛날에는 이름을 너무 대충 지은 것 같아. 이름은 잘 지
> 어야 해.
>
> 아이: 왜 이름을 잘 지어야 해요?
>
> 엄마: 엄마는 언어에 힘이 있다고 믿거든.(언어의 힘에 대한 엄마의
> 생각을 말한다.)

이름 하나로 시작한 대화가 역사나 말의 힘으로 이어지기도 한
다. 시작을 하면 대화의 흐름은 상황에 맞게 흘러가게 된다.

어린 연령의 아이들은 동화책 《나비야 나비야》 같은 제목으로
대화를 시작해보자

> 엄마: 나비야, 나비야, 넌 날개가 있어서 좋겠다.
>
> (나도 나비처럼 날개를 만들어 봐야지,라며 팔을 나폴나폴 움직이며)
>
> **나는 엄마 나비야.**
>
> **엄마 나비는 아빠 나비를 사랑했단다.**(자연스럽게 아빠 나비

등장시킨다.)

아빠: 아빠 나비도 엄마 나비를 사랑했지.

엄마 나비와 아빠 나비 사랑해서 예쁜 아기 나비를 낳았 단다.(아이 등장시키고 나비의 생태나 가족의 사랑 등의 이야기로 자 유롭게 이어가면 된다.)

제목 한 문장만으로도 많은 대화를 할 수 있다. 책을 읽히려 하지 말고 책 속에 단어와 사건으로 대화를 하자는 마음으로 독서를 하 자. 독서 대화를 하다 보면 자연스럽게 독서량이 많아진다. 독서량 이 많아지면 대화의 수준이 높아져서 생각력과 독서력이 높아진다.

독서 자존감을 높여라

요즘 사람들에게 '자존감'이 삶의 키워드다. 엄마, 직장인, 아이들 모두가 자존감을 높여야 함을 강조한다. 자존감은 사람이 살아가는 데 필요한 공기와 같은 의미를 가진다. 살기 위해 꼭 필요한 요소이지만 공기의 질에 따라 삶의 영향을 받듯이 자존감의 크기 따라 삶의 질에 영향을 받는다. 자존감을 키우는 가장 쉬운 방법은 '인정'이다. 존재 있는 그대로 가치로움을 인정하는 일이다. 자신을 가치 있는 존재로 스스로 인정하기 위해서는 부모로부터 인정이 필요하다. 아이들은 자신을 불완전 존재로 부모를 완전한 존재라 믿기 때문이다.

인간은 자신의 생존 이유에 대해 늘 어떤 확신을 필요로 하는데 그 확신으로 인해 생존력을 완성하게 된다고 한다. 생존력은 살고자 하는 의지다. 생존력의 완성을 위해 필요한 욕구 중 식욕과 수면욕이 인간의 생존을 위해 꼭 필요한 생리적 욕구이고, 인정 욕구는 인간의 생존을 위해 꼭 필요한 심리적 욕구이다. 남에게, 혹은 자기 자신에게 자기의 어떠한 종류의 능력이 뛰어나다는 것을 인정받는 일은, 자기가 생존할 이유가 충분하다는 것을 확신하는 일로서, 자신이 가치 있는 존재라는 믿음, 다시 말해 자신감이나 자부심을 갖게 함으로써 살아갈 맛을 느끼게 하고 삶의 목표까지 생기게 만드는 기제라고 한다.

생존력의 완성을 위해 인정욕구가 필요하듯이 독서 생존력을 위해 부모의 인정이 필요하다. 즉 독서 자존감을 높여 책을 스스로 읽는 아이로 키우기 위해 인정 욕구를 채워주면 된다.

인정 욕구를 채워 독서 자존감을 높이는 방법으로 '인정 흘리기'를 소개한다. 인정 흘리기는 독서에 대한 긍정적인 인정을 제3자를 통해 흘려 듣게 하는 방법이다.

구체적인 방법은 아이의 독서하는 모습을 자세히 관찰한 후 제3자에게 인정하는 말 흘리기다. 독서 모습을 관찰한 관찰자인 엄마가 직접 하는 방법도 좋지만 제3자를 통하면 내밀한 인정이 된다. 부모로부터 인정을 은밀하게 고백받으면 효과는 배가 된다. 만약에 제3자와 통화 중 아이가 무엇을 하는지를 묻는다면 아이가 하고 있는 일을 이야기해주면서 오늘 하루 중 책 읽었던 모습을 덧붙여준다.

예를 들면 "지금은 블록놀이를 하고 있어, 오전에는 책도 읽었고, 우리 딸 책 읽기 좋아하잖아"를 자연스럽게 흘려준다. 부모가 읽히고 싶은 책의 종류가 있을 때도 의도적으로 흘리기를 한다. 의도적으로 제3자에게 전화를 한다. 예를 들면 "오늘 우리 딸이 과학책을 읽었는데 그 책에는 신기한 게 많더라구요. 얼음이 녹으면 물이 된대요. 이것 말고도 많은 신기한 것들이 있어요. 과학책에서 보물을 찾은 기분이에요. 과학책을 읽기 시작한 역사적인 날이네요" 등을 제3자의 반응과 관계없이 아이가 들을 수 있도록 한다.

아이가 눈치 채지 못하도록 가끔은 질투 흘리기의 인정도 좋다. 예를 들면 제3자와 대화 중 "우리 딸은 누구 닮아서 책을 저렇게 좋아하나 몰라. 아침에도 책, 점심에도 책, 저녁에도 책, 밥 안 주고 책만 줘도 되겠어, 엄마보다 책을 더 사랑하네" 등 책을 좋아하는 모습이 질투가 난다는 느낌을 살짝만 넣어주기도 한다. 엄마가 제3자에게 하는 말로 인정 욕구를 충족받은 아이는 그러한 모습이 자기의 모습이라 스스로 인정하게 되고 모습을 갖추기 위해 노력하게 된다.

제3자를 통한 인정 흘리기에서 주의할 점에 대해 알아보자.

첫 번째, 제3자는 남편, 조부모 등 아주 가까운 지인들이 좋다.

이해 관계가 부족한 사이에서는 부정적 반응이 돌아올 수 있으며 오히려 부정적 효과가 생길 수 있다. 예를 들면 "우리 딸은 누구 닮아서 책을 저렇게 좋아하나 몰라"라는 말에 돌아온 제3자의 반응이 "우리 딸도 그랬어. 저 때는 다 책 좋아해. 크면 소용없더라" 하면 아이는 책 읽기가 소용없는 일이라고 받아들인다. 인정 흘리기에 부정적 반응을 보이는 관계 사람에게는 하지 말아야 한다. 듣고 있는 아이는 부족한 아이로 인정해버리기 때문이다.

두 번째, 잘난 척이나 자랑질이 되지 않도록 넌지시 대화 속에 자연스럽게 끼워 넣어야 한다.

척과 질은 과하거나 포장된 메시지를 담고 있다. 부모의 모습이 허풍스러워 보이고 그 모습을 보고 자라는 아이는 허풍쟁이가 될 수 있다. 대화 속에 "아이가 책을 읽었다. 책을 좋아하는 것 같다. 책 보는 시간이 많아지고 있다. 엄마에게 책을 읽어달라고 하는 걸로 봐서 책을 좋아하는 것 같다" 등 사실이나 엄마의 느낌을 말하면 된다. 평범한 말이지만 엄마가 다른 사람에게 하는 말을 자랑스럽게 듣는다.

세 번째, 잘, 너무, 매우, 항상, 아주 등의 부사는 가급적 사용을 자제하고 사실을 말하면서 목소리에는 자랑스러움을 담아라.

부사를 사용하면 의도치 않게 아이에게 부담을 주거나 자만하는 아이로 키울 수 있다. 아이 스스로 생각하기에 책을 '잘' 읽는 것 같지 않으나 '잘' 읽는다니 부담이 된다. 그리고 기준에 혼란이 온다. 엄마에게는 책을 많이 읽는 것이 '잘' 읽는 것이 될 수 있지만 아이에게는 한 권을 정독하는 것도 '잘' 읽는 것이 될 수 있다. '잘' 읽는다는 기준이 엄마의 말이 되어버린다. 아이가 책을 한두 권 훑어 읽은 상황에 매우, 아주, 잘 읽는다는 판단은 '나는 아주 잘난 아이다'라는 자만심이 자랄 수도 있다.

'아이가 책을 좋아 한다'는 인정을 주는 차원으로 밝은 목소리와 표정에 자랑스러움을 담아 말하는 게 좋다. 아이가 책을 좋아하는 것 같다는 메시지를 지속적으로 주는 것은 책을 좋아하는구나를 세뇌시키는 말이 된다. 스스로 '나는 책을 좋아하는구나'로 착각하게 만들어 진짜 책을 좋아하는 아이가 된다.

네 번째, 다른 집 아이의 인정에 내 아이를 희생하지 말아라.

다른 집 아이의 좋은 점을 인정하는 과정에 상대적으로 자기 아이의 부족한 점을 이야기하는 경우가 많다. 예를 들면 아이가 책을 잘 읽는다는 상대방의 말에 "좋겠다, 부럽다, 우리 애는 책을 안 읽어, 우리 애도 책을 읽었으면 좋겠다. 대단하다" 등의 반응을 보인다. 부모 말에 다른 집 아이는 인정 욕구가 채워지지만 내 아이는 상대적으로 걱정거리가 된다. 상대의 말에 앵무새처럼 따라하기로 "책을 잘 읽는구나"라고 하면 다른 집 아이도 인정하면서 내 아이 자존감도 지킬 수 있다.

다섯 번째, 일정 거리를 유지해야 한다.

아이가 바로 옆에 있을 때는 하지 않는다. 아이들은 좋은 이야기라도 자신의 이야기를 다른 사람에게 하는 것을 싫어한다. 일정한 거리란 아이들이 들을 수 있는 거리면 된다. 부모들은 식탁에 있고 아이들은 거실 한쪽 끝이나 가까운 방에서 문을 열어 놓고 있을 때의 거리 정도다. 놀이에 집중하느라 어른들의 이야기를 못 듣는 것 같지만 자기 이야기는 귀를 쫑긋 세우고 듣는다. 아이가 들을 수 있도록 대화에 살짝 흘려 넣는다.

예를 들면 "참 신기한 것 같아, 어제 글 밥이 많은 책을 읽어줬는데 끝까지 앉아서 듣더라고" 정도만 얘기를 해도 상대방 쪽에서 "대단하다, 집중력 있다" 등의 온갖 좋은 말이 보물 상자에서 금은보화 나오듯 줄줄 나온다. 두 배의 효과를 얻을 수 있다. 아무리 좋은 것도 과하면 오히려 해가 되는 것처럼 제3자에게 흘려 말하기도 내 아이의 성향과 환경에 맞게 조절하여 약방에 감초처럼 사용하면 된다.

사람들에게 직접 상황 연출하기가 불편하다면 SNS를 활용하는 방법도 있다. 책 읽는 모습을 사진 찍으며 "엄마 눈에는 책을 읽는 모습이 너무 아름다워서 아빠한테 보내려고 하는데 괜찮겠니?"라고 동의를 구하면서 1차적으로 인정 욕구를 채운다. 남편에게 메시지를 보내는 게 목적이 아니라 엄마는 책 읽는 모습이 아름답게 느껴져라는 인정이 목적이다. 과한 평가나 칭찬이 되지 않고 자연스럽게 인정하는 방법이다. 남편의 답장이 대부분 긍정적으로 오니 또 한 번의 인정이 된다.

인정 흘리기에서 자만심이 생기지 않도록 부모의 역할이 중요하다. 독서는 매일 삼시세끼 밥을 먹는 것처럼 해야 하는 당연한 일이다.

책 읽는 것이 마치 자랑거리나 잘하는 일이라고 칭찬을 하면 당연한 일이 아니라 칭찬받기 위해 하는 일이 된다. 칭찬은 양면성을 가지고 있어 독이 될 수도 약이 될 수도 있다. 제3자를 통해 자연스럽게 인정과 격려를 하되 매일 밥을 먹는 일이 칭찬받는 일이 아닌 것처럼 천연덕스러운 당연함을 가질 수 있어야 한다.

책 읽기가 무슨 대단한 일을 하고 있는 것처럼 칭찬받을 때보다 마땅히 해야 할 일이라는 부모의 신념이 책 먹는 아이로 키우는 데 효과적이다. 제3자를 통해 인정 흘리기는 마땅히 해야 하는 일에 인정을 받으면, 더 열심히 하려는 본능을 이용하여 독서 습관을 만들어주기 위함이다. 글 밥이 많은 책으로 넘어갈 때도 기다려주기보다 인정 흘리기로 격려를 해주면 겁 없이 글 밥이 많은 책을 읽게 된다.

세상에서 가장 귀한
재산이 되게 하라

아이 키우는 일이 시험 문제의 객관식 정답처럼 일률적이고 명확하다면 좋겠다. 사람은 명확하지 않을 때 불안함을 느낀다. 아이 키우는 일이 일률적이고 명확하지 않으니 부모 마음이 불안하다. 불안을 위로하듯 "아이 키우는 데 정답이 없다"는 말이 생겼다. 아이 키우는 데 정답은 없지만 해답은 있다. 아이 키우는 것은 주관식 문제에 풀이 과정이나 생각 서술과도 같다. 세상이 정해놓은 정답에 맞게 아이를 키우려 하지 말고 부모가 가진 올바른 가치관을 해답으로 키우면 된다. 독서 습관도 마찬가지다. 세상이 정해놓은 독서의 효과를 얻기 위해서가 아니라 부모의 독서 가치관이 전염되도록 하면 된다.

딸아이가 초등학교에 입학한 후 우리 집이 가난한가 부자인가의 시험문제를 맞이하게 되었다. 전세로 살고 있는 우리 부부는 주인한테 빌려서 사는 집이라 깨끗하게 쓰고 돌려주어야 한다는 말을 귀가 닳도록 들려주며 행동에 제한을 많이 두었다. 주변 사람들은 초등학생이 되면 집 평수로 잘사는 집 아이, 못사는 집 아이로 나누고 무시하기도 하니까 전세로 산다는 이야기는 하지 않는 것이 친구들 사귀는 데 도움이 된다는 조언을 해주었다. 조언이 현실이 되었다.

1학년 초 친구들은 자기 집을 사서 예쁘게 꾸미고 사는데 우리는 왜 남의 집을 빌려서 사느냐고 질문을 했다. 아이의 생각에 무슨 일이 일어나고 있는지 궁금해 남의 집을 빌려서 사는 것에 대한 생각을 물어보았다. 가난하면 남의 집을 빌려서 살고 부자면 집을 산다고 대답했다. 아이의 생각을 듣고 가난한 것이 친구들에게 부끄러운지를 물어보았다.

아이의 이야기를 들으니 10년 전에 양육 상담했던 부모의 이야기가 떠올랐다. 큰 아이가 초등학교에 입학할 때 무리해서 조금 더 소문난 아파트의 넓은 평수로 이사를 갔다. 무리를 해서 이사한 이유는 아이 기 죽이지 않기 위해서라고 했다. 상담을 할 때마다 대출금과 고급 가구로 진 빚을 갚느라 삶이 힘들다는 불평을 했다. 몇 년 후 남편은 직장을 잃고 아내는 행복을 잃고 심한 우울증을 앓다가 결국 이사를 갔다는 소식을 들었다. 부모의 가치관에 따라 집이 불행할 수도 행복할 수도 있다는 것을 깨닫게 해주었다. 부모는 아이가 원하는 것을 채워주는 것이 아니라 올바른 가치관을 세워주어야 한다.

  아이의 마음을 이해해 주었고 탈무드 내용을 소재로 대화를 하
면서 엄마의 부자 가치관을 들려주었다.
  탈무드에 세상에서 가장 귀한 재산은 지혜라는 이야기가 있다.
여객선을 타고 가던 사람들은 모두가 부자라며 자랑을 했다. 사람
들은 가지고 있는 보물, 돈, 보석 등을 보이며 부자 자랑을 했지만
랍비는 보물을 보이지 않고 자신이 가장 부자라고 말을 했다. 부
자라면 재산을 보여달라는 말에 랍비는 보여줄 수 없는 재산이라
고 했다. 사람들은 보이지 않는 재산이라는 대답을 듣고 그냥 웃음
으로 넘겨버렸다. 해적의 습격을 받고 모두들 귀한 재산을 빼앗기
게 되었고 배는 어떤 항구에 정착해야만 했다. 부자라고 자랑을 하
던 모든 사람들은 하나같이 누추한 옷차림으로 가난한 생활을 했
지만 랍비는 훌륭한 선생님이 되어 존경받으며 살고 있었다. 지식
과 지혜는 누구에게도 빼앗길 수는 없다. 세상에서 가장 귀한 재산
은 돈과 보석이 아니라 지혜와 지식이라는 이야기로 끝을 맺는다.
  엄마: 이 글의 핵심 내용이 무엇이니?

    (핵심 말하기를 자주 해본 적이 없는 아이들은 대답을 하지 못한다. 머뭇
    하는 대답에 엄마가 화를 내게 되니 첫 질문으로 사용하지 말아야 한다.
    사람들이 부자라고 자랑한 이유는 무엇이니? 랍비는 왜 돈, 보물도 없는
    데 자신이 부자라고 자랑을 했을까? 등의 구체적이고 직접적인 질문을

첫 질문으로 사용해서 대화를 시도해보자.)

아이: 돈이나 보물은 잃어버릴 수 있지만 머리에 든 지혜는 잃어버리지 않아요. 세상에서 가장 귀한 재산은 지혜예요.

엄마: 랍비처럼 우리는 자랑할 돈과 집이 없는 건 사실이야. 엄마는 책을 읽으면서 지혜를 쌓고, 지혜를 나누는 작가와 강사를 하니 행복하단다.

아이: 엄마! 집을 빌려서 사는 것보다 도서관에서 책을 빌리는 게 더 좋을 것 같아요.

(지혜를 키우기 위해 필요한 책은 도서관에서 빌리고 그 돈으로 집을 사라는 이야기였다. 돈의 가치 차이를 모르는 방법 제안이다.)

떠돌이처럼 이 집, 저 집 옮겨 다니는 것보다 도서관을 옮겨 다니는 게 더 좋잖아요.

엄마: 좋은 생각이구나.(대화에서 아이의 생각을 환영하기가 먼저다.)

집을 사는 데 돈이 얼마 필요할까?(돈 공부를 먼저 해주어야 했다.)

'우리는 왜 집을 빌려서 살아야 하느냐'는 아이의 질문에 엄마의 돈과 지혜에 관한 가치관을 들려주었다. 우리는 돈 부자는 아니지만 행복 부자, 지혜 부자, 나눔 부자가 되자고 말해주었다.

부모가 부자라는 가치관을 어떻게 가지고 있느냐에 따라 부모의 삶뿐만 아니라 아이 삶의 방향도 달라진다. 그 이후부터 전세를 부끄러워하기보다 지혜 부자라는 당당함이 생겼다. 간혹 부자인 친구들이 부러운지를 넌지시 물어보면 우리는 지혜 부자라서 더 행복하단다. 재산은 불, 지진 같은 자연재해가 오면 잃어버리지만 머릿속에 지혜는 자연재해로도 잃어버리지 않고 사람들에게 나눠줘도 자기에게는 그대로 남아 있으니 더 귀한 재산을 가진 부자라서 좋단다. 세상에서 가장 귀한 재산 탈무드 내용 대화 마무리에 지혜를 키우는 방법은 무엇일까였다. 우리가 찾은 방법은 수업시간에 집중하기(수업시간이 아이 공부시간의 전부다. 수업시간에 집중해야만 하교 후 자유놀이를 할 자유가 생긴다.), 매일 책과 신문 읽기, (토론)대화하기, 글쓰기, 신나게 놀기다.

부자는 지갑에 돈이 있고 돈의 가치가 되는 물건을 소유하고 있는 것처럼 지혜 부자는 손에 책이 있어야 하고 가치 있는 책을 소유해야 한다. 우리 가족 손에는 항상 책이 있다. 각자에게 큰 울림을 주는 책을 소유하는 행복을 느끼며 산다.

아이를 키우다 보면 부모는 크고 작은 걱정을 하게 된다. 아이의 인생 문제에는 부모의 올바른 가치관이 해결점이 된다. 2학년 때 담임선생님으로부터 쉬는 시간에도 책을 읽는다는 이야기를 들었다. 같은 반 친구들도 책만 읽는 아이라고 했다. 집에서도 주로 책을 읽는다. 하교 후 저녁 6시까지 자유시간인데도 책을 읽는다. 주변의 부모들은 책을 읽는 아이를 부러워했지만 나는 책만 읽는 아이의 사회성이 걱정이 되기 시작했다.

하교 후 집에서 책을 읽고 있으면 놀이터로 데리고 나갔고, 친구들을 초대하면 맛있는 간식해준다고 설득하고 학교에서 누구랑 놀았는지를 매일 물었다. 친구랑 놀게 하기 위해 집착하고 있는 나의 모습을 발견하고 아이의 마음을 읽기보다 엄마의 마음으로 아이를 키우고 있음을 알아차렸다. 아이의 마음을 알기 위해 산책을 하며 대화를 했다. 아이는 친구랑 노는 것이 싫은 것이 아니라 어울려 놀기를 어려워하고 있었고 그 외로움을 달래기 위해 좋아하는 또 하나의 책을 찾은 것이었다. 엄마가 친구랑 어울리는 방법을 가르쳐주는 것이 좋을지를 물어보니 친구랑 노는 것도 좋지만 책을 읽는 것도 좋아서 자기에게 친구는 책이라고 했다. 아이의 마음을 외면하고 사회성을 기르기 위해 엄마의 마음으로 노심초사하며 아이를 대한다면 아이는 또 하나의 스트레스를 받게 되고, 사회성이 부족한 자아를 형성해나갈 것이기에 아이의 마음과 선택을 존중해주었고, 언제라도 친구랑 어울리는 방법이 궁금하면 이야기 해달라고 했다. 아이의 문제는 나를 돌아보는 계기가 되었다.

독서의 위대한 힘을 느끼고 살기 전에는 친구들과 어울려 수다 떨고 술 한 잔 하는 것이 소소한 행복이었지만 지금은 책 읽는 시간이 행복이다. 예전에는 혼자 있는 시간이 외로웠지만 지금은 혼자라도 외롭지 않다. 오히려 책을 읽을 수 있는 시간이라 더 좋다. 전국으로 강의를 다니니 혼자 밥 먹는 시간이 많다. 혼자 밥 먹는 것이 외롭지 않느냐는 사람들의 질문에 "나는 혼자가 아니다. 언제나 나와 함께 밥을 먹고 강의에 함께하는 친구 지성이가 있다"고 소개해준다. 나의 영원한 영혼의 동반자는 지성이라는 이름을 가진 책이다. 나도 그러한데 아이에게 친구를 사귀는 것이 사회성의 전부인 것처럼 스트레스를 주고 싶지는 않았다.

아이에게 엄마 친구 지성이에 대한 이야기를 들려주었다. 아이도 가장 친한 친구는 책이라며 책이 있어서 외롭지 않다고 했다. 아이의 사회성을 염려하지 않는 또 하나의 자신감은 바로 나의 경험을 통해서다. 나는 책을 읽으면서 사회성, 인성이 더 발달했다. 더 많이 감사할 줄 알게 되었고, 상대방을 바꾸려 하지 않고 있는 그대로 바라볼 줄도 알고, 성공에 집착하지 않고 가치로운 삶을 살고자 노력한다. 기부와 나눔을 한다는 이야기를 들을 때면 내가 제일 불쌍하니 나에게 기부하라는 무식한 농담을 하던 삶에서 나누는 삶을 살고자 방향을 바꾸었고, 아이에게 경제교육으로 가장 먼저 가르친 것이 기부와 나눔이다. 삶의 가치가 하나라도 더 많이 가지고 더 높이 오른 것이었는데 하나라도 더 나누고 싶은 선한 영향력이 되었다. 나의 삶을 통해 경험했기에 아이의 사회성을 걱정하지 않는다. 아이도 책을 읽으면서 선한 영향력을 나누는 삶을 살아갈 것임을 믿기 때문이다. 부모에게 세상에서 가장 귀한 재산이 독서이니 아이에게도 그대로 전염이 되었다. 아이에게 책은 좋은 친구가 되었다.

부모가 무엇에 가치를 두느냐에 따라 아이의 가치관도 달라진다. 부모가 독서 습관에 가치를 두고 살아가는 것만으로도 아이는 책 읽는 습관을 가지게 된다. 감기가 전염되듯 부모의 가치관도 전염되기 때문이다. 독서 습관은 좋은 전염이다. 좋은 것은 전염시키고 나쁜 전염은 자가 면역력을 키우도록 도와주는 것이 부모다. 아이에게 책을 읽으라고 강요하기보다 전염시키는 것이 훨씬 효과가 크고 지속적이다. 전염은 잠복기가 있음을 알아야 한다. 독서코칭을 할 때 독서 습관 전염에 대한 이야기를 하면 책은 읽기 싫지만 아이를 위해서 흉내를 내는데 아이는 관심도 없다는 이야기를 하는 부모들이 있다. 아마도 흉내를 내고 있다는 것을 아이에게 들켰거나 전염병마다 잠복기가 다르듯 부모의 말과 행동의 환경에 따라 잠복기가 다를 수 있으니 잠복기를 인내할 줄 알아야 한다고 말해준다. 독서 습관에 부모가 흉내를 내라고 하는 것은 부모가 흉내를 내다 보면 독서에 재미를 느낄 가능성이 높기 때문이다. 흉내로 시작한 독서에 재미가 들리면 아이에게 전염은 확실하다. 흉내만 계속 내면 아이도 흉내라는 것을 알기에 전염되지 않는다.

전염에는 잠복기가 있으니 조급해하지 않았으면 좋겠다. 우리 가정은 독서 습관이 아이에게 먼저 전염이 되었고 10년 정도의 잠복기를 거쳐서 남편에게 전염되기 시작했다. 아이는 면역력이 약해서 전염이 쉽게 되는데 어른은 면역력이 높아서 쉽지 않다. 면역력은 사람마다 차이가 있지만 어릴 때일수록 전염이 쉽고 어릴 때 독서에 전염이 된 사람들은 독서가 주는 위대한 힘으로 성장이 빠르다. 지금 나로부터 시작된 독서 습관이 온 가족에 전염이 되어 손에는 책을 들고 대화를 나누는 이상적인 가정이 되어가고 있다.

책을 읽으니 아는 것이 많아지고 아는 것이 많아지니 입으로 나오게 되고 서로 아는 것을 나누다 보니 대화가 많아진다. 이런 현상을 수다라고 하지 않고 지성인들의 대화라고 한다. 지성인들의 대화는 지성을 키운다. 아이를 통해 알게 된 지식이 있고 아이도 부모를 통해 알게 된 지식이 있고 지식을 삶에 적용하는 이야기나 현상에 대해 나누니 지혜가 생기게 된다.

가정에 지성의 대화가 없을 때는 대화시간이라기보다는 서로 공격하는 시간이었다. 부족한 점을 말 화살로 발사하고 방어하기 위해 방패를 쓰면 튕겨져 나오니 소통이 되지 않았다.

독서는 세상에서 가장 귀한 재산이고 좋은 친구이니 전염시키자. 부모 중 한 명이 독서 습관을 전염시킬 강력한 바이러스를 보유해야 한다.

독서에 가장 결정적 시기는
바로 지금이다

우리나라 부모들은 결정적 시기에 민감하다. 독서에도 결정적 시기가 있고 그 결정적 시기는 어린 시기라 생각한다. 결정적 시기를 놓치면 불안해지는 부모들은 초등학교 고학년, 중학생, 고등학생인데 독서 습관을 들이기는 늦지 않았을까 하는 질문을 하거나 독서는 포기했다고 한다.

아이가 뒤집기를 하고 기다가 걷게 되는 것처럼 발달에는 순서가 있고 태어난 후 늑대와 생활을 하게 된 아이가 언어 능력을 잃어버린 것처럼 발달의 결정적 시기라는 것도 분명 존재한다. 그러나 생물학적 발달 순서나 결정적 시기는 독서와는 다르다.

인생에서 가장 결정적 시기는 '지금'인 것처럼 독서의 가장 결정적 시기도 바로 '지금'이다.

결정적 시기를 놓쳤다고 실패한 삶이라고 말하지 않는다. 결정적 시기를 놓쳤다며 시도하지 않는 삶이 실패하는 삶이 된다. 인생에서 가장 결정적 시기는 각자 삶의 속도와 시기에 따라 차이가 있다. 각자에게 가장 결정적 시기는 알게 된 바로 지금이고 실행하게 되는 시점이지 않을까.

독서를 지금 시작해도 늦지 않았을까를 염려하는 부모들에게 나와 딸아이의 독서를 사례로 들어본다. 나는 학창시절 교과서가 책의 전부였기에 성인이 되어서야 책을 읽고 나이 서른이 넘어서야 독서가 생활의 일부가 되었다. 나의 독서 결정적 시기는 20대 중반이었다. 물론 어렸을 때부터 독서하는 습관을 가지고 자랐더라면 지금보다 조금 더 빨리 조금 더 높게 가치 있는 삶을 살았을 수도 있다. 하지만 늦은 나이에라도 독서 습관을 가졌기에 지금의 가치로운 행복한 삶을 살아간다.

딸아이 독서의 결정적 시기는 7세였다. 이유는 엄마가 시간이 많아져 독서 교육을 시작할 수 있었기 때문이다. 7살에 한글을 겨우 발음 나는 대로 읽고 쓰던 중이라 스스로 읽기는 영아기에 읽었던 한 줄 동화 수준으로 시작했다. 7살에 독서 나이 한 살이 되었지만 독서 수준은 1년 만에 초등 3~4학년 정도의 수준이 되었다. 1학년 때《샬롯의 거미줄》책을 재미있게 읽고 또 읽었다. 제임스의《슈퍼 복숭아》를 재미있게 읽고 로알드 달이 쓴 책을 거의 찾아 읽었다. 초등학교 3학년 6월에는 히가시노 게이고의 장편소설《나미야 잡화점의 기적》을 재미있게 읽었다. 수준이 높다는 자랑이 아니라 재미있게 읽었다는 점을 강조하는 거다.

사회적 나이와 독서 나이는 다르니 불안해하지 말자. 초등 고학년인데 동화책을 읽히면 자존심 상하지 않을까를 염려하여 학년별 권장도서나 교과서 수록 도서로 시작하면 실패할 확률이 높다. 같은 학년이라도 독서 나이는 아이들마다 다르다.

엄마들이 만들어 놓은 결정적 시기에 내 아이를 맞추려 하지 말고 내 아이의 시기에 맞게 가면 가장 빨리 가게 된다. 엄마들이 만들어 놓은 독서의 결정적 시기는 어릴 때이고 학습량이 많아지는 고학년부터는 교과서 연계도서와 필독서를 읽힐 때이다. 중학생이 되어 책을 읽고 있으면 책 덮고 공부하라고 한다. 특히 시험기간 전에 책을 읽으면 쓸데없는 짓 하는 꼴이 된다. 아이는 엄마가 만들어 놓은 사회적 결정적 시기를 모른다. 다만 불안해하는 엄마의 마음만 느낄 뿐이다. 불안하면 속도를 낼 수가 없지만 아이 스스로 내는 속도는 부모가 조절할 수 없을 만큼 빨라진다. 독서 수준을 높이고 싶은 엄마 욕심으로 속도를 내면 엄마 속도에 맞추려다 지치게 된다. 결국 독서는 재미없는 엄마의 욕심이 된다.

성인이든 청소년이든 영아든 지금부터 시작하는 독서 나이 한 살에 중요한 건 재미와 읽고 싶은 마음이다.

재미있는 책 찾기는 쉬운 것과 관심 분야를 고려해야 한다. 아이 스스로 책을 찾아 읽으면 좋겠지만 스스로 책을 찾아 읽는 단계는 이미 책 읽기 고수다. 독서 나이 한 살에는 엄마가 관심 분야에 관한 쉬운 책을 찾아줘야 한다. 책이 쉽다는 건 아이의 독서 수준에 적합하다는 의미다. 아이의 독서 수준은 엄마가 살펴야 한다. 관심 분야의 책만 읽으면 한 분야의 책만 읽게 되어 다양한 정보와 지식을 얻지 못한다는 엄마들의 걱정이 시작된다.

다양한 분야의 독서는 배경지식이 많아지니 좋겠지만 한 분야를 깊이 있게 아는 것도 좋다. 다양한 분야를 읽는 것이 좋다는 것도 엄마가 만들어 놓은 사회적 기준이다. 가장 중요한 것은 책을 재미있게 읽고 있다는 거다.

부모들은 다양한 분야의 책을 읽어 다양한 분야의 배경지식이 많아지길 바라지만 사람들마다 관심 분야가 다르기 때문에 편독이 생길 수밖에 없다. 나는 교육, 심리 분야의 책을 편독하는 편이다. 과학이나 자연에 관한 책을 읽으면 지루해서 책장이 넘어가지 않는다. 관심이 없는 분야의 책을 읽고 있으면 주변의 작은 움직임도 관심사가 되어 집중이 흐트러진다. 그런데 관심 분야의 책은 쌓아놓고 읽고 재미에 쏙 빠져 주변에서 노래를 불러도 집중하게 된다. 편독이 교육전문가로 만들어 놓았다. 다양한 분야의 책을 읽어도 어느 한 분야에 조금 더 관심이 생겨 일시적으로 한 분야의 책만 읽기도 한다. 독서 나이 한 살에는 내 아이의 독서수준에 맞고 스스로 독서속도를 낼 수 있게 하는 쉽고 재미있는 책이 필요하다.

아이가 고학년이라면 동화책 읽기를 부끄러워 할 수도 있으니 어른도 동화를 읽고 감동을 느낀다는 점과 책 두께가 읽기 수준은 아니라는 점을 알려줄 필요가 있다. 40이 넘은 나는 초등학생 딸이 읽는 수준의 동화책을 재미있게 읽고 그 책 내용에 관한 사색하는 글쓰기를 하고 딸에게 추천하기도 한다.

부모들은 초등 중학년부터가 역사책 읽기의 결정적 시기라고 한다. 이 시기 자녀를 둔 부모들에게 역사책 추천 부탁을 많이 받는다. 좋은 책, 좋은 시기보다 더 중요한 건 읽고 싶은 마음이 들게 하는 거다.

예를 들면 아이들은 나라의 사회적인 일보다 자기 자신과 가족부터 관심을 갖는다. 역사 교육을 중요하게 여겨 역사책 읽기에 신경을 많이 썼다. 좋은 책을 선별하는 것보다 읽고 싶도록 동기유발이 먼저라 아이 역사를 자주 들려주었다. 동영상이나 사진을 보며 성장 과정 이야기를 나누고 추억하고 싶은 특별한 사건들을 이야기 해주었다. 자신의 역사 이야기를 할머니의 옛날이야기 듣는 아이처럼 또 또 들려달라고 졸랐다. 때로는 부모의 성장 과정을 이야기 해준다. 엄마 어릴 적에는, 외할아버지가 예전에는…으로 시작하는 부모 역사 이야기와 자기 역사 이야기가 제일 흥미로운 역사책이 된다. 우리에게 역사가 있는 것처럼 나라가 어떻게 시작되었고 발전했는지에 대한 역사가 있다는 것에 신기해했다.

사람이 원숭이의 모습으로 살게 되었는지를 묻고 또 물었다. 또 서로 땅을 차지하려 싸운 역사를 읽으면서는 왕이 되어 평화로운 나라를 다스려 보고 싶다는 마음을 품기도 하고, 일제 강점기에 대한 기록을 읽으면서는 애국심을 불태워 다시는 그런 일이 없도록 해야 한다는 다짐을 품으며 역사 읽기에 푹 빠져 들었다. 역사에서 스스로 세계사로 폭을 넓혔고, 단군 신화를 읽은 후에는 그리스 로마 신화에 관심을 가지고 읽다가 판타지, 추리소설로 관심이 넘어갔다. 엄마가 해준 일은 역사에 관심을 가지고 읽고 싶은 마음이 들도록 동기부여를 해준 게 전부다.

모든 삶에 결정적 시기는 바로 지금이며 실행하는 순간이 된다. 독서도 마찬가지다. 결정적 시기는 이 책을 읽고 있는 바로 지금이며 실행하는 시점이다. 결정적 시기가 속도를 결정하는 것은 아니라는 것을 알았으니 조급한 마음을 버리고 시작하면 된다. 결정적 시기는 지금이다. 속도는 아이에게 맡기고 부모는 결정적 시기와 속도를 아이가 선택할 수 있도록 아이의 마음에 관심을 불러일으키면 된다.

결정적 시기에 하지 못한 것을 후회하며 지금 시작하지 않는다면 10년 후 더 많은 후회를 하게 된다.

책을 먹게 하는 부모의 말 습관

　울창한 숲도 처음부터 숲은 아니었다. 나무 한 그루 한 그루가 모여 숲을 이루었고 나무 한그루도 씨앗이 시작이었다. 울창한 숲의 시작은 작은 씨앗에서부터다. 독서광의 시작도 작은 말 씨앗부터다. 부모들은 자식에 대한 욕심이 한없이 많다. TV나 책에 소개된 독서 영재, 독서로 성공한 사람들의 이야기는 울창한 숲이고 울창한 숲의 시작은 씨앗에서부터라는 것이 욕심에 가려져 보이지 않는다. 독서광이 되기 위해서는 좋은 책과 많은 책 읽기부터가 아니다. 읽고 싶은 마음씨앗부터다. 울창한 숲이 되기를 바라는 욕심을 버리고 부모의 작은 말씨를 아낌없이 뿌리면 자라고 자라서 어느새 울창한 숲이 된다.

　책을 먹게 하는 부모의 말 씨앗을 뿌려보자.

　첫 번째는 책을 펼칠 때 "엄마는 재미있는 책 읽어야지" 책을 덮을 때 "와 ～ 재미있다"라고 말하라.

태어나면서부터 스스로 혼자 책을 읽는 아이는 없다. 부모가 읽어줘야 한다. 책을 읽어줄 때 흔히 하는 "책 읽자, 책 읽어 줄게"라는 말을 "엄마는 재미있는 책 읽는다"라고 바꾸면 상황이 달라진다. '책은 재미있는 것이구나'의 씨앗을 뿌리는 말이다.

책을 덮을 때는 꼭 "와～재미있다"라는 말로 책 읽기는 재미있다를 학습시켜준다. 어린아이들일수록 부모의 말과 행동 뒤에 숨은 의미를 해석하지 못하고 스펀지처럼 흡수한다.

아이의 동화그림책을 매일 읽는 모습의 본보기를 통해 '엄마처럼 책을 매일 읽어야 하는구나'를 배운다. 엄마가 동화그림책을 읽는 것은 아이를 위한 행동인데 엄마가 책 읽는다고 하면 아이가 옆으로 와서 듣지 않을까 봐 염려하는 부모들이 있다. 엄마가 소리 내어 책을 읽고 있으면 옆으로 와 듣게 된다. 옆에서 듣지 않아도 놀이를 하면서 듣고 있으니 책을 읽는 거나 다름없다. 꼭 옆으로 오게 해서 듣게 하고 싶다면 연극을 좀 하면 된다. 엄마가 책을 읽으면서 혼자 웃기도 하고 "와～ 재미있다"라고 하면 대부분의 아이들은 무엇이 재미있는지 궁금해서 옆으로 오게 되어 있다. 부모의 연극 한번으로 아이의 행동이 바뀌지는 않는다는 사실을 기억하고 여러 번 해주면 된다. 책 읽기는 재미있다는 말 씨앗을 아낌없이 뿌려주자. 재미있는 책을 매일 먹는 아이로 성장한다.

두 번째는 책이 재미있는 놀이가 되는 "나는 책이랑 노는 게 재미있어"다.

어릴수록 부모에게 놀아달라고 한다. 아이가 어릴 때 놀이를 함께해주는 것은 체력소모가 크다. 아이들이 놀아달라는 말이 무섭다는 부모들이다. 놀아달라고 할 때 서로 엄마한테, 아빠한테 떠넘기기도 한다. 가장 체력 소모가 적은 책 읽는 놀이를 추천한다. 신체놀이, 책 읽기 놀이를 상황에 맞게 적절히 해준다. 몸이 힘든 날 아이가 놀아달라고 할 때 "엄마는 책 읽으면서 노는 게 제일 재미있더라"라며 책을 읽어준다. 아이도 마음이 같을 때는 책 읽기에 동참하지만 마음이 다를 때는 책을 빼서 옆으로 던진다. 그럴 때는 "네가 좋아하는 놀이 한 번, 엄마가 좋아하는 놀이 한 번 하자"라며 조율하면 된다. 아이와 먼저 놀아준 후 엄마가 좋아하는 책 읽기 놀이로 유도한다. 그림에 있는 동물 흉내기, 의성어, 의태어 따라 하기 등의 단순한 놀이도 함께하면 책 읽으면서 노는 게 재미있는 아이로 자라게 된다. 우리 가정은 책 읽기 놀이는 엄마랑, 몸으로 노는 신체놀이는 아빠랑 하기 규칙을 만들었다. 엄마는 집안일, 육아, 직업에 관한 일로 체력 소모가 많아 아이가 놀아달라는 말만 들어도 힘이 들었다. 아이가 놀아달라는 요구에 엄마는 책 놀이, 신체놀이는 아빠랑 하는 거라고 습관처럼 말해주니 아이에게는 규칙이 되어버렸다. 엄마랑 있는 시간이 많으니 책 읽는 시간도 많다.

세 번째는 "책 읽어라"가 아니라 "지혜 키우자"이다.

'책 읽어라'는 선택이 아니라 명령과 강요의 말이다. 명령이나 강요를 받으면 하고 싶은 마음이 한풀 꺾이게 된다. 하려고 마음먹은 일도 사라지게 한다. 부모들은 책 읽으라는 말을 해야만 책을 읽으니 어쩔 수 없다고 말한다. 부모들의 조급한 마음을 조금만 내려도 아이의 마음이 보인다. 책 읽기를 바란다면 명령과 강요보다 책을 읽어야 하는 이유를 마음에 새겨주는 일이 더 중요하다. 앞에서 말한 것처럼 우리가 살기 위해 매일 밥을 먹는 것처럼 우리의 생각과 지혜도 매일 책 밥을 먹어야 한다는 것을 알려주어야 한다. 책은 마음에 양식이다. 요즘 아이들에게 몸에 영양은 넘쳐나지만 마음에 영양은 부족하다.

몸이 건강하도록 관리하는 것만큼 정신이 건강하도록 관리하는 것도 중요한 일이라는 것을 알려주면 중요한 일을 해내는 책임감을 발휘하게 된다.

"책 읽어라"는 말을 "지혜 키우자"라는 말로 바꾸면 명령에 따르는 노예가 아니라 지혜에게 밥을 먹이는 행위를 스스로 하는 주인이라는 인식으로 행동하게 된다. 말 한마디만 바꾸어도 책 읽기의 노예가 되느냐 주인이 되느냐가 달라진다. 책을 읽는 것이 매일 처리해야 하는 숙제가 아니라 매일 밥을 먹는 것 같은 일상이 되도록 해주는 말이다.

네 번째는 "책을 읽으니 아는 게 많아지는구나" "어떻게 알았니? 와~~" 등의 인정을 담은 건강한 반응이다.

읽은 책 내용이 일상생활과 연관되어질 때 말로 표현하게 된다. 평상시 부모들은 아이가 무심코 하는 말이 기대 이상일 때 반색하며 "대단하다, 똑똑하다" 등의 평가적인 반응을 한다. 부모들은 똑똑하다는 말이 아이를 생각하지 않는 바보로 만드는 말이라는 것을 모른다. 똑똑하다는 말을 듣는 순간은 똑똑한 아이가 된 것 같아 기분이 좋다. 부모로부터 똑똑하다는 인정을 받는다는 것은 큰 기쁨이다. 그 순간을 지나 그 이후가 문제다. 아이들은 부모에게 똑똑하다는 인정을 유지하기 위해 쉬운 것만 찾고 어려운 것은 똑똑하다는 인정에 방해가 될까 봐 회피하게 된다. 특히 책을 읽고 알게 된 사실을 말할 때 똑똑하다는 반응을 받으면 글 밥이 많은 책은 읽으려 하지 않는다. 글 밥이 많은 책의 내용을 기억해서 똑똑함을 인정받아야 한다는 부담감이 있기 때문이다. 아이에게 인정을 담은 부모의 말 씨앗은 "어~머 그걸 어떻게 알았니?"이다.

부모: "어~머 그걸 어떻게 알았니?"(환영하면서 과정을 물어준다.)

아이: (책에서 본 내용일 때는) 책에서 읽었어요.

부모: 아 그렇구나. 책을 읽으니 아는 게 많아지는구나!

　　　책은 지식과 지혜가 가득 담긴 보물 상자다.

인정 담은 정도로 피드백을 해주면 책을 읽으니 알게 되는 지식이 많아지고 엄마, 아빠가 놀라는구나, 대단하게 생각하는구나, 좋아하는구나를 느낀다. 책 읽는 일이 큰 일을 하는 것처럼 스스로 자랑스럽기까지 하다. 자랑스러운 마음으로 책을 더 읽고 싶어 하고 더 많은 지식을 자랑하고 싶은 아이는 글 밥이 많은 책을 읽는 흉내를 내기도 한다. 책에는 지식이 있다는 것을 알려주고 지식을 알아가는 것은 흥미로운 일이고 자랑스러운 일이라는 것을 느끼게 하는 말이다.

"엄마, 아빠도 모르거나 궁금한 게 있을 때는 책을 읽는데 우리는 똑 같네"라는 말을 덧붙여주면 아이는 동질감을 느껴 편안하게 책을 읽게 된다.

다섯 번째는 경쟁심을 자극하는 "네가 책을 읽어서 아는 게 많아지니까 좋다. 엄마, 아빠보다 더 많은 것을 알게 되는 것을 보고만 있을 수 없지. 엄마, 아빠도 책을 부지런히 읽어서 지혜를 키워야겠다" 정도의 말이다.

아이들은 경쟁을 좋아한다. 특히 본인보다 우월한 부모를 이긴다는 것은 아주 흥분되는 일이다. 선의의 경쟁을 경험하는 좋은 기회도 된다. 아이의 질문에 대답을 하지 못할 때 창피해 하거나 어설프게 아는 척하기보다 "엄마도 몰랐던 사실을 가르쳐줘서 고마워." "그걸 어떻게 알았어. 좀 어려운 건데" 등의 말로 아이도 엄마를 가르칠 수 있다는 우쭐함을 느낄 기회를 주자. 잘난 척하는 아이가 될 것 같은 불안한 마음은 비우자. 그 기회는 지적 호기심을 자극하여 스스로 충족하게 하는 말이 되고, 부모를 이기고 싶은 건강한 경쟁심이 생기게 된다. 아이는 부모를 이기는 건강한 방법인 독서를 하고 승리를 확인하기 위해 대화를 시도할 것이다. 책을 읽고 자연스럽게 대화로 이어지니 일석이조다. 책 내용을 자랑할 때가 대화를 통해 생각을 확장할 수 있는 좋은 기회가 된다.

책을 많이 읽는 것보다 대화를 많이 하는 것이 생각하는 독서법이라고 앞서 말했다. 독서를 많이 하는 것보다 독서토론을 많이 하는 것이 진정한 독서고수다.

부모의 말 습관이 조금만 바뀌어도 스스로 책을 찾아 읽는 아이가 된다. 작은 말이 마법 같은 변화를 일으키는 것을 느끼게 된다. 부모의 말은 아이를 변화시키는 마법이다. 단 마법의 효과는 시간의 법칙에 영향을 받는다. 한두 번 말 씨앗을 뿌렸다고 책 먹는 아이가 되는 건 아니다. 부모의 말 습관이 되게 해야 한다.

제4장

생각력을 키우는
독서코칭

먹기만 하는 아이, 배설하는 아이

음식을 먹기만 하고 배설을 하지 않으면 어떻게 될까? 옛날에는 임금의 건강을 변을 통해 확인하는 복이나인의 직위가 있었을 만큼 배설은 건강에 중요했다. 아무리 몸에 이로운 음식이더라도 배설은 필요하다. 책을 읽기만 하고 배설하지 않으면 어떻게 될까?

독서는 다른 사람의 생각을 먹는 행위고 배설은 생각 과정을 거쳐 말과 글로 자기를 표현하는 행위다. 즉 독서의 배설은 토론(대화)과 글쓰기다. 우리나라는 토론이 서툰 생활방식이라 토론이라기보다 대화를 먼저 해야 한다. 일상에서 엄마와 토론 방법이 궁금하다면 전 책을 참고하기 바란다.

부모들은 음식을 먹고 배설하는 몸의 건강에는 신경을 쓰지만 책을 읽고 배설하는 마음의 건강에는 신경을 쓰지 않는 경우가 많다. 또 아이의 배설보다 좋은 것을 더 많이 먹이려고만 애를 쓴다.

예를 들어 일정 기간 내에 몇 권을 읽었는지가 중요하지 책을 읽고 토론을 했는지는 관심밖에 있다. 일정 기간 내에 많은 책을 읽어낸 사람의 노력과 능력은 인정할 만하고 부러움을 살 만하다. 나도 처음 독서를 시작할 때는 사회가 인정하는 권수를 채우는 맛으로 읽었다. 1일 1독을 했던 적도 있고, 1년에 300권 읽기에 도전하고 성공을 했다. 독서는 정신 작용에 필요한 수단이지 읽기를 위한 도구가 아님을 깨닫게 된 후에는 읽은 책의 권수를 세지 않는다. 책을 읽고 무엇을 생각하고 느끼고 생활에 적용할 것인지를 말하고 글로 쓰면서 나를 바로 세우는 정신 작용에 관심을 둔다. 독서에서 먹기만큼 배설도 중요하다는 조사들이 많이 있지만 나를 바로 세우는 정신 작용에는 읽어낸 권수보다 배설인 대화와 글쓰기가 더 큰 영향을 미친다는 것을 몸소 경험으로 깨달았기에 아이의 책 읽기에서 배설 활동을 중요하게 여긴다. 물론 배설을 위해서 먹는 양과 질도 중요하다. 먹어야 배설할 수 있기 때문이다.

독서하는 아이들도 적지만 배설하는 아이들은 더 적다. 책을 읽었는데 무엇을 읽었는지 배설하지 못한다면 읽었다고 할 수 있을까? 읽기만 하는 아이들이 많다. 하브루타 수업시간에 A4 규격의 종이에 14포인트로 세 문단 정도로 구성된 내용을 읽게 한 후 "이 글의 중심 내용은 무엇이니?"라고 물어본다. 한두 명 중심 내용을 말하는 아이도 있지만 주로 많이 하는 대답은 "기억이 안 나요, 이거 다 외우는 거였어요? 몰라요, 다시 한 번만 더 읽을 게요" 등이다. 처음에는 중심, 핵심이라는 단어를 몰라서 말을 못할 수도 있다는 착각을 했을 정도다. 중심 내용을 생각하면서 다시 읽으라는 말에는 긴장된 표정으로 문장을 중얼중얼 외우는 아이들도 있다. 생각이 빠진 글자 읽기 즉 앵무새 독서를 한 결과다. 또 책을 많이 읽는 요즘 아이들에게 수업의 글은 한 번쯤 읽어본 내용들일 경우가 많다. 처음 몇 줄만 읽고는 "아~, 나 다 알아요"라며 끝까지 안 읽는다. 나는 글의 결론을 바꾸거나 다시 쓰는 결말을 위해 내용을 삭제해 수업교재를 구성하기도 한다. 다 안다는 아이들에게 질문을 하면 자기 사고의 과정을 생략하고 글쓴이의 생각과 어느 선생님이 내려준 논리적인 결론이 아이들의 입을 통해 나온다. 다른 사람의 생각을 읽고, 외우기에 익숙해져 자기 생각을 하고 표현하기를 잃어버렸다.

또 하나의 예를 들어보면 1·2학년 아이들에게 책 읽어주는 엄마 활동에 참여한 적이 있다. 이 활동을 통해 어른들처럼 아이들도 조용하게 하는 방법을 알게 되었다. 동화책을 읽어줄 때는 초롱초롱한 눈빛으로 쏙 빠져 들고 동화 내용에 관한 질문에 대답하는 아이들이 많다. 동화 내용에 대한 자기의 생각을 물을 때는 조용해진다. 생각을 말하지 못하고 "선생님 뭐 말해요?"라며 자기가 무엇을 말해야 하는지를 묻는 아이들도 있다. 책을 먹기만 하고 배설을 한 경험이 부족하기에 무엇을 말해야 할지를 스스로 생각하지 못하고 선생님에게 묻게 된다. 어른이든 아이들이든 학습자를 조용하게 하는 가장 좋은 방법은 질문할 기회를 주는 거다. 조용히 하라는 말을 할 때보다 더 조용해진다. 질문은 생각에서 나온다.

어른들은 아이들에게 독서의 배설로 생각을 돌려주어야 한다.

엄마가 독서의 배설을 돕는 쉬운 방법을 소개한다.

첫 번째는 독서의 배설도 인위적인 것보다 자연스럽게 할 때 건강하다.

인위적으로 변비약을 먹고 배설을 하는 것처럼 독서에도 인위적인 배설을 한다. 독서의 인위적인 배설을 두 가지로 설명해본다. 한 가지는 부모에 의한 것이고, 또 하나는 사교육에 의한 것이다. 부모에 의한 것은 독서 후 내용을 확인하는 질문이다. 인위적인 배설은 내용을 기억하는지를 묻는 부모의 질문이고, 자연스러운 배설은 호기심에서 나오는 아이의 질문이다.

자연스러운 배설을 위해 책을 읽은 후 대화 시간을 가져보자. 예를 들면 며칠 전 딸아이가 코코 샤넬에 관한 책을 읽고 있었다. 배설이 자연스러운 아이는 책을 읽는 중에 샤넬이 유행시킨 것에 대한 내용을 이야기 한다. 아이의 배설을 환영해주는 의식으로 '그런 것도 있었느냐'며 신기하다는 메시지를 보낸다. 아이의 배설을 환영해주고 쾌변을 돕는 질문을 해주었다. "샤넬을 유행시킨 것은 무엇이라고 생각하니?"의 질문은 생각하며 읽게 하는 윤활유가 된다. 나는 아이가 내용을 기억하고 있는지에 관한 질문은 하지 않는다.

책을 읽으면서 자연스럽게 질문하는 아이에게 반응해주고 생각을 확장하는 질문을 되돌려줄 뿐이다. 질문은 대답을 스스로 찾을 수 있는 기회의 목적으로 사용할 뿐이다.

배설이 정해진 틀과 규칙적인 시간에만 일어나지 않는 것처럼 토론도 시시때때로 하고 싶을 때 할 수 있도록 엄마와 함께하는 시간이 많아야 한다. 엄마가 대신 배설해줄 수는 없다. 아이가 배설하고 싶은 시간에 스스로 자연스럽게 할 수 있도록 곁에서 환영해주고 응원해주면 된다.

사교육을 통해 토론과 글쓰기를 배우는 아이들의 대개도 인위적인 배설이다. 토론과 글쓰기의 기술과 방법만을 배우는 수업방식이 많기 때문이다. 엄마처럼 시간의 여유를 가지고 들어주고, 기다려주고, 1:1로 생각을 따라다녀주기에는 무리가 있다. 사교육을 통해 배웠다고 모두가 인위적인 배설이라고 주장하는 것은 아니다. 어디에서 누구와 하던 방법의 차이라는 말이다.

두 번째는 착한 아이로 키우지 않고 생각하는 아이로 키우기다.

우리에게 독서 배설이 어려운 이유에 영향을 준 "엄마 말 잘 들으면 자다가도 떡이 생긴다"는 속담이 있다. 속담은 부모가 시키는 대로 해야 한다는 의미가 있다. 과거나 현재나 부모 말은 모두 '너 잘 되라고 하는 것이고 너에게 좋은 것'이라는 전제가 된다. 우리가 어른 말씀을 잘 듣고 자랐기에 아이들에게도 어른 말씀을 잘 들으라고 가르치고 있다. 아이는 부모와 선생님이 시키는 대로 하면 착한 아이라 인정을 받게 되고, 자기 생각대로 하면 혼나게 된다. 자식이 부모 말씀을 잘 들어야 함은 마땅한 도리다. 부모 말씀을 잘 듣는다는 '깊이 새겨서 듣다'이다. 즉 의미를 생각하여 들으라는 이야기다. 지혜로운 어른들의 생각을 들어 올바른 가치관을 만들어가라는 의미의 속담이 시키면 시키는 대로로 변질되어 착한 아이로 길들이고 있다. 착한 아이들은 생각 말하기를 두려워하고 어른들의 생각에 맞추어 행동하기를 선택한다.

독서는 어른의 말씀을 눈으로 듣는 행위다. 많이 읽으면 생각이 저절로 자란다는 착각에서 깨어나야 한다. 먹은 후에는 질문으로 생각을 열고, 깨우고, 자연스럽게 표현하는 배설 시간이 있어야 한다. 부모의 말씀 뒤에 "할 말 있니? 네 생각이 궁금하구나? 어떻게 생각하니?" 등의 질문으로 생각하게 하고 표현할 수 있도록 들어주자. 독서 후에는 "새롭게 알게 된 것은 무엇이니? 책에 대한 네 생각이 궁금하구나" 등의 질문으로 수다 토론을 하자.

글을 쓰는 아이에서 제안한 방법으로 글로 표현하게 하자. 먹고 싸기만 잘 해도 건강하다는 어른들의 말씀처럼 독서에도 먹고 싸기만 해도 건강해진다.

부모 말씀 잘 듣는 착한 아이보다 부모 말씀 새겨들어 비판적으로 사고할 줄 아는 아이가 건강한 아이로 자라 건강한 사회를 만들어간다.

비판적 사고는 지식의 양에 영향을 받는다. 아는 만큼 생각하게 된다. 자연스러운 배설의 전제 조건은 먹기다. 스스로 많이 먹고 스스로 배설하도록 돕자.

생각이 고급인 아이로 키워라

육아 스트레스를 높이는 원인 중 하나는 자녀 교육에 관한 쉽게 하는 좋은 말들이 넘쳐난다는 거다. '4차 산업혁명시대 생각력이 자본이다. 생각이 고급인 아이로 키워라. 어린 시기가 뇌 발달의 결정적 시기다' 등의 말은 쉽다. 그렇게 키우고 싶다. 하지만 말처럼 잘 안 된다. 희망과 행동이 불일치될 때 자존감은 낮아지고 스트레스는 높아진다. 전문가나 잘 키운 육아 선배 등 타인이 하는 말이 희망이고, 행동은 자신이다. 잘난 타인과 못하는 자신을 비교하면 스트레스가 높다. 타인의 정보를 입력하되 엄마가 할 수 있는 것만 행동으로 실행하자는 마음이면 스트레스는 줄어든다. 즉 타인 의식에서 벗어나 자의식 연습이 필요하다. 부모들이 타인 의식 속에 갇혀 살다보니 아이들 행동기준이 다른 사람이 된다.

예를 들면 아이들이 엘리베이터에서 가만히 있어야 하는 대표적인 이유는 친구들이 가만히 있기 때문이다. 우리나라에서만 배

울 수 있는 이유다. '친구들처럼 ~해야 한다'는 엘리베이터에서뿐
만 아니라 흔히 듣는 말이다. 얌전히 있어야 할 장소에서 움직이
면 "아휴 창피해 너만 움직이네, 친구들은 가만히 있네. 동생은 얌
전 하네"등의 타인이 기준 되는 말을 한다. 아이들이 좁은 공간에
서 움직이는 이유는 답답하기 때문이다. 답답한 아이가 자기를 먼
저 인식하도록 "좁은 공간이라 답답하지?" 말해준다. 좁은 공간에
서 움직이면 더 답답해지니 가만히 있어야 한다는 자기 의식에서
출발해 다른 사람도 답답하게 만든다는 타인 의식으로 가야 한다.

　얼마 전 우리나라에서 유명한 측에 속하는 초등학교 앞에서의
일이다. 하교하는 아이들 몇몇이 화단에서 술래잡기를 하고 있었
다. 술래잡기 하는 모습을 본 친구 한 명이 화단에서 놀면 안 되니
어서 나오라고 손짓을 한다. 놀고 있는 친구가 왜? 라고 이유를 묻
는다. 그 아이의 이유는 "아저씨한테 혼나"이다. 이유를 들은 아이
는 주위를 살피더니 "아저씨 없어, 괜찮아"라며 다시 놀자고 한다.
잠시 후 관리하는 아저씨가 오셔서 "화단에서 놀면 안 돼 나와"라
며 혼을 내셨다. 아이들의 의식에는 타인이 기준이다. 화단에 들어
가지 말아야 하는 이유가 타인에게 혼나기 때문이었고 혼낼 타인
이 안 보이면 놀아도 된다는 아이들이다. 어른도 마찬가지다. 화단
에서 놀면 안 되는 자기의 의견을 말해주지 않고 혼내면서 금지령
만 내린다. 아이들은 자신의 행동에 생각을 하지 않고 어른들도 아
이 행동에 대한 생각을 말하지 않고 혼을 먼저 낸다. 이처럼 아이

들의 행동을 바르게 선도하려고 할 때 부모들의 언어는 생각이 빠진 타인 의식의 메시지를 담고 있다.

자의식에 초점을 둔 생각력을 키우는 부모의 역할은

첫 번째는 아이들이 자기를 인식하게 한다.

두 번째는 옳은 의견을 말한다.

세 번째는 스스로 행동을 선도하도록 한다.

예를 들어보자.

첫 번째 단계: 술래잡기를 재미있게 하는구나.(아이들이 자기를 인식할 수 있도록 상황을 그대로 언어에 담는다.)

너희들이 재미있게 술래잡기 하는 곳이 화단이라는 것을 알고 있니?(스스로 생각해볼 시간을 준다.)

재미있는 술래잡기를 잠시 멈추고 나와 보렴.(이유를 모르는 아이들에게는 행동을 멈추라는 신호를 보낸다.)

두 번째 단계: 화단에서는 놀면 안 돼. 무엇 때문일까?(스스로 생각해보는 시간을 갖는다.)

화단은 술래잡기를 위한 장소로 적당하지 않단다. 이유를 말해줄게.(이유를 모르는 아이에게는 바른 행동의 기준을 알려주어야 한다.)

세 번째 단계: 친구들이랑 술래잡기를 하고 싶을 때는 어디에서 하면 좋겠니?

더불어 살아가는 사회에 예의를 가르치는 일은 중요하다. 예의는 다른 사람을 향한 것과 자신을 향한 것으로 구분되는데 어린 연령일수록 자기 중심적 성향이 강하므로 자신을 향한 예의를 먼저 알려주어야 한다. 자신을 향한 예의는 타인에 대한 배려를 강조하기보다 자기를 위한 배려에서 시작하는 자기 의식이 먼저다. 자기 의식을 하는 아이들은 자신감과 생각이 자라고 타인 의식을 하는 아이들은 눈치가 자란다. 타인만 의식하면서 자라 부모가 되면 착한 부모가 된다. 착한 부모는 타인을 의식하는 착한 아이로 키우게 된다. 착한 부모로 살면 자기의 행복보다 타인이 행복을 위한 삶을 살아가게 된다. 자기의 생각으로 옳고 그름을 판단할 줄 아는 시비지심을 키워주자.

왜? 공부를 하는지, 왜? 학교를 가는지 생각하는 아이와 타인인 부모가 가라고 하니까 가는 아이들과 삶은 행복이냐 스트레스냐로 달라진다.

우리나라 아이들의 생각력의 현실을 한눈에 파악할 수 있는 곳은 도서관이다. 나는 도서관을 자주 간다. 특히 방학에는 아이와 함께 도서관을 거의 매일 가는 편이다. 집에서 가까운 도서관만 가는 게 아니라 살고 있는 지역과 가까운 도서관을 다양하게 다닌다. 어디를 가더라도 방학에 도서관 자리 찾기는 어렵다. 일반 열람실, 어린이 열람실, 북카페 등 곳곳에 젊은이와 아이들로 가득하다. 책 읽을 자리를 찾기 위해 살피다 보면 도서관에서 여유롭고 편안한 자세로 책 읽는 젊은이와 아이들보다 공부하는 사람들이 더 많다는 사실을 확인하게 된다.

공부법을 관찰해보면 지식 외우기다. 지식을 외우는 방법만 다를 뿐이다. 하루의 많은 시간을 읽고 쓰기를 반복하며 외우는 우리나라 아이들의 공부법을 눈으로 확인하고 있으니 미래가 불안해진다. 저 아이들은 하루 중 언제 생각을 할까? 하루 중 몇 시간이나 생각을 하고 살까? 딸아이와 나는 책을 읽으며 생각을 키우는 대화를 하는 습관이 있어 도서관이 불편하여 대화를 할 수 있는 공간인 도서관 내에 북카페를 자주 이용한다. 북카페에서도 문제 풀고 외우는 아이들을 자주 만난다. 아이들은 왜? 공부를 하고 있는 것일까?를 묻고 싶지만 당황스러운 상황이 될 것 같아 참는다. 대신 학원을 가는 이웃 아이들을 만나면 학원에 대한 대화를 하게 된다. 아이들이 학원을 가는 이유는 엄마가 가라고 해서다. 내가 대화해본 아이들 중에 그 외의 대답을 한 아이는 없다.

아이에게 학교를 왜 가야 하는가?라는 질문으로 대화를 해보자. 부모의 생각과 대동소이한 말들이 나올 것이다. 초등학교 3학년 아이들과 이 질문으로 토론을 해본 적이 있다. 학교를 가야 하는 이유로 '학교를 안 가면 부모가 잡혀간다, 공부하러 간다, 바보 안 되기 위해서다, 친구들이 다 학교에 가기 때문이다' 등의 의견이었다. 아이들의 의견에 왜 그렇게 생각하니? 질문을 해보니 부모들이 자주 들려준 말들이 아이들의 입이라는 통로를 거쳐 흘러나왔음을 알게 되었다. 아이들의 생각력은 부모의 의식을 뛰어 넘지 못하고 있다. 부모의 생각이 아이들의 생각이 된다. 아이들의 생각력을 높이는 가장 쉬운 방법은 책 읽기다. 매일 지성인들의 의식이 담긴 책을 읽도록 하는 것이다.

부모의 의식을 높이는 최고의 방법도 독서다. 책에 담긴 격 높은 말들을 매일매일 읽으면 뇌에 쌓이고 쌓여서 입으로 나오게 된다. 부모의 말의 격이 높아지면 아이의 의식수준도 함께 높아진다.

자기의식을 하는 아이들은 자기의 의견을 키우는 내면의 힘이 있고 타인 의식을 하는 아이는 전문가나 어른의 의견에 맞추는 의존력이 있다. 독서의 목적은 자기의식을 발아하고 자기 의견을 갖는 것이다. 자기 내면을 성찰하고 치유하고 단단히 하는 것은 독서다. 독서로 내면을 단단히 하면 생각이 고급인 아이로 자란다. 고급 옷을 입히고 고급음식을 먹이고 고급학원을 보낸다고 고급스러운 아이로 자라지 않는다. 부모의 고급스러운 언어를 매일 먹이고 입히고 배우도록 해야 한다. 부모가 아이를 따라 다닐 수 없으니 영양제 보충하듯 스스로 고급 언어를 섭취하는 독서를 하게 하자.

온 가족이 매일 한 줄이라도 좋은 글을 읽으면 생각이 고급스럽게 자란다. 고급스러운 생각은 자기 인식에서부터 시작이고 자기 인식은 독서에서 시작이다.

가와시마 후토시 교수는 "책을 읽으면 주의력, 창조력, 사람다운 감정, 의사소통 등과 깊은 관련이 있는 뇌 부위인 전두전야가 활성화한다"고 밝혔다고 한다. 그는 책 읽기는 사고력, 판단력, 창조력과 같은 정신운동을 통제하는 전두연합령과 측좌핵을 활성화한다고 한다.

생각하는 뇌와 깊은 연관이 있는 전두전야를 활성하기 위해 책을 읽게 해야 한다.

"숙제했니? 학원 잘 다녀왔니?" 등의 질문은 사라지고 "오늘 무슨 책 읽었니?"의 질문으로 지성의 대화가 피어나는 가정이길 바라본다.

돈 벌면서 공부하는 아이로 키워라

아이 키우는 데 돈이 많이 든다고 한다. 한 아이를 키우는 데 온 마을이 필요하다는 속담이 한 아이를 키우는 데 온 마을의 돈이 필요하다는 속담으로 바뀌어야 한단다. 아이를 낳지 않은 이유가 돈이 많이 들어서란다. 아이는 부모의 올바른 가치관으로 키우는 것이 아니라 할아버지의 재산, 아빠의 무관심, 엄마의 정보력이 중요하다고 한다. 부모가 되어 아이를 키우니 돈이 많이 드는 게 아니라 돈을 많이 들이는 건 아닐지 생각해본다.

딸아이에게 놀잇감과 장난감은 자연이고 재활용품이고 일상이다. 옷은 물려받을 수 있으면 감사히 물려받아 입히고 비싼 옷은 사주는 일이 없기에 돈이 많이 들지 않는다. 머리는 기부를 할 것이라며 기르고 있기에 헤어스타일 관리비도 거의 들지 않는다. 아이가 사고 싶은 물건은 일주일에 2,000원씩 주는 용돈을 모아두었다가 사니 한 달에 8,000원이 든다. 초등학생이 되니 생일, 어린이날, 크리스마스날 이렇게 세 번 30,000원 이하의 선물을 요구하여 사주기로 했다. 아이 책은 주변에서 물려받거나 중고를 사거나 도서관에서 빌려 읽는다. 아이의 친구들이 집이 도서관이라고 할 만큼 책이 많지만 구입 비용은 적다. 사람이 살아가는 데 돈이 전혀 안 드는 것은 아니지만 최소한의 돈만 쓰니 돈을 안 들인다는 표현이 맞다.

아이 키우는 데 가장 돈을 많이 들이는 곳은 교육비. 부모들의 의무이자 권리는 아이를 잘 키우는 것이다. 잘 키우기 위해서는 마땅히 교육해야 한다. 평생 교육 참여자로 살아야 하는데 전문가에게 위탁하면 돈이 많이 들 수밖에 없다. 부모들이 주도 학습이란 말이 붙은 강좌에 몰려드는 이유는 돈 안 들이고 공부 잘하는 아이로 키우고 싶은 마음에서다. 딸아이는 주도 학습으로 돈 벌면서 공부하는 아이다. 공부를 잘하는 아이라서 자랑하는 게 아니다.

딸아이가 초등학교 3학년이 되니 수학에 곱셈과 나눗셈을 배운다. 원리는 알지만 연산이 느려 수학 수업시간을 어려워한단다. 영어는 알파벳 배우기부터 교과서에 있지만 이미 친구들은 선행했기에 단어 읽고 쓰기가 진행되니 영어 수업시간을 어려워한단다. 음악시간에 리코더를 연주하는데 피아노를 기본으로 배운 아이들이 많으니 바로 연주가 가능하지만 음계부터 배워야 하는 아이는 수업시간 친구에게 개인 레슨을 받는단다.

사교육비를 들이지 않은 만큼 수업시간이 어렵다고 하니 엄마의 마음이 흔들릴 때도 있다. 특히 담임교사와 상담을 한 후에는 영어, 수학 학원을 알아봐야 할 것 같은 유혹에 빠진다. 아이 스스로 사교육의 도움이 필요하다고 할때까지는 더디게 가더라도 주도 학습 방법을 선택했다. 나는 이 방법이 옳다는 굳은 신념이 있기에 중심을 잡고 힘을 낸다.

독서력이 바탕이 되어 이해력, 사고력, 독해력, 기억력, 어휘력이 있고 주도적 놀이력이 바탕이 되어 문제 해결력이 있으니 교과서 진도에 맞게 주도 학습 중이다. 친구들과 비교하지 않고 딸아이의 속도에 맞게 공부 중이다. 리코더는 좋아하는 노래 〈사랑을 했다〉를 연주하는 재미에 빠지니 스스로 매일 연습을 하는 셈이다. 딸아이는 돈 벌면서 공부하는 아이다. 그 방법 첫 번째는 공부에 대한 개념을 공유한다. 두 번째는 스스로 공부하는 아이를 격려한다. 세번째는 공부는 선택이 아니라 필수다.

첫 번째 공부에 대한 개념공유다.

우선 부모의 공부에 관한 가치관이 필요하다. 나에게 공부란? 지식을 쌓아서 좋은 대학 입학이 아니라 사람답게 살기 위한 지혜를 키우는 것이다. 아이에게도 엄마가 생각하는 공부 개념을 알려준다. 사람답게 살기 위한 지혜 공부는 독서, 토론, 글쓰기, 사람들과 어울려 놀기다. 아이는 주로 책을 읽고 엄마와 일상에서 대화 토론을 하고 생각과 감정을 글로 쓴다. 독서를 하면 배경지식이 많아진다. 배경지식이 많으면 입 밖으로 터져 나온다. 입 밖으로 터져 나오는 것을 논제로 대화를 나누면 대화 토론이 된다. 하루 중 한 상황에 대한 감정과 생각을 글로 옮기면 에세이가 된다. 매일 학교에서 돌아오면 가방을 벗어 던지고 친구들과 어울려 신나게 논다. 아이는 매일 하루 종일 공부를 하는 셈이다. 아이 스스로 매일 공부를 열심히 하는 아이라는 자부심이 대단하다. 방법이 친구들과 다를 뿐이다.

두 번째는 스스로 공부하는 아이를 격려해준다.

부모의 의무는 자식을 올바르게 키우는 일이고 자식의 의무는 올바르게 크는 것이다. 부모는 올바르게 키우기 위해 공부를 하고, 자식은 올바르게 크기 위해 공부를 해야 한다. 그러므로 부모는 자식을 교육시켜야 할 책임이 있고, 아이는 공부를 해야 할 책임이 있다. 공부 개념을 달리하면 방법이 달라진다. 내 아이가 하는 공부는 학원에서는 할 수 없는 공부다. 학원에 의지하지 않고 스스로 공부를 하는 아이에게 '매일 지혜를 키우는 공부를 게을리하지 않고 스스로 하는 대견함'을 인정해준다.

인정의 말은 다음과 같다.

"만약에 학원을 다닌다면 부모는 교육비를 납부해야 하는 의무가 있다. 스스로 공부하는 너의 대견함에 매월 같은 학년 아이들의 평균적인 학원비를 네 통장으로 입금해주겠다."

"너는 돈을 벌면서 공부하는 아이다."

"세상에 공짜는 없다. 네가 매월 스스로 공부하는 달만 입금을 해준다."

"성인식 날 통장을 너에게 주겠다. 가치로운 일에 쓰도록 해라."

"대학을 꼭 가야 할 필요는 없다. 네가 대학 공부가 꼭 필요하다면 최고의 대학에서 공부를 하도록 해라. 대학공부도 돈 벌면서 하는 방법이 있다. 장학금이라는 좋은 제도가 있으니 활용하기 바란다."

"네가 어떤 분야의 공부를 하더라도 공부의 기본은 독서, 토론, 글쓰기, 놀기다. 매일 밥을 먹듯 공부의 기본도 꼭 챙겨 먹어라."

아이에게는 재미있는 책 읽기도 공부가 되니 즐겁게 공부를 한다. 돈을 버는 스스로 공부하는 아이라는 대견함을 인정받은 아이는 스스로 해보려는 강한 의지를 보인다. 최고의 하버드대학에서 공부를 할 것이고 장학금을 받으며 공부할 거라는 말을 종종 한다. 아직은 본인이 하는 말이 현실적으로 어려운 일이라는 것을 모르지만 미리 안 될 것을 걱정하지는 않으려고 한다. 언제나 목표가 바뀔 수 있고 어떤 목표로 바뀌더라도 나는 내 아이를 응원할 것이다.

돈 벌면서 공부를 하는 아이로 키울 것이냐, 돈을 쓰면서 공부하는 아이로 키울 것이냐, 돈을 쓰면서 공부 안 하는 아이로 키울 것이냐는 부모의 선택이다.

돈 벌면서 공부를 하는 아이로 키우기를 선택했다면 부모도 함께 독서를 시작하자.

세 번째는 공부는 선택이 아니라 필수다.

공부를 전문지식을 익히는 것으로 제한한다면 선택일 수 있지만 위에서 말한 것처럼 공부는 가치로운 삶을 살아가는 데 필요한 지혜를 키우는 사람 공부이기에 평생 필수다. 아이가 위인전과 어린이 자기 계발서를 집중해서 읽던 어느 날 성공하는 사람들의 공통점을 발견했단다.

"엄마! 성공한 사람들은 독서광이었어요. 포기하지 않고 도전하는 끈기가 있었어요." "나도 매일 책 읽고 끈기가 있으니까 성공한다는 거네요."

책 속에는 아이를 귀하게 만드는 보물들이 가득하다. 책을 읽고 스스로 성공하는 사람의 공통점을 발견하고 성공한다는 자부심을 갖는 아이의 하루와 외부에서 성공하기 위해 공부를 해야 한다는 이유를 주입한 아이의 하루는 어떨까를 고민해볼 일이다.

나는 아이에게 공부를 해야 하는 이유를 콩나물시루에 물을 주듯 수시로 말해준다.

"사람은 지혜를 키워야 한다. 지혜가 곧 힘이기 때문이다."

"사람은 가진 만큼 나눌 수 있으니 많이 공부 하거라 그래야 많이 나눌 수 있다."

"너의 귀한 발로 세상 곳곳을 다니며 어려운 사람들을 찾고 너의 귀한 손은 그 사람들을 돕는 데 써라."

간혹 부모들은 "애는 공부 머리는 아니야, 공부로 성공할 애는 아니야, 공부 머리는 타고 났어"라는 말들로 자식을 내려놓는다. 공부가 아닌 재능을 찾아주어야 한다는 이유로 학원에 보내진다. 학원을 다녀도 재능이 있지만 관심이 없으면 재능은 꽃을 피우지 못한다. 재능이 부족하지만 관심을 가지고 열정과 끈기로 노력을 하면 꽃을 피운다. 아이가 어떤 재능을 가지고 있는지를 찾아주는 일보다 하고자 하는 일에 열정과 끈기를 가질 수 있도록 동기유발이 먼저다.

지혜의 영역을 넓히는 일은 독서가 아니라 생각이 함께하는 독서다. 생각이 함께하는 독서는 개념 정의, 이유, 목표 설정을 분명히 해준다. 스스로 생각하며 살아가는 아이의 하루와 외부환경에 의해 살아지는 아이의 하루가 모여 그 아이의 미래가 된다. 돈 벌면서 공부하는 아이는 공부 개념, 공부를 왜 해야 하는지를 스스로 생각하며 하는 아이다. 책을 읽어 생각하는 아이로 자라기 위해서는 부모의 생각력과 가치관이 중요하다. 자식 잘 키우는 일이 제일 돈 버는 일이라는 어른들의 말씀을 진리라 믿고, 엄마도 큰돈을 벌기 위해 노력 중이고 아이도 돈을 벌면서 공부를 하는 중이다. 엄마의 가치관이 만들어준 돈 벌면서 공부하는 딸아이는 시험이 없기에 일반적으로 생각하는 학교 성적으로 공부를 잘하는지 근거

자료가 없어 모른다. 엄마가 생각하는 공부의 개념으로 주도 학습을 하는 중이다.

아이 스스로 돈 벌면서 공부한다는 자부심으로 매일 공부하고 있다.

적용독서를 하게 하라

읽은 책의 권수가 많아질수록 짜릿한 성취감을 느낀 적이 있다. 성공한 사람들은 독서광이었다는 말처럼 책을 많이 읽으면 성공하리라는 무의식의 기쁨이었다. 어느 한 사건을 계기로 독서에 대해 사색하게 되었다. 독서 좀 한다고 말할 수 있을 만큼 책의 권수를 채웠을 때의 일이다. 도서관에서 빌려온 책 한 권을 거의 다 읽어갈 때에야 예전에 읽었던 책 같은 느낌이 들었다. 독서 노트를 들추어보니 요점 정리까지 잘 되어 있었다. 독서를 한다는 것이 책을 읽기만 한다는 것인가, 독서를 왜 하고 있는가에 대한 깊은 사색이 시작되었다. 읽은 책 내용 모두를 기억할 수 없다며 위로해보았지만 한 달 전에 읽었던 책을 처음처럼 읽는다는 것은 책을 읽을 이유가 없는 거다.

독서는 작가의 생각과 삶을 통해 내면의 성장과 성숙한 삶을 살고자 한다는 것을 잊은 채 아이 책 읽기에도 권수 채우기를 한 적이 있다. 독서 영재나 독서로 특수고등학교에 입학한 아이들의 이야기를 담은 책을 읽으면 불안해진다. 몇 살 때 몇 권을 읽었다는 내용은 충분히 엄마를 불안하게 만들었다. 한 권이라도 더 읽히고 싶은 마음으로 읽은 책 벽에 쌓아두기, 막대그래프 만들기, 읽은 책 거꾸로 꽂아두기, 읽은 책에 스티커 붙이기를 해본 적이 있다. 읽은 책을 벽에 쌓아두거나 막대그래프를 그려 시각적 효과로 더 많이 읽도록 자극했다. 읽은 책은 거꾸로 꽂아두거나 스티커를 붙여두어 더 많은 책을 다양하게 읽을 수 있게 했다. 벽 앞에 쌓인 책의 높이가 지성의 높이라고 착각했다. 거꾸로 꽂힌 책과 스티커가 붙은 책의 양이 지식의 넓이라고 착각했다.

아이도 책 탑이 올라갈 때마다 자부심도 올라가는 듯 우쭐했다. 아이의 자부심보다 지인들이 집에 놀러왔을 때 쌓여 있는 책을 보며 놀라워하거나 감탄하는 그 모습에 엄마의 마음이 우쭐했던 거다. 읽은 권수가 많아질수록 엄마의 역할을 다하고 있는 것처럼 뿌듯했다.

책을 많이 읽는다는 것 또한 중요하지만 읽기만 하는 독서는 목적지를 잃어버린 내비게이션과 같다. 사용하지 않는 값진 물건을 창고에 쌓아두는 것과 같다. 아무리 값진 물건이라도 사용하지 않으면 쓸모없는 물건이 된다. 아이들에게도 적용 독서를 하도록 해야 한다.

지금까지 해오던 독서법을 아이 스스로 정리할 수 있도록 해야 했다. 책 쌓기를 자부심으로 해오던 아이의 마음을 고려하지 않고 부모의 일방적인 정리는 불만이 생기게 되고 책 읽기를 거부할 수도 있다. 스스로 생각하는 주인으로 살도록 교육하는 엄마이기에 스스로 변화를 일으킬 수 있도록 감성을 자극하는 이야기를 창작했다. 창작한 이야기는 '책들의 반란'이다. 오랫동안 집(책꽂이)을 나와 있어서 엄마, 아빠가 보고 싶어 슬피 울고 있는 책, 거꾸로 뒤집혀 있어서 머리가 어지럽다는 책, 얼굴에 빨강, 노랑 점을 찍어놓아서 싫다는 책들의 불만 이야기를 들려주었다. 어릴수록 감정이입이 잘 된다. 아이 스스로 책을 편안한 상태로 돌려놓았다. 읽은 책도 다시 볼 수 있게 되었고 책 탑 높이에 신경 끄고 대화를 나누면서 여유롭게 읽게 되었다.

이후부터 아이와 나는 읽은 책의 권수에 신경 끄고 독서 중이다.

독서로 성장하는 나와 아이에게 가장 먼저 묻는 것은 "하루에 몇 권 읽는지, 지금까지 몇 권 읽었는지, 언제부터 읽었는지"다. 나의 대답은 "세어보지 않아서 몰라요. 전 지금 어떤 책을 읽고 있어요"다. 몇 권 읽느냐보다 지금 어떤 책을 읽고 있는가가 더 중요하다. 어떤 책을 읽고 있는지를 알면 그 사람의 생각과 삶을 이야기할 수 있기 때문이다.

아이의 생각 독서, 적용 독서는 과연 어떻게 해야 할까?

아이의 생각 독서는 책의 내용, 그림, 상황 등에 대한 생각을 말해보도록 기회를 주고 부모의 생각을 들려주는 과정이다. 질문과 대화가 오고 간다. 어른들의 사색 독서와는 차원이 다르다. 예를 들면 사자가 주인공으로 등장하는 동화를 읽은 후에 다시 책을 펼치며 "사자야 사자야! 난 배고프면 밥이랑 반찬이랑 먹는데 넌 무엇을 먹니?", "사자야! 사자야! 넌 정말 힘이 세니? 얼마나 힘이 세니? 우리 집에서는 누가 힘이 젤 셀까?" 등 질문을 아이에게 하지 말고 동화책 속 등장인물에게 한다.

우리나라 아이들은 질문을 자연스럽게 하지도 받아들이지도 못한다. 질문을 호기심의 도구로 사용하기보다 심문이나 시험문제 정도로 인식하기 때문이다. 아이에게 질문을 하면 대화로 이어지기 힘들 수 있기 때문에 등장인물에게 질문해야 한다. 질문은 등장인물에게 하지만 대답에는 아이의 생각과 감정이 담긴다. 등장인물에게 질문하기는 아이의 생각과 감정을 끌어내는 편안한 통로가 된다.

질문은 대화의 시작이다. 질문은 생각의 문을 노크하는 거다. 아이의 생각에 정답은 없다. 부모가 질문에 답을 정해놓고 정해진 답을 말하도록 유도하는 질문은 생각을 굳히는 것과 같다. 또 교훈적인 가르침이 담긴 대화를 해야 한다는 관념은 버려라. 교훈을 가르치는 과정에 부모의 관념을 아이의 관념에 주입시키게 된다. 유대인은 이야기로 지혜를 전하고 평온한 분위기 아래 생각할 기회를 준다. 대화로 아이의 생각 흐름이 어디로 가는지를 느껴본다는 정도가 생각 독서다. 아이도 생각이 있다는 것을 알게 하는 정도의 대화면 된다. 부모도 생각이 있다는 것을 들려주는 정도면 된다.

강의 후 한 엄마가 슬로리딩으로 생각을 키워야 한다는 독서 전문가의 강의를 듣고 그대로 실천을 해보았단다. 읽는 속도를 천천히 하고 중간중간 질문도 했는데 아이는 책장만 빨리빨리 넘기려 하고 듣지 않으려 하여 걱정이라고 하셨다. 슬로리딩 개념이 잘못되었음을 알려주고 생각 독서의 가장 기본인 아이 연령과 독서 나이를 고려하여 이해를 도왔다.

연령이 어릴수록 집중력이 짧고 글보다 그림으로 읽는다. 동화 내용이 길어지면 관심거리를 찾아 떠나버린다. 아이가 집중력이 짧거나 책을 좋아하지 않아서라는 착각을 하고 걱정할 필요 없다. 아이들의 발달이다. 성향과 환경에 따라 처음부터 끝까지 읽어준 후 생각 나누기를 해야 하는 아이도 있다. 어른들도 재미있는 드라마에 집중할 때나 극적인 상황에 감정이입 중일 때 "네 생각은 어떠니?"라고 묻거나 말을 시키면 짜증나는 것처럼 아이들도 그렇다. 오히려 중간중간 말을 걸거나 질문을 하여 감정이 끊어지는 경험이 집중력을 짧게 만든다.

처음부터 끝까지 읽어주고 다시 펼쳐 읽으면서 질문이나 대화를 해준다. 혹시 동화를 읽는 중에 아이가 먼저 대화나 질문을 한다면 아이의 생각이 흘러가는 방향이니 반응해주어야 한다. 독서 나이가 많거나 생각 독서를 하는 아이들은 독서 중에 대화 나누기도 몰입 중인 상태다. 부모는 옆에서 생각을 들어주기만 하면 된다. "아~ 그렇구나"라고 맞장구 장단만 넣어줘도 아이의 생각은 춤을 춘다. 아이에게 어떻게 질문과 감성 존중 대화를 해야 할지 모르겠다는 부모들이 많다.

생각 독서에서 중요한 것은 생각을 키우기 위한 질문법과 대화법보다 생각을 나눌 대상이 옆에 있어준다는 거다. 옆에 있어주면 자연스럽게 상황에 맞는 대화를 하게 된다. 생각 독서가 자유롭게 되면 생각을 말하고 부모의 생각을 묻는다. 예를 들면 "등장인물처럼 모험을 떠나고 싶어요. 나는 정글로 모험을 떠나고 싶어요. 엄마는 어디로 모험을 가고 싶어요?" 등의 간단한 이야기다. 간단한 생각 묻기로 엄마와 아이의 모험에 대한 상상을 나눈다. 모험에 관련한 다른 책을 찾아 읽기도 한다. 자기만의 모험을 상상하며 또 다른 생각의 세계를 만들어 놓는다. 다른 생각의 샛길로 갔다가 다시 책 내용에 집중하는 것도 생각 독서다.

처음부터 끝까지 조용히 바른 자세로 읽는 것이 집중이고, 천천히 내용을 기억하면서 읽는 것이 올바른 책 읽기라고 이해하는 부모가 많다. 이런 부모의 착각이 생각 독서의 방해 요인이다. 읽기만 하는 아이로 만든다. 생각 독서는 아이의 관심과 생각을 따라가면서 맞장구 치기 정도의 질문과 대화가 생각을 열어주는 마중물이 되게 하는 거다. 아이의 관심과 생각을 따라간다는 것은 바라봄이다. 아이 옆에서 바라보며 관찰해야지 생각을 따라다닐 수 있다.

적용 독서는 책의 내용 중 일부를 삶에 적용해보기다. 실천과 함께 연결해보는 상상만으로도 적용 독서라 할 수 있다. 아이들의 적용 독서는 놀이다. 아이들은 삶의 전부가 놀이이기 때문이다. 예를 들면《아기돼지 삼형제》의 동화를 읽고 책이나 가장 가까이에 있는 안전한 물건으로 얼기설기 대충 집을 짓는 놀이, 집 짓고 바람 불기, 무너뜨리기 놀이를 한다. 역할극으로 엄마는 늑대 역할, 아이는 돼지 역할을 맡아 온 집을 다니며 잡기놀이를 한다. 동화를 놀이로 연결하는 과정도 아이들에게는 삶의 적용 독서다. 어른처럼 실제로 실행하면 좋겠지만 꼭 실행해야 할 필요는 없다.

역사책을 읽은 후에 가까운 박물관을 가보는 것도 삶의 적용이다. 박물관을 먼저 다녀온 후 책을 읽는 것도 같다. 책을 읽고 책에 관련된 영화를 보여주는 것도 삶의 적용이다. 예를 들면《레 미제라블》 책을 읽고 〈레 미제라블〉 영화를 함께 본다. 장발장이 빵을 훔치지 않았다면 어떻게 되었을까? 만약에 내가 장발장이라면 어떻게 했을까? 등의 대화로 이어지는 것도 삶의 적용이다.

딸아이는 화가에 관한 책을 읽은 후에는 그 화가처럼 그림을 그려본다. 모험 책을 읽은 후에는 일시적으로 생활을 모두 모험으로 바꾸어 버린다. 학교를 가는 것도 모험을 떠난다라고 표현을 한다. 놀이터에서 놀기도 놀이터 모험하기가 된다. 책에서 요리하는 내용을 읽은 후에는 부엌에서 요리를 하고 향수에 관한 책을 읽은 후부터는 식물이나 향이나는 액체를 섞어 새로운 향을 개발하는 놀이 중이다. 동화에서 냇물에 수제비 뜨기를 본 후에는 목욕탕 욕조에서 물수제비를 띄운다. 책에서 읽은 내용을 생활, 말, 상상, 행동으로 연결해보는 과정이 모두 삶의 적용 독서다.

아이가 책을 매일 읽고, 많이 읽었는데 생각을 이야기해보라고 하면 머뭇거리거나 책을 읽고 대화하기를 싫어한다면 생각 독서와 적용 독서를 하고 있는지를 점검해보아야 한다. 생각 독서와 적용 독서는 도전과 용기뿐만 아니라 생각을 키우는 데 핵심요소다.

독서와 친해지는 생각 열기

부모들은 자녀의 독서 습관을 형성하기 힘들다고 한다. 독서 습관도 형성하기 힘든데 생각 독서의 중요성을 알지만 어떻게 아이들에게 적용할 것인가는 결코 쉬운 문제가 아니라고 한다.

독서를 하면 생각이 깊어지고, 생각이 깊어지면 독서가 재미있어지는 단순한 원리를 맛본 사람들은 스스로에게 적합한 생각 독서법을 만들어가지만, 독서 습관을 형성하는 단계에 있는 사람들에게는 어려운 일이다. 아이들에게는 생각 놀이터를 활성화하면 독서가 재미있어진다.

생각 놀이터는 아이들이 좋아하는 생각 열기 게임이다. 생각 열기 게임은 생각도 열어주고 좋아하는 게임도 하는 일석이조의 교육활동이다. 생각 뇌인 전두엽을 펄떡이게 하는 생각 열기 게임을 일상생활처럼 즐겨보자. 생각 열기 게임은 돈이 들지 않기에 노닥거리는 놀이 정도로 인식하는 부모들도 있다. 부모에게는 교육비를 내고 조용히 하는 활동은 공부이고 교육비를 내지 않고 놀면서 하는 활동은 노닥거림이다. 집에서 하는 독서도 공부라는 인식보다 여가, 취미 활동 정도로 인식한다. 숙제를 하지 않고 독서를 하거나 시험을 앞두고 독서를 하면 애를 태운다.

생각 열기 게임과 독서는 가정에서 할 수 있는 돈이 들지 않는 고급 교육이고 세상에서 가장 아름다운 사교육이다. 교육비를 내지 않아 불안해서 선택할 수 없다면 아이 이름으로 통장을 만들어 매달 교육비를 저축하고 돈이 모이면 독서 여행을 가는 방법을 제안한다.

생각 열기 게임은 생각력 키우기에도 효과가 있기에 전 책에도 소개한 적이 있다. 여기에서는 독서와 연결하여 소개한다.

장소를 가리지 않고 도구 없이 쉽고 재미있게 즐길 수 있는 생각 열기 게임은 '만약에 ~~라면' 질문만 하기, 끝말잇기, 생각 잇기, 문장 만들기, 재판 하기 등이 있다.

'만약에 ~~라면'게임은 가정을 해보는 활동이다.

예를 들면 만약에 내가 작가라면 제목을 ~~라고 했을 거야. 왜냐하면~~, 만약에 그림을 그리는 사람이 손이 없다면, 만약에 내가 늑대라면, 만약에 사자가 동물원 밖으로 탈출한다면 등을 가정해본다.

동화를 읽기 전 제목과 표지 그림을 보고 가정하기는 내용에 호기심을 가지게 하고 가정해본 이야기와 동화 내용을 비교하는 재미로 듣기에 집중하게 된다. 엄마의 상상, 나의 상상, 작가의 상상이 다르기도 하고 같을 수도 있다는 경험을 한다. 가정하기는 현실적일 필요는 없으므로 엄마의 엉뚱한 상상을 재미있어 한다. 엄마를 모방하며 상상력을 키워간다. 아이들은 자기들이 만들어낸 상상 이야기에 재미를 느낀다. 가정하기에서 주의할 점은 교훈적이고 현실적인 이야기를 만들면 상상이 아니라 학습이 된다. 게임은 게임으로 즐긴다는 마음으로 참여하면 독서하는 시간이 재미있고 즐거워진다.

동화를 읽은 후에는 동화 내용의 결말이나 내용의 일부를 가정해본다. 예를 들면 만약에 백설공주가 깨어나지 않았다면, 만약에 내가 마녀라면, 만약에 내가 안중근 의사였다면, 만약에 성냥을 팔아야 한다면, 만약에 백작이 병에 걸리면 등등을 가정해본다.

동화 내용과 결말이 아이들의 상상을 통해 재구성된다. 생각으로 동화 쓰기를 하는 셈이다. 동화를 재구성하는 동안 아이들의 생각문은 활짝 열린다.

일상생활에서 '만약에 ~~라면'의 가정하기는 창조의 씨앗심기라고 할 수 있다. 만약에 나도 새처럼 날 수 있다면의 가정하기가 지금의 비행기를 탄생한 씨앗이 되었던 것처럼 말이다. 만약에 자동차가 하늘로 다닌다면, 만약에 로봇이 운전을 해준다면, 만약에 나무가 말을 할 수 있다면, 만약에 내가 마법사라면 등등 일상생활에서 보이고 일어나는 모든 상황을 다르게 상상하면서 생각의 자유를 연습하는 중이다.

생각의 자유로움은 생각을 다르게, 뒤집어, 연결하면서 새로운 창조물을 만들어낼 씨앗을 심는 과정이다. '만약에 ~~라면' 게임은 생각의 자유로움을 경험하며 창조의 씨앗을 심는 과정이다.

질문만 하기 게임은 질문만 하는 게임이다. 아이들은 질문하기보다 대답하기에 익숙하다. 질문하기와 정답을 묻는 질문 받기가 불편하다. 질문하기, 질문 받기, 질문 만들기 등 질문에는 어려움을 겪는다. 질문은 생각을 키우는 열쇠다. 질문을 살리면 생각이 산다. 질문을 자연스럽게 할 수 있도록 하여 생각을 춤추게 하자. 질문만 하기 게임을 즐기면 질문이 쉬운 놀이가 된다. 질문만 하기 게임은 일상생활에서 하는 것이 좋다.

예를 들면 지나가는 나무에게 질문만 한다. 나무야 언제부터 여기에 서 있었니? 사람의 말이 들리니? 네가 행복할 때는 언제니? 나뭇잎을 왜 떨어트리고 있니? 너는 어느 계절을 좋아하니? 무엇을 먹고 사니? 너의 엄마는 어디에 계시니? 등등 질문만 한다.

놀이터에서 미끄럼틀에게 "너의 이름은 누가 지었니? 넌 왜 미끄럼틀이니? 힘들지 않니? 넌 어느 나라에서 태어났니? 등등 질문만 한다.

누가 더 많이 질문하는지 내기를 해도 재미있다. 가장 적게 질문한 사람이 코끼리코로 한바퀴 돌기 벌칙을 넣으면 게임이 더 즐겁다.

일상생활에 보이는 모든 물건, 상황에 대한 질문만 하기 게임을 먼저 즐긴 다음 독서 활동으로 이어간다. 독서 활동으로 할 때 주의할 점은 한 장면, 한 페이지, 그림 한 장으로만 해야 한다. 동화 전체는 백화점과 같고 한 장면은 한 코너와 같다. 즉 신발을 사기 위해서는 백화점 전체에 대한 설명보다 신발가게만 이야기하는 것이 더 효율적이다. 생각력이 부분에서 전체로 확장되어갈 수 있도록 하자.

질문만 하기 게임을 많이 한 아이들은 질문이 자연스러워지고 무엇을 보더라도 질문이 생긴다. 질문은 생각의 열쇠라고 했다. 생각을 하는 아이가 된다. 책을 생각으로 읽게 하는 좋은 방법이다.

문장 만들기 게임은 책 속 단어를 이용해 문장 만들기다. 한 명이 책을 한쪽에서 다른 한쪽으로 주욱 펼치기를 하면 다른 한 명은 멈추라는 신호를 보낸다. 신호에 맞게 멈춘 장면의 그림이나 단어를 선택한다. 선택한 단어가 들어가도록 문장을 만드는 게임이다. 예를 들면 "나무" 단어를 선택했다면 나무가 좋다. 산에는 나무가 있다, 등의 문장을 만들어본다. 문장력과 함께 생각력도 키우게 된다.

선택 경험이 부족한 아이들은 시작하는 단어 선택하기도 어려워

한참을 망설인다. 이 게임을 많이 하면 핵심 단어, 내용 파악하는 능력, 선택력을 키우는 데 도움이 된다.

끝말잇기 게임은 책을 읽고 핵심단어를 찾아 끝말을 이어가기다. 흔히 하는 끝말잇기 게임이지만 시작 단어가 책의 핵심 단어라는 점이다. 책을 단기 기억에서 장기 기억으로 이동시키는 방법이고 핵심, 주요 내용을 파악하기에 도움이 되는 놀이다.

생각 잇기 게임은 책을 읽고 생각나는 것을 말하면 그 말을 이어 동화에서 생각나는 것을 말해서 이어가기 놀이다. 예를 들면 흥부와 놀부를 읽은 후에 "놀부와 흥부 하면 형제간의 우애가 생각나 – 형제간의 우애하면 놀부의 욕심이 생각나 – 놀부의 욕심하면 가난하게 사는 흥부가 생각나 – 가난한 흥부하면 제비가 생각나"처럼 생각을 이어가면 된다. 이 놀이는 내용을 정리하는 데 도움을 준다.

재판하기는 재판관 되어보기다. 동화를 읽은 후 주인공의 장점과 단점 찾기, 잘한 점과 부족한 점 등을 찾아 판단해보기다. 예를 들면 놀부와 흥부를 읽고 놀부의 장, 단점과 흥부의 장, 단점을 찾아보는 거다. 재판하기 활동은 양면적 사고를 할 수 있도록 하기 때문에 비판적 사고력을 키운다. 비판적 사고력은 문제 해결, 판단에 필요한 능력이다.

쉽고 경제적이고 간단한 생각 열기 게임이 주는 독서 효과는 크다.

첫 번째 가족이 함께 모이는 시간이 즐거울 수 있는 매체가 되고 한 가정 한 책 읽기가 된다.

책 한 권이면 온 가족이 재미있는 지성을 키우는 시간이 된다.

두 번째 독서 토론에 밑거름이 된다.

독서 후 생각을 이야기 해보는 경험이 없던 아이들에게 독서 토론은 어려운 과제가 되지만 독서 후 생각 열기 게임을 해본 아이들은 쉽게 할 수 있다. 게임 승패를 빼면 독서 토론의 준비 활동이다. 고학년이더라도 독서 토론을 처음 시작한다면 생각 열기 게임으로 재미를 느낀 후에 하면 토론이 쉬워진다.

세 번째 두뇌 활동이 활발해진다.

책을 읽고 그냥 덮으면 생각도 멈추게 되지만 생각 열기 게임을 즐기는 동안 두뇌 활동이 활발해지면서 생각이 살아 움직인다. 생각이 움직이면 기억도 오래간다.

네 번째 질문과 가정하기는 생각을 움직이게 하는 원동력이다.

질문을 만들어보면 생각해 보지 않았던 분야의 세계가 열린다. 만약에 놀이는 생각으로 무엇이든지 할 수 있다는 가상의 세계를 만들어보는 것으로 가능성과 창조성을 키우는 놀이다.

다섯 번째 생각 열기 게임은 재미있는 독후 활동이다.

아이들이 독서를 즐기지 못하는 원인 중 하나가 책을 읽고 글로 쓰는 독후 활동이라고 한다. 독후 활동은 글쓰기다는 관념에서 벗어나면 독서가 재미있어진다. 생각 열기 게임을 많이 하는 아이들은 독후 활동에 재미있게 참여하고 쉽게 생각을 정리하는 능력을 보인다.

여섯 번째 독서는 가상의 세계를 현실로 실현시키는 발명과 창조로 세상을 이롭게 한다.

영상 게임을 많이 하는 아이들은 가상의 세계와 현실의 세계를 구분하지 못하여 사회적 문제를 일으키기도 하지만 독서는 창조의 세상으로 이끈다.

생각 열기 게임은 독서에 대한 호기심을 높이고 생각력을 키우는 기반 다지기다. 그 분야에 대해 모르면 어렵지만 그 분야에 대해 알면 쉽다. 책은 모든 분야를 알기 쉽게 하는 배경지식을 가진 보물 창고다. 무엇인가를 할 때 쉽게 하기 위한 방법 중 하나는 독서다. 쉽게 할 수 있는 일을 재미있게도 할 수 있다면 더 유익하다. 쉽고 재미있는 일이 삶에 가치를 높여준다면 더욱더 유익하다. 생각 독서는 부모들의 작은 관심만 있으면 된다. 가족 독서를 처음 시작한다면 재미있고 유익한 생각 열기 게임을 해보자. 생각이 깊어지고 독서가 깊어진다.

살아 있는 위인전을 읽혀라

집집마다 위인전 한 권씩은 있다. 위인전을 교과서보다 필독서로 여기는 이유는 무엇일까?

교과서는 학년이 지나면 버리는 집들도 많지만 위인전은 학년에 맞게 바꿔주며 읽힌다. 어릴 때는 그림동화 위인전으로 읽히고, 초등 고학년부터는 어린이 동화로 읽히고, 청소년기부터는 자기 계발서 등으로 읽힌다.

부모들이 위인전을 읽히는 이유는 위인들의 삶을 닮기를 바라는 마음이다. 위인전의 교육 효과는 위인들의 삶을 영향받기 위해서다. 자식 잘 키우고 싶은 부모의 마음으로 위인전을 언제부터 읽혀야 하는지에 관심이 높다. 위인전을 어릴 때부터 읽히면 시제가 과거라 어휘와 내용이 현실과 다르기에 이해가 어렵고, 바른 교훈만을 담고 있어 융통성 없는 고지식한 아이로 자랄 수 있어서, 초등 3학년 정도에 읽혀야 한다는 주장도 있고 어릴 때부터 읽혀서 위인의 정신을 본받게 해야 한다는 주장도 있다.

나는 위인전을 언제 읽히는 것이 적절한지에 대한 질문에 그 시기는 아이가 알고 있다고 말해준다. 부모들은 내 아이에게 가장 적절한 시기를 아이에게 묻지 않고 전문가들에게 물으려 한다. 아이가 어려도 인물 이야기에 관심을 보이거나 위인전에 나오는 어휘들을 이해할 수 있다면 읽어주면 된다.

위인전을 언제 읽는지, 몇 권 읽는지, 어떤 출판사의 위인전을 읽는지 보다 더 중요한 것은 위인들의 삶의 영향이다. 우리 아이들이 위인의 삶을 닮기를 바라는 마음으로 위인전을 읽히지만 위인의 삶을 닮아가고 있는지를 생각해볼 문제다. 아이들에게 가장 큰 영향을 주는 대상은 볼 수 없는 위인이 아니라 매일 보는 부모다.

위인전에 나오는 인물들은 아이들이 매일 볼 수 없다. 예를 들면 빌 게이츠에 대한 위인전을 읽은 아이는 빌 게이츠가 정말 살아 있느냐며 묻고 또 묻는다. 위인전의 인물을 아이가 살면서 한 명이라도 직접 만나게 될 일은 거의 없기 때문에 실제 인물들의 삶인지 창작동화처럼 만들어낸 것인지를 구분하지 못한다. 빌 게이츠가 살아 있다는 사실을 알려주어도 시간이 지나면 빌 게이츠가 아직도 살아 있는지를 다시 확인한다. 그리고 엄마는 빌 게이츠를 본 적이 있느냐고 묻는다. 안타깝게도 한 번도 본 적이 없다. 위인들의 삶을 직접 보지 못한다는 것은 필독서처럼 읽히지만 부모들이 바라는 만큼 위인의 삶을 닮아질 수 없는 이유다. 아이들은 보지 못하는 위인들의 삶의 영향보다 같이 살면서 보는 부모 삶에 영향을 받고 자란다. 위인전을 읽히려 하지 말고 부모가 위인의 삶을 살아주면 된다.

미국 앨라배마대 한혜민 교수 연구팀은 국제학술지《프런티어 인 사이콜로지》에 위인전으로 교육했을 때보다 친구나 가족같이 도덕적으로 불완전한 사람이 보인 모범이 학생들에게 더 큰 동기부여가 된다는 내용의 논문을 실었다. 학생들이 위인전에 나오는 도덕적 모범 사례를 자신과 거리가 먼 이야기로 여기고 오히려 부담을 느낀다고 밝혔다.

위인들의 훌륭한 인품은 이야기에 불과하지만 부모의 훌륭한 인품은 본보기가 된다. 예를 들면 훌륭한 화가는 어릴 때부터 그림을 그리기를 좋아했다는 내용이 담긴 위인전을 매일 읽는 아이가 그림에 관심을 가지고 그리기를 좋아할까? 부모가 그리기를 좋아하는 모습을 매일 보는 아이가 그림에 관심을 가지고 그리기를 좋아할까? 부모에게 효도했다는 내용이 담긴 위인전을 매일 읽는 아이가 효성이 클까? 부모가 부모에게 효도하는 모습을 매일 보는 아이가 효성이 클까?

위인전의 내용처럼 부모들에게 나라를 위해 목숨을 바치고 기적과 같은 업적을 만들어내라는 것이 아니다. 부모의 삶이 가치 있는 삶이 되도록 노력하는 모습을 보이는 것이 위인의 삶이다.

부모는 자식을 위해서 가릴 줄 아는 삶을 살아야 한다. 가릴 줄 아는 삶을 산다는 것에는 위인이 되는 삶처럼 어려움과 고통이 따른다. 그래도 자식을 위해 그리해야 한다. 자식에 대한 부모의 마음은 넓고 깊어서 부모만큼이 아니라 부모보다 더 위대한 삶을 살기를 바라게 된다. 부모의 삶을 본보기로 보여주면서 위인의 삶을 위인전으로 들려준다면 부모보다 더 위대한 삶을 살아가게 된다. 위인이 될 수 있다.

우리 집에 금송아지 있다는 말을 믿는 사람은 없다. 아이에게만 읽히는 위인전은 금송아지와 같다. 살아 있는 위인전으로 위대한 삶을 살게 하는 방법은 부모와 함께 위인전을 읽고 부모가 위인의 삶을 닮아가려는 노력을 보이면 된다.

예를 들면 신사임당이 이율곡을 키우는 데 어떠한 정신을 가졌는지를 부모가 배우고 배운 내용을 말로 표현한다. 신사임당과 이율곡에 관한 책을 함께 읽은 후부터 신사임당처럼 자식을 훌륭히 키우는 김사임당이 되고 싶은 마음을 말로 표현했다. "부모는 자식을 훌륭하게 키워야 하는 일이 가장 중요한 일이고 첫 번째 일이다."라는 것을 신사임당을 통해 깨닫게 되었다는 엄마 마음의 깊은 울림을 말해주었다. 또 위인전을 함께 읽으면서 세종대왕의 부모는 자식을 어떻게 훌륭하게 키우셨을까?라며 호기심을 표현하며 자식을 훌륭하게 키우기 위해 "키워본 분들의 방법을 배우고 익히는 공부를 해야 한다"는 메시지를 주었다.

위인전을 읽는 목적이 '너 훌륭하라'가 아니라 '나 훌륭하겠다'이다. 목적이 너가 아니라 나라면 위인전을 멀리할 이유가 없다. 위인전을 읽히는 이유가 위인들의 정신과 삶을 배우도록 하기 위함이라면 부모가 본보기가 되어주는 게 먼저다. 위인전을 읽고 위인들의 정신을 배우려 하는 부모의 모습을 통해 아이들도 위인들의 정신을 배우려는 마음을 가지게 된다.

부모와 함께 위인전을 읽는 시기는 아이가 관심을 갖거나 부모가 관심을 가지게 하고 싶을 때가 적당하다. 일반적으로 초등학교 입학하는 시기는 사회 현상에 관심을 가지기 시작하는 시기다. 자기의 이야기에서 친구들의 이야기에 관심을 가지고 이야기를 나누게 되는 시기다. 사회에 관심을 가지는 시기는 위인전 읽을 준비가 되었다는 의미이기도 하다. 위인전을 함께 읽으며 대화하기로 시작하면 스스로 읽기가 쉬워진다. 위인전에 관심을 가지게 하고 싶으나 관심을 갖지 않으면 시기를 늦추면 된다.

아이에게 읽힐 욕심으로 하지 말고 부모가 읽을 마음으로 하면 이른 시기에 함께 읽는 것도 도움이 된다.

아이가 다섯 살 무렵부터 위인전을 들려주고 함께 읽었다. 위인의 삶을 그림동화로 함축한 책은 어휘가 어렵고 재미있는 내용이 아니기에 섣불리 읽어주려 하면 책 읽기까지 흥미를 잃어버리게 된다. 읽는다는 표현보다는 위인의 삶을 이야기 나눈다는 정도면 된다.

예를 들면 위인전 표지에는 대표적으로 위인의 이미지가 있다. 이미지를 보면서 "이 아저씨 누굴까? 아빠일까? 삼촌인가? 의사

선생님인가?" 등의 질문으로 이야기의 문을 열고 "수염도 삐죽~~, 머리는 곱슬곱슬" 등 이미지 그대로 묘사하기로 호기심을 갖게 한다. 부모의 묘사하기는 말 잘하는 아이의 시작이 된다. 동화 내용을 읽히려 하지 말고 그림을 보면서 이야기를 이어나간다. 엄마가 대략 위인의 삶을 알고 있어야 이야기가 술술 나온다.

나는 빌 게이츠 그림 동화 위인전을 읽고 기부정신을 닮았으면 좋겠다는 마음을 가졌다. 나에게 기부는 가난하게 살았던 삶 때문인지 다른 사람에게 나눈다는 것은 미래에 조금 더 행복하게 살기 위해 지금까지 어렵게 모아놓은 것을 빼앗긴다는 마음이었다. 빌 게이츠의 기부의 정신은 배울 점이었지만 실천하기 어려웠다. 꾸준히 기부하는 빌 게이츠에 대한 내용을 접할 때마다 어릴 때부터 나눔을 실천하게 해야겠다는 가치관을 가지게 했다. 기부가 필요하다는 것을 인식하면서도 하지 못하고 있는 것은 어렸을 때부터 해보지 않았기 때문이라고 결론을 내렸다. 아이에게는 늘 큰 인물이 되어야 하는 이유는 네가 가진 것을 크게 나누기 위해서라고 말해주면서 엄마는 언행일치가 아닌 삶을 보여주고 있었다.

작은 것부터 나누자는 계획을 가지고 '한 셈 치고 뚝딱 저금통'을 만들었다. 무엇을 '한 셈 치고' 돈을 저금통에 넣는다. 예를 들면 아이스크림이 먹고 싶은 날 먹은 셈 치고 아이스크림 값을 저금통에 넣거나 아이스크림 살 때 1,000원을 내고 700원짜리를 샀다면 1,000원 주고 산 셈 치고 300원은 저금통에 넣는다. 또, 아이는 용돈으로 받는 불로소득에서 우리는 매월 소득에서 일부를 떼어 저금통에 저금을 한다. 1년을 모아서 연말이면 나눔을 하고 그 다음해에 비워진 저금통을 다시 채우는 기쁨을 가진다. 기부를 해야겠다는 생각은 빌 게이츠 위인전에서 배웠고 '한 셈 치고 뚝딱'은 《내 친구는 천사 병동에 있다》 책에서 배웠다. 책을 읽고 기부를 실천하는 삶을 살아가려는 작은 실천이 바로 위대한 삶이지 않을까.

나는 어떤 책이라도 읽기를 강요하지 않는다. 위인전도 강요하지 않고 관심을 가지도록 환경을 만들어주었을 뿐이다. 위인전에 관심을 가지고 읽던 아이가 위인들의 공통점을 발견했단다. 아이의 생각에서 나온 말은 "위인들은 책을 많이 읽었다. 가난하고 어려운 삶을 극복했다. 어릴 때부터 포기하지 않고 연습을 많이 했다. 나라를 위하는 마음을 가졌다"이다. 위인들의 공통점이 자기와도 공통점이라며 자랑스러워하는 아이에게 엄마가 해준 건 격려뿐이다. 책 읽기를 통해 위인의 삶을 꿈꾸는 아이가 되었다.

부모의 작지만 실천하는 삶이 본보기가 되고 위인전으로 읽는다면 아이의 마음에는 훌륭한 삶을 닮고 싶다는 마음이 자리한다. 마음이 움직이는 아이는 훌륭한 삶을 살아가게 된다.

위인전을 읽히는 것보다 부모가 작은 일상에서부터 위인의 삶을 살아주는 본보기가 먼저다.

내 아이에게 위인이 되어주자. 자식들의 입을 통해서 나오는 "엄마처럼 살고 싶어요, 아빠처럼 살고 싶어요"라는 말은 부모님은 '나에게 훌륭한 위인입니다'라는 말이다.

나라의 위인이 되는 일까지는 못해도 자식에게 위인이 되어주기는 부모의 사명이다.

생각 독서에 필요한 엄마의 역할

생각력은 이 시대의 사람들에게 가장 필요한 능력이라 여기기에 일상생활에 상당 부분 아이 스스로 생각하는 시간을 주고 있다. 좀 더 정확히 말하면 그런 줄 알았다. 아이의 일상생활이 생각력을 키우는 교육 환경이 되도록 노력하고 있지만, 아침 등교시간은 예외였다. 아침 등교를 준비하는 시간은 엄마가 등교를 하는 건지 아이가 등교를 하는 건지 정신이 없는 바쁜 하루의 시작이다.

일어나는 시간부터 등교를 위해 집을 나서는 순간까지 아이에게 생각할 권리는 없었다. 엄마의 명령에 의해 움직이고 있었다. 일어나라, 씻어라, 밥 먹어라, 빨리 먹어라, 골고루 먹어라, 다 먹어라, 옷 입어라, 양말 신어라, 시계 보면서 준비해라… 아이의 행동 하나하나에 엄마의 명령이 따라 다녔다. 어느 날은 엄마의 명령이 한꺼번에 쏟아져 무엇부터 해야 할지 헷갈린다며 짜증을 부리는 일도 있었다.

명령에라도 제시간에 준비하고 나서면 엄마의 얼굴에 웃음이 피고 사랑이 피어나 포옹하고 사랑한다는 말과 함께 아이를 보낼 수 있지만 지각을 하는 날에는 엄마의 짜증스런 악소리가 풍악을 울리고, 시간은 약속인데 못 지킬 거면 학교 다니지 말라는 협박과 함께 보낸다.

유난히 아침 시간에 아이는 엄마의 노예가 되고 엄마는 조련사가 된다. 조련사는 동물을 훈련하고, 나는 내 아이를 훈련한다. 훈련이 잘된 동물을 사람들 앞에 보여주어 박수를 받기 위한 것도 엄마 안에 숨어 있는 마음과 닮았다.

유치원 원감으로 근무할 때 교육에서 가장 중요한 것은 교사의 질이라 여겨 교사 교육에 신경을 썼다. 교사들에게 우리는 조련사가 아니라 교사라는 인식과 함께 교사 말 잘 듣는 아이로 훈련하지 말고 생각하는 아이가 되도록 수업을 계획하도록 했다. 교육지침서에 나와 있는 수업 목표를 옮겨 적고 앵무새처럼 말하지 못하게 하고 교사가 생각하는 수업 목표가 무엇인지를 물었다.

일하는 엄마가 아니라 엄마 일을 하니 이론과 실행이 다를 수 있다는 자녀 교육의 가장 큰 깨달음을 얻게 되었다. 아이를 위탁하고 전문적인 일을 하는 엄마일 때는 자녀 교육을 위한 엄마의 역할을 완벽히 해내야 한다고 믿었다. 아이를 키우는 엄마 일이 본업이고 그밖의 직업이 부업인 지금은 이론처럼 실행하는 것은 신의 영역이라 믿는다. 아이가 필요할 때 엄마가 옆에 있어주는 것이 가장 큰 엄마 역할이지 않을까. 생각하는 독서에서 엄마의 역할도 명령을 빼고 옆에 있어주기다.

아침 등교시간 조련사의 역할이 독서로 이어지고 있지는 않은가를 살펴보자. 독서도 엄마의 명령에 의해 하는 경우가 많다. 독서록 쓰기가 숙제이니 독서하는 아이도 있고, 엄마가 매일 독서 시간이나 권수를 정해놓고 읽으라고 하니까 읽는 아이도 있고, 스스로 책이 좋아서 읽지만 생각하는 시간을 갖지 않는 아이도 있다. 생각이 빠진 독서는 독서를 조련하는 일과 같다.

나에게 독서 습관이란 매일 책을 읽는 행동의 반복이 아니라 생각하는 습관이다. 한 줄을 읽더라도 생각하는 시간을 가져야 한다. 엄마의 명령이 계속 이어지면 아이는 생각할 필요성을 느끼지 못하고 무기력해진다. 읽기만 하는 독서는 엄마에게 명령받듯이 작가의 생각을 받는 것과 같다.

생각 독서를 위해 필요한 엄마의 역할은 옆에 있어주기다. 명령빼고 관심 표현하기만 하면 된다. 관심 표현하기로는 두 가지 방법만 실행해주어도 효과를 본다.

첫 번째는 자연스럽게 옆으로가 말을 걸어본다.

아이가 읽고 있는 책에 관심을 보이며 "어~ 오늘은 키다리 아저씨를 읽고 있네?"라고 말해본다. 아이의 대답이 있으면 생각하는 시간을 줘도 된다는 신호다. 대답이 없으면 그냥 조용히 옆에서 엄마의 책을 읽고 있으면 된다. 읽고 있는 책에 관심을 표현하기만 해도 아이는 생각으로 말해준다. 관심을 표현하라는 말은 "네가 어떤 책을 읽고 있구나" 정도여야 한다. 책의 내용이 무엇인지를 확인하는 시험문제와 같은 질문이면 관심이 아니라 학습이 되어버린다. 엄마의 작은 관심은 생각 하는 시간을 주기 위해서다. 아이에게 생각하는 시간을 준다는 것은 아이가 읽고 있는 책에 관심을 가지고 말을 건네준다는 거다.

생각하는 독서를 질문하는 독서로 착각을 하는 분들도 있다. 질문은 생각을 키우는 원동력이지만 외부에서 질문을 하도록 강요하면 또 하나의 학습 활동이 된다. 질문은 책을 읽고 있는 사람의 내면에서 밖으로 나와야 한다. 내면에서 밖으로 나오게 하기 위해서는 관심이 필요하다. 책을 읽고 있는 아이에 대한 관심과 아이가 읽고 있는 책에 대한 관심이 필요하다. 관심이 생기면 궁금한 것을 질문을 하게 되고 질문을 하면 대화가 된다. 어떤 책을 읽고 있는지의 관심이 아이의 생각 문을 열어주는 열쇠다. 책을 읽은 후에 읽은 책에 대한 생각을 술술 말하게 되는 신기한 일을 경험하게 된다. 엄마는 아이가 생각의 문을 열 때 생각 속으로 들어가 따라 다녀주면서 얼쑤절쑤와 같이 추임새만 넣어주면 된다. 엄마의 생각대로 질문을 하면 관심이 아니라 학습이 된다는 것을 기억하자.

두 번째는 한 작가의 책을 빌려주는 일, 관련한 책을 빌려주는 일, 시리즈를 찾아주는 일이다.

한 작가의 책을 재미있게 읽으면 작가의 다른 책을 빌려준다. 아이가 책 읽을 때 옆에 있어야만 재미있게 읽는지를 알아차릴 수 있다. 엄마가 빌려놓은 책들 중에 읽고 싶은 책들을 골라 읽은 후 작가에 대해 생각하는 시간을 가지게 된다. 작가를 생각하는 시간을 가진다는 것은 작가의 사상이나 삶을 대하는 태도를 만난다는 거다. 관련한 책을 빌려주는 일 또한 하나의 주제를 가진 다양한 생각을 경험하는 시간이다.

예를 들면 아이가 모험에 관련한 책을 재미있게 읽었다. 모험이라는 단어의 책들을 찾고 수준에 맞을 것 같은 책을 도서관에서 빌려놓았다. 읽을 수도 있고 안 읽을 수도 있지만 강요하지는 않는다. 빌린 책을 모두 읽게 할 필요도 없다. 엄마가 빌려놓은 책은 노느라 바쁜 아이에게 작은 도서관처럼 활용하면 된다. 도서관에 있는 모든 책을 읽지 않는 것처럼 엄마가 빌려놓은 책들 중에서 읽고 싶은 책만 읽으면 된다. 다양한 작가가 쓴 모험에 대한 책을 읽으며 모험에 대한 상상력과 호기심을 증폭시키는 시간이 되었다. 하루하루의 삶이 모험인 것처럼 즐기며 살아가는 듯하다.

시리즈를 찾아주는 일은 쉬운 일이다. 시리즈로 나온 책들 중 대출 가능한 한 권을 맛보기로 빌려놓으면 된다. 꼭 1권부터 읽어야 할 이유는 없다. 순서대로 읽지 않기는 상상력과 추리력을 키우기에 도움이 된다. 시리즈로 나온 책은 독서 몰입력을 키우기에 아주 좋다. 다음 이야기가 궁금해 마치 중독된 아이처럼 몰입한다. 다음 이야기를 궁금해하며 기다리는 시간이 생각하는 시간이다.

주의할 점은 명령빼기다. 조련사의 역할로 착각하지 않기다.

생각하는 독서를 방해하는 요소도 엄마가 옆에 있어주기다. 엄마가 어떤 관념으로 옆에 있어주냐의 차이에 따라 생각력을 키울 수도 있고 방해가 될 수도 있다. 엄마들이 독서에서 독서량 다음으로 중요하게 여기는 것이 독서하는 자세다. 책을 읽을 때는 바른 자세로 앉아야 하고, 가만히 앉아서 한 권을 끝까지 읽는 것만 집중한다고 하고, 소리를 내어 또박또박 읽으라고 한다.

아이들이 하루 중 얼마나 많은 시간을 바른 자세로 앉기를 강요받는가 생각해보아야 한다. 학교에서도 학원에서도 바른 자세로 앉아 있어야 바른 아이가 된다. 하루 중 많은 시간 바른 자세로 앉기가 아이들에게 고문일까 바른 행동일까. 책 읽기가 즐겁지 않는 아이들에게 바른 자세까지 강요를 하면 고문에 고문이 추가되는 셈이다. 또 한 권을 끝까지 읽으면 집중력을 칭찬하고 끝까지 읽지 않으면 산만하다고 혼을 낸다.

책 읽기의 방법은 다양하다. 나는 목차만 읽거나 읽고 싶은 부분만 읽기도 하고 끝까지 읽지 않을 때도 많다. 딸아이도 책을 읽다가 엎어놓고 책과 관련이 없는 듯한 놀이를 한다. 놀다가 원래 읽던 책을 읽기도 하지만 다른 책을 읽기도 한다. 다른 책을 읽다가 다시 엎어놓고 다른 일을 한다. 우리 집 곳곳에는 아이가 읽다가 엎어놓은 책들이 있다. 책을 읽다가 엎어놓을 때는 생각할 시간이 필요하다는 의미다. 책과 관련이 없는 행동으로 산만한 것 같지만 생각은 관련지어져 있을 수도 있다.

예를 들면 딸아이는 책을 읽다가 엎어놓고 클레이로 만들기 작업에 몰입한다. 전혀 관련이 없는 일을 하고 있지만 아이의 생각은 책 속에 나오는 돼지를 만들고 있단다. 책 속에 돼지는 가족이 없어 외로울 것 같아 가족을 만들어 주고 있는 중이란다. 책을 읽다가 돼지의 외로움, 가족 사랑에 대한 생각 스위치를 켜놓은 상태다.

책을 소리 내어 읽게 하는 부모들도 있다. 또박또박 읽는 습관을 들이기 위해서란다. 아이들은 어른처럼 책을 또박또박 읽지 않고 의미를 이해하며 대충 읽는 경향이 있다. 소리 내어 읽히면 조사 빼고 접속사는 바꿔 읽기도 한다. 소리 내어 읽기는 글자를 정확하게 읽는 연습을 한다는 의미다. 소리를 내어 읽기의 장점들도 있지만 재미있게 읽기가 먼저다. 독서량이 많아지면 소리 내어 읽기를 싫어한다. 생각의 속도보다 읽기의 속도가 느리기 때문이다. 뒷이야기가 궁금해서 생각은 이미 뒷이야기를 상상하며 그곳에 가 있는데 눈과 입의 속도는 따라가지 못하니 답답하다.

엄마가 옆에 있어주며 생각에 관심을 보이고 서로의 관심이 통할 때 대화를 나누는 독서가 습관이 되어 독서 중 생각을 나누고 싶을 때는 멀리 있는 엄마를 찾아온다.

생각 무기력에 빠진 아이들에게 생각을 강요하면 생각이 가출한다. 책을 읽은 후 네 생각이 무엇이냐고 물어 스트레스를 주기보다 편안히 생각을 나눌 수 있도록 옆에 있어주자.

제5장

독서 습관
환경 만들기

독서 교육은 언제부터 시작할까?

독서 교육에 관심을 가지게 된 계기는 20대 후반 독서 영재로 키운 푸름이 아빠의 강의였다. 강의를 듣고 당장 책 육아를 시작해보고 싶은 마음이 들었다. 책 육아로 영재를 만드는 기적 같은 일을 일으켜 보고 싶은 급한 마음에 두 살 된 조카에게 전집을 선물해주었다. 거금을 투자하여 전집을 사주었으니 고맙다는 말을 기대했다.

두 살밖에 안 된 애한테 책을 사주어 스트레스를 주는 극성 고모라는 핀잔과 쓸데없는 곳에 돈 낭비한다는 소리를 들었다. 책을 반품하고 필요한 장난감을 사달라는 아빠의 무식함을 용서하고 독서 영재로 키우고 싶은 마음으로 두 살 된 조카를 무릎에 앉히고 책을 읽어주기 시작했다. 매일 책을 읽어주니 조카의 언어 발달이 빨라졌다. 조카의 언어 발달을 직접 보면서 영·유아기 독서 교육의 중요성을 느끼고 공부하기 시작했다.

책으로 아이를 키워야 한다는 신념을 가지고 독서 라이프 코치를 하다 보면 어린 아이에게 책 읽기로 학습 스트레스를 주고 싶지 않다며 장난감만 사주는 아빠들에 대한 엄마들의 하소연을 듣게 된다. 아마도 조카의 경험이 없었다면 거짓말이라 생각했을 일이다. 독서의 중요성을 아는 부모들에게는 책이 생활 필수품이지만 모르는 부모들에게는 돈 낭비 하는 쓸데없는 사치다. 독서의 중요성을 아는 부모들에게 책 읽기는 사람을 만드는 기본 교육이지만 모르는 부모들에게는 스트레스의 원인이 된다.

현재는 독서 교육의 중요성이 알려져 많은 부모들이 책으로 아이를 키우고 있다고 생각한다. 책을 좋아하는 아이로 만드는 방법만 모를 뿐이지 책 읽기의 중요성은 많이 알고 있다. 이 시대의 아이들에게 가장 필요하고 시급한 교육은 생각력이라는 주제로 강의를 할 때 독서를 언급하게 된다. 강의 후에 언제부터 책을 읽어주면 좋을까요? 아직 한글을 몰라서 책을 안 읽어주는데 괜찮을까요? 라는 두 질문을 꾸준히 받는 것으로 보아 과거보다는 많은 가정에서 책 육아를 하고 있지만 아직도 많은 가정에 책 읽기의 중요성이 알려져야 한다는 사실을 알게 된다.

'언제부터 책을 읽힐까?'의 질문을 '언제부터 책을 읽어주어야 할까?'로 바꾸면 독서 교육의 시기가 달라진다. 책을 읽어주는 시기는 부모가 말을 할 수 있고 아이가 들을 수 있을 때다.

태아들은 내이가 형성되는 임신 20주경부터 듣기가 가능하며 사람 목소리에 민감하게 반응한다. 태어난 후에는 들어본 경험이 없는 소리보다 엄마의 뱃속에서 자주 들었던 소리들에 더 잘 반응한다. 뱃속에서 엄마가 자주 읽어주었던 동화책의 소리 패턴을 인식한다는 연구 결과도 있다. 태아들은 말의 의미를 이해하며 듣는 것이 아니라 음악을 들을 때처럼 언어의 일반적인 소리 패턴에 반응한다. 부모와의 정서적 교감을 위해서도 태아 때부터 책을 읽어주는 것이 좋다. 엄마의 생각도 이야기 해주고 '너는 어떻게 생각하니'라며 대화를 하듯 읽어주면 된다.

단순한 읽기와 대화는 다르다. 태아가 뱃속에 있을 때 대화를 태담이라고 한다. 태담은 뇌 발달에 가장 효과적인 태교법이고, 정서적 안정에도 도움을 준다. 태담을 한 경우 언어 습득력, 사회성, 운동, 감각신경 발달이 태담을 하지 않은 경우에 비해 뛰어나다는 보고가 있다.

독서 교육은 태교에서부터 시작이다. 아이는 태아 때부터 들을 준비가 되어 있으니 부모가 독서 교육을 알게 된 때부터 시작하면 된다. 한글을 아직 모르는데 책을 읽어줘도 될까요? 책을 읽어주면 한글을 더 빨리 깨우치게 된다. 아이의 뇌가 건강하고 섹시하게 발달하기를 바란다면 때를 기다리지 말고 책을 읽어주어야 한다.

책 읽기의 효과에 대해 들은 부모들은 마음이 급해져 '어떻게 읽어 줘야 하나요?'를 질문한다. 태아기와 신생아기에는 책 읽어주기가 아주 쉽지만 기어다니기 시작하고 자아가 형성되면서 '싫어'

가 일상어이기에 어려울 수도 있다. 특히 활동 반응형 아이들에게 책 읽히기는 쉬운 일이 아니다. 어떤 유형의 아들이더라도 연령에 따라 쉽게 하는 책 육아법이 있다.

태아기에는 전래동화와 자연관찰을 이용해서 태담을 하듯 읽어 준다. 자연관찰을 읽으면 자연에 대해 몰랐던 사실을 "아~ 그렇 구나"라며 알게 된다. 부모의 지적 호기심을 채워가는 과정을 아 이도 함께 느끼는 시간이다. 자연관찰을 부부가 함께 읽으며 "아 ~ 그렇구나, 신기하다, 왜 그러지?" 대화를 나누어보자. 부부 사 이도 좋아지고 자연스럽게 태담이 된다. 전래동화는 사람 사는 이 야기의 지혜를 담은 책이다. 아이가 살아가게 될 인생에 지혜를 부 모를 통해 듣는 시간이라는 마음으로 생각을 나누는 대화가 태교 하브루타다.

신생아는 자는 시간이 많다. 아이 옆에 누워 같이 잠을 자는 것도 정서적 안정을 주는 것이고, 엄마의 말소리를 들려주는 것도 정서 적 편안함을 준다. 아이 옆에 누워 엄마가 읽고 싶은 책을 소리 내 어 읽어주자. 틈틈이 엄마의 목소리로 정서적 안정감을 준다는 마 음으로 하면 된다. 전화로 불만 수다 떠는 것보다 책 읽어주기가 좋 다. 엄마 말에 담긴 부정적 기운이 아이에게도 전해진다. 책을 읽어 주는 시간만큼 정서적 편안함과 뇌 발달이 이루어진다.

영아기에는 기고 돌아다닌다. 책이 놀이도구가 되는 것을 허락하는 유일한 시기다. 책 읽기보다 많이 움직이도록 해주자. 스스로 많이 움직이는 행동에서부터 자발성이 싹튼다. 마음껏 기고 돌아다니는 공간에 책을 놓아주기만 하면 된다. 곳곳에 책을 세워두면 책을 목표물로 정하고 기어가 툭 건드려 넘어뜨리고 빤다. 영아기 아이가 책을 가지고 할 수 있는 놀이는 책장 넘기기, 책 던지기, 책 빨기, 책 건드리기, 책장에 책 빼내기 등이 전부다. 이런 활동이 아이에게는 독서 중이다. 마음껏 하도록 하자.

이 시기의 아이에게 책을 읽어주고 싶은데 가만히 있지 않는다며 방법을 묻는 엄마들이 있다. 가만히 듣고 있을 때만 책 읽기를 할 수 있다는 생각을 바꿔야 한다. 아이는 놀면서도 듣고 있으니 책 읽는 규칙적인 장소에서 소리내어 즐겁게 읽어주면 된다. 이야기를 싫어하는 아이들은 없다. 엄마의 목소리로 들려주는 이야기는 이 시기에 가장 좋은 교육 자료다. 아이의 태도, 집중력보다 꾸준히 읽어주기가 핵심이다. 책을 급하게 휘리릭 넘기는 것도 읽기의 시작이니 내용을 읽어주려 행동을 제지하지 않도록 하자. 이 시기의 아이 독서는 책을 오감의 놀잇감으로 활용하기와 엄마 목소리로 듣기다.

유아기에는 내용에 관심을 가지고 책을 읽는 시기이다. 이 시기에는 아이의 읽기 수준에 따라서 읽어주기와 읽히기가 병행되어진다. 한글이 빠르거나 독립적인 아이들은 혼자 읽으려 한다. 이때 자세와 글자에 맞게 읽기가 중요하지 않으니 훈련할 필요는 없다. 혼자 읽으면 대충 읽을 것 같은 불안감에 주시하거나 확인하는 질문은 심문이 되니 하지 말자. 어떠한 형태로 읽더라도 읽기를 환영해주자.

엄마가 읽어주기 힘든 시기다. 책 내용이 길어져 목이 아프다. 읽어줄 때 녹음을 해두었다가 다시 들려주거나 동화CD의 도움을 받으면 좋다. 동화 영상이 아니라 음성만 지원되는 CD의 도움을 받아야 한다. 간혹 음성만 지원되는 것보다 시각과 청각발달에 도움이 되도록 영상을 보여주는 것이 더 좋지 않겠느냐는 질문을 받는다. 영상이 아이들에게 주는 좋은 점을 아직 찾아보지 못했고, 나쁜 점에 대해서는 심각하다는 정보만 가지고 있으니, 아이 뇌를 망치고 싶지 않다면 영·유아기에는 최대한 노출을 하지 말라고 조언한다.

이 시기는 '책 읽기가 즐거워'라는 마음 들이기가 핵심이다. 간단한 게임을 활용하는 것도 도움이 된다. 예를 들어 틀린 글자 찾기 게임은 한 페이지에 한두 군데 틀리게 읽는 작은 행동으로 한글을 정확하게 알게 되며 집중하게 된다. 글자를 틀리게 읽을 때는 아이가 찾을 수 있게 단어 전체를 틀리게 읽어야 한다. 어느 정도 읽기가 가능하면 뺏어 읽기를 한다. 읽는 사람이 틀리면 읽기를 뺏어서 이어 읽어나가는 게임이다. 내용의 흐름을 방해하지 않는 간단한 게임을 하면 또 읽어달라는 요청을 받게 된다. 과도한 게임은 독서 습관에 방해가 된다. 스스로 책 읽기를 좋아하는 아이라는 자아상을 만들어가게 해주자.

아동기에는 책 먹는 아이로 다지는 시기이고 생각 독서법을 활용하는 시기다. 이 책 전반에 걸쳐 책 먹는 아이로 키우는 방법을 소개하고 있으니 자세히 읽어보기 바란다.

언제부터 책을 읽어주어야 할까?라는 질문이 사라지고 책 읽기가 생활이 되어 독서 힘이 우리나라 가정에 퍼지면 선진국이 된다.

세상에서 가장 센 힘은 지혜의 힘이다. 지식의 힘은 기계들에게 밀리고 있다는 것을 경험하는 시대를 살아가고 있다. 독서는 지식 창고이다. 지식을 활용하는 지혜의 힘은 많이 읽기만 하는 독서로는 어렵다. 많이 읽기를 강조하는 우리나라 독서문화를 읽고 말하고 쓰는 문화로 바꿀 수 있는 진정한 독서가들이 많아졌으면 좋겠다. 그 나라의 과거를 알려면 박물관을 가고, 현재를 알려면 시장을 가고, 미래를 알려면 도서관을 가라'는 말처럼 마트보다 도서관이나 서점에 가는 사람들이 많아져 우리 아이들에게 지혜의 힘이 강한 미래를 물려주기를 믿어본다.

어떤 책을 읽히면 좋을까?

좋은 것만 주고 싶은 부모의 마음이 독서 습관에도 나타난다. 어떤 책을 읽히면 좋을까? 전집이 좋을까, 단행본이 좋을까? 어떤 회사의 책이 좋을까? 등 좋은 책을 찾기 위한 질문을 많이 한다. 좋은 책을 읽히고 싶은 마음과 효율적인 소비를 하고 싶은 마음으로 인한 질문이다. 좋은 것만 주고 싶은 부모의 마음은 알지만 좋은 것만 주는 것이 아이에게 좋은 것만은 아니다.

예를 들어 우리나라 놀이터와 선진국의 놀이터를 비교해본다. 우리나라 놀이터는 안전한 상태에서 놀 수 있도록 만들어진 안전한 놀이터이고, 선진국의 놀이터는 위험한 상황으로부터 안전을 지킬 수 있는 능력을 키울 수 있도록 만들어진 놀이터다.

신문기사에 의하면 40여 년 동안 놀이터 디자인에 대해 고민해온 벨치히는 "안전한 놀이터가 가장 위험한 놀이터라고 결론을 냈다"고 한다. 놀이터 디자이너인 편해문 씨도 '건강한 위험'이라는 개념을 제시하며, 안전 신화에만 빠져 아이들의 자유와 놀 권리, 위험을 다루는 능력을 뺏고 있는 현실을 비판했다.

편 씨는 "아이들은 항상 위험 요소에 노출된다. 학교에서 깨진 병 조각처럼 '해로운 위험hazard'은 제거해야 하는 게 맞지만, 아이가 스스로 정성을 들이면 다룰 수 있는 위험risk은 제공해야 아이가 비로소 위험을 스스로 다룰 수 있게 된다"고 말했다. 그는 놀이터야말로 그런 '건강한 위험'을 배울 수 있는 장소라고 강조했다고 한다. 독서도 아이들의 놀이터다. 벨치히와 편해문의 생각을 독서 교육에 적용하면 좋은 책만 읽히기보다 좋은 책을 스스로 선택할 수 있는 능력을 키우도록 하는 환경이 건강한 책 읽기다. 좋은 책은 있지만 나쁜 책은 없다고 생각한다. 아이들에게 좋은 책이 있다면 내 아이가 좋아하는 책이 내 아이에게 가장 좋은 책이지 않을까.

책을 읽지 않아 고민이라는 집에는 책도 많고 주변에서 추천받은 좋다는 책들이지만 그 집 아이가 좋아하는 책들은 없다.

나는 실제로 딸아이가 갓 태어났을 때 유명한 회사에서 나오는 영아동화 전집을 50만 원 정도를 주고 산 책을 10살인 지금까지 펼쳐보지도 않은 채 이웃에게 줬다. 다른 아이들에게는 좋은 책이었고 상을 받은 가치 있는 책들이 포함되어 있었지만 내 아이에게는 좋은 책이 아니었다. 비싼 돈을 주고 샀기에 읽어주려고 애를 써도 관심이 없었다. 재활용 쓰레기 분리수거하는 곳에 버려진 꼬질꼬

질한 출판한 지 오래된 주워온 책은 마르고 닳도록 보았다. 출간한 지 오래된 책이라 시대에 맞지 않는 단어도 있었다. 예를 들면 친구를 동무라고 표현된 책이었다. 수상작도 아니었고 추천도서 목록에도 없었던 책이다.

또 어린이 책을 소개하는 전문지에 실린 추천 책을 구입한 적이 있다. 설명을 읽어보니 참 좋은 책이었다. 이 책만 읽으면 똑똑한 아이가 될 것 같은 착각과 추천도서 금딱지가 붙어 있으니 좋은 책이라는 믿음으로 구입했다. 몇 권만 읽고 우리 집에 오랜 시간 머물기만 하다가 그대로 이웃에게로 갔다. 그 책과 비슷한 종류의 지인이 사은품으로 받은 그림의 색도 선명하지 않았던 책은 마르고 닳도록 보았다. 좋은 책을 읽히고 싶은 욕심으로 비싼 값을 치르고 구입한 책이 우리 집에서는 사용하지 않는 비싼 쓰레기가 되었다.

독서 영재로 키운 부모들이 쓴 책, 독서 전문가들의 추천도서 목록을 파악하여 도서관에서 빌려준다. 잘 읽으면 사줄 요량으로 빌려보기를 먼저 한다. 어떤 책들은 좋아서 읽기도 하지만 어떤 책들은 다양한 방법으로 읽어보기를 시도했지만 재미없다며 읽지 않는다. 그 집의 아이에게는 그 책들이 좋은 책이 되었을 수 있다. 그 집 아이가 내 아이는 아니다.

어느 날은 자식을 잘 키웠다는 교수님의 이야기를 직접 만나 듣게 되었다. 자녀들이 모두 좋은 성적으로 좋은 대학에 다닌다니 잘 키운 것 같았다. 교수님은 책 읽기의 중요성에 대해 말씀해주셨다.

듣고 있던 한 분이 어떤 책을 제일 좋아했느냐는 질문을 했다. 교수님의 아이들이 어릴 적에 백 번도 더 읽었을 거라는 책을 말씀해주셨다. 좋은 책의 기준을 분명히 하고 있었는데도 교수님의 아이가 백 번도 더 읽었다는 말에 내 아이에게도 읽히면 좋은 대학을 갈 것만 같은 착각으로 집에 도착하자마자 책을 주문했다. 아이는 호기심을 가지고 한두 권 읽더니 손을 대지 않는다. 중고로 산 전집이라 다행이었다. 아직도 좋은 책, 추천도서, 책에 붙은 금딱지의 숫자에 흔들리기도 하는 엄마이지만 맹신하지는 않는다. 어른들도 책을 읽을 때 베스트셀러라는 순위에 현혹되어 책을 읽지만 끝까지 다 읽어내지 못한 책들도 있다. 같은 책을 읽고 왜 베스트셀러가 되었는지 이유를 모르겠다는 사람과 베스트셀러일 수밖에 없다고 극찬하는 사람도 있다.

좋은 책을 찾아 좋은 책만 읽히려는 노력보다는 다양한 책을 경험하게 하여 그중에서 흥미를 보이는 책을 읽게 하는 것이 가장 좋은 책이다. 좋은 책은 사람마다 다를 수 있다.

내 아이에게 좋은 책만 읽히고 싶은 엄마의 마음으로 좋은 책을 추천받아 읽혔지만 여러 번 실패한 경험이 있은 후 좋은 책은 내 아이가 좋아하는 책이라는 결론을 내렸다.

또 전집이 좋으냐 단행본이 좋으냐에 대해 전문가들의 의견도 다르다. 어릴 때는 전집을 읽히고, 크면 단행본을 읽히는 게 좋다는 의견도 있고, 어릴 때는 전집보다는 단행본을 골고루 읽는 것이 좋다는 의견도 있다. 전집의 좋은 점도 있고 단행본의 좋은 점도 있다. 즉 책이라면 모두 괜찮다. 우리 집 환경과 아이의 읽기 환경에 맞게 선택하면 된다.

아이들의 연령 발달에 적합한 책의 특성은 있다. 간단히 예를 들면 2살 정도에는 아이가 스스로 쉽게 넘길 수 있는 두께가 두툼한 종이로 된 튼튼한 책, 자동차와 동물 같은 물체가 있는 책, 가족들의 모습이 담긴 생활 속 이야기책처럼 아이의 일상생활과 비슷한 내용과 그림이 있는 책을 좋아한다. 그림이 크고 색이 선명하고 이미지가 단순한 그림책이 좋다.

3~4살 정도에는 움직임이 크고 단순한 그림의 책, 그림을 설명하는 간단한 글귀가 있는 책, 일상생활에서 필요한 규칙이 기록된 책 등이 좋다.

책 속에 그려진 그림을 통해 자신이 알지 못했던 사실을 발견하려는 태도를 보이는 4살 정도에는 추상적이고 모호한 이미지의 그림보다는 다양한 색감을 나타내는 책을 골라 단색과 부드러운 무채색의 차이를 느낄 수 있게 해주고, 동물, 식물과 관련된 계절별 곤충 책이나 동물 책 등으로 호기심을 높여준다.

5살 정도에는 그림에만 관심을 보이던 시기를 지나 스토리를 좋아하는 경향을 보인다. 의인화된 주인공의 이야기책, 스토리가 있는 긴 글도 흥미롭게 읽을 수 있다. 주인공의 감정이나 줄거리를 아이가 파악할 수 있도록 쉽게 설명되어 있는 책이 좋다.

6살 정도에는 전래동화, 동시, 일상에서 필요한 논리적인 이야기의 책과 동화와 같은 환상 속 스토리를 담은 책을 골고루 읽을 수 있도록 한다.

간단한 예에서도 느끼듯이 유아교육 전문가가 아니면 아이의 발달을 알 수 없기 때문에 독서 전문가나 교육 전문가들의 추천하는 책에 의지할 수밖에 없다.

그래서 필독서, 추천도서, 수상작 시리즈, 좋은 그림책 추천목록을 찾고 어떤 책이 좋은 책인가를 전문가에 묻게 된다. 연령 발달도 고려해야 할 부분이지만 읽기 수준의 발달도 고려해야 할 부분이라 어떤 책이 좋은 책이냐를 전문가에 묻기보다 아이에게 물어야 한다. 읽기 발달 수준에 맞지 않는 책은 아이가 싫어한다. 읽힐 수도 없다.

어떤 책이 좋은 책일까? 에 대한 질문에 대한 생각을 정리해본다.

첫 번째, 좋은 책은 있지만 나쁜 책은 없다.

아이가 인생에 책을 스스로 선택할 수 있도록 환경을 만들어주자. 집에 다양한 책을 확보해두거나 책이 많은 환경에 노출을 해주면 스스로 책을 선택해서 읽게 되고 좋아하는 책이 생긴다. 우리집에는 책이 많다. 책을 물려준다고 하면 좋은 책인지를 따지지 않고 받아온다. 전문가들이 좋은 책이라고 추천하는 책도 도서관에서 많이 빌려온다. 다양한 책을 놓아주면 아이가 스스로 읽고 싶은 책부터 골라 읽는다. 책을 고르는 과정을 통해 선택력과 내용 예측하기, 핵심단어를 뽑아 제목 만들기를 배운다. 스스로 선택하여 읽게 하고 읽은 책 중에서 좋은 책을 찾아낼 수 있도록 하자.

두 번째, 내 아이가 좋아하는 책이 좋은 책이다.

세상 사람들이 다 좋은 책이라고 해도 아이가 읽지 않으면 그 아이에게는 책이 아니다. 아이가 좋아서 읽고 또 읽는 책이 좋은 책이다. 좋아하는 책은 여러 번 읽게 되고 영향을 받는다. 좋은 책은 부모가 좋은 책을 구해주기보다 좋아하는 책이 무엇인지 발견하는 환경을 주는 것이다. 아이가 한 권의 책을 백 번 읽은 것은 백 권의 책을 읽은 것과 같다.

세 번째, 좋은 책은 바뀔 수 있다.

조급하게 읽히려 하면 책 읽기를 싫어하게 된다. 예를 들면 초등학교 선생님들이 추천하는 책이라는 문구를 보고 혹 했던 책을 친척에게 물려받게 되었다. 읽히고 싶은 조급한 엄마의 마음으로 읽어주겠다고 자청해서 읽기에 들어갔다. 그 당시에는 읽기 싫다고 거부하던 책을 몇 년이 지난 후 재미있다며 읽었다. 그 당시에는 관심분야가 아니었던 책이 아이의 관심에 따라 좋은 책이 되었다. 관심이 옮겨 갈 수 있도록 다양한 책이 있다는 경험만으로도 충분하다.

네 번째 모든 아이들의 연령에 적합한 책에만 의존하지 말아라.
아이가 초등 저학년이더라도 초등 고학년의 책을 빌려놓아 적합
한 책인지를 스스로 선택하게 한다. 초등학교 고학년이더라도 동
화책을 빌려놓아 적합한 책인지를 스스로 선택하게 한다. 나는 연
령 고려하지 않고 내 기준으로 좋은 책이라 판단되는 책을 골라 빌
려놓는다. 고학년 수준이라는 책도 재미있게 읽는 책들도 있다.

전문가들이 추천하는 좋은 책의 종류, 발달에 적합한 책의 종류
를 알아야 하고 읽어주는 것도 좋지만 참고할 수 있는 정보가 되
어야지, 내 아이에게도 꼭 읽혀야 하는 좋은 책이라 맹신하지는 않
았으면 좋겠다.

이런 이유에서 이 책에 추천 책을 기록하지 않았다. 부모들이 좋
은 책을 추천해달라는 질문에는 "아이의 마음을 따라가 보는 게 제
일 좋다"라고 답해드린다. 가장 좋은 책은 아이가 스스로 선택해서
읽고 재미있어서 여러 번 읽은 책이다. 좋은 책이 아이의 독서 습
관을 만들어가는 것이 아니다. 부모는 아이들이 스스로 선택하여
읽을 수 있도록 환경을 만들어주면 된다.

도서관에 자주 데리고 간다고
독서 습관이 생길까?

많은 사람들이 독서 습관을 위해서 도서관에 자주 데리고 가라고 조언한다. 도서관을 자주 데리고 다니면 독서 습관이 생길까?

어릴 때부터 독서 습관을 위해 도서관을 데리고 다녀보려 하지만 우리나라 모든 도서관에서 가장 중요한 것은 '조용히'다. 아이들은 '조용히'할 수 없는 존재다. 예를 들면 아빠와 세네 살쯤의 여자 아이가 도서관에 왔다. 아빠가 아이에게 도서관은 '조용히 하는 거야'라고 설명을 하니 딸아이가 아주 큰 소리로 '네'라고 대답을 한다. 그 모습을 보며 그게 아이라며 혼자 웃어보았다. 어린아이들을 위해 책 읽는 공간에는 책 읽어주는 풍경보다는 장난을 치며 노는 아이들의 모습을 더 많이 보게 된다. 장난치는 아이들의 목소리가 커지면 '조용히' 하라는 말을 듣게 된다. 어린 아이들의 창조성을 죽이는 대표적인 말이 '조용히'다. 어린아이들에게 도서관은 독서 습관을 들이기 위해 적합한 곳이 아니다. 세상에는 많은 책이 존재한다는 것과 책 읽는 많은 사람이 있다는 것을 느끼게 해주는 정도의 효과는 있다.

또 유아기 이후 아이들이라 하더라도 독서 습관이 없는 아이들과 도서관 나들이는 부모를 먼저 지치게 한다. 집에 언제 가느냐? 무엇을 읽어야 하느냐? 재미가 없다 등의 계속 되는 징징거림에 지치고, 주기적으로 다닐 거라는 쐐기를 박아보지만 집을 나서면서 가기 싫은 아이를 달래느라 지친다.

반대로 독서 습관이 있는 아이들에게는 놀이동산이고 보물이 가득한 보물섬이다. 보물섬을 탐험하듯 즐거운 마음으로 간다. 도서관을 갈 때는 돌아오는 시간을 약속하지 않으면 문을 닫을 때까지 있어야 한다. 바쁜 일이 있어 일찍 돌아와야 하는 날에는 바쁜 엄마와 읽고 싶은 아이 마음 사이에 실랑이가 벌어진다.

엄마가 먼저 도서관 가자고 사탕 주며 설득하지 않고 아이가 먼저 "엄마! 도서관 가고 싶어요"라고 말하기를 바란다면 아래의 방법을 실천해보기 바란다.

첫 번째는 책에 대한 긍정적 감정 심기다.

독서 습관을 들이기 위해서 도서관을 먼저 가는 게 아니라 책은 재미있다는 마음을 들게 해야 한다. 우리나라 도서관은 아이들에게 조용히 해야 하는 또 하나의 학습장이다. 아이들이 조용히 해야 하는 시간은 학교, 유치원에서 생활하는 시간만으로도 충분하다. 학교 끝난 이후에 또 조용히 해야 할 곳으로 보낸다는 것은 학대 수준이다. 아이들은 조용히보다 말하기를 좋아한다. 신나는 일이 있을 때는 목소리와 웃음소리가 커진다. 책 읽는 재미에 빠진 아이들은 조용히를 강요받지 않아도 자연스럽게 조용하다. 가정이 아이에게 최초의 도서관이다. 책에 대한 긍정적인 마음을 가질 수 있도록 환경을 만들어준 후 좀 더 크고 여러 사람이 이용할 수 있는 공공 도서관 둘러보기 정도로 즐긴다.

도서관을 이용하는 초반에는 '책이 많은 곳, 책 읽는 사람이 많은 곳이구나'를 잠깐 둘러보는 정도로만 한다.

두 번째는 도서관 이미지 만들기다.

도서관을 데리고 가기보다 상상하게 해준다. 아이가 재미있어 했던 책이나 재미있어 할 책을 빌려와 읽어준다. 재미있는 책을 빌려온 곳은 궁전이라는 상상공간을 만들게 해준다.

"우리가 사는 집이 있는 것처럼 책이 사는 집이 있어(책의 집이 상상공간이 되도록 궁전, 왕국, 보물섬, 놀이동산 등의 명칭을 사용한다.) 그 왕국에는 재미있는 책, 신기한 책, 새로운 책, 어려운 책, 엄마가 읽는 책 등 다양한 책들이 모여 살지"라는 등의 이야기를 만들어 들려준다.

도서관을 데리고 갈 때는 "도서관 가자"보다 "그 왕국에 책들이 책을 좋아하는 친구들을 초대하는데 너도 초대를 받았으니 함

께 가자"라며 가보자. 아이가 상상했던 왕국이 아니라 실망스러워
할 수도 있다. 엄마의 상상과 네 상상이 달랐구나 정도로 실망한 아
이의 마음을 달래준다. 실망보다 상상하는 시간의 효과를 누려라.

책이 있는 서가는 한번 훑어 보기 정도로 하고 편의점, 휴식공간,
카페 등의 부대시설을 이용한다. 나는 7살에 도서관을 자주 데리고
갈 수 있게 되었는데 도서관보다는 실내놀이터를 데리고 갔다가 알
맞은 표현이다. 집 근처 도서관에는 작은 실내 놀이터가 있었다. 더
운 날, 추운 날 아이에게 놀이터가 되어주었다. 실내 놀이터에서 신
나게 놀다가 어린이 열람실 문 닫기 전에 책 한두 권 빌리고 집으로
돌아오는 길에 길거리 포장마차 분식도 사먹었다.

아이는 엄마가 빌려오는 재미있는 책이 있는 보물섬을 가보고
싶어 했고 날씨 관계 없이 놀 수 있는 놀이터를 보물섬이라며 좋아
했다. 도서관에 머무는 시간동안 신나게 놀고 책 한두 권 대출해왔
을 뿐인데 아이의 인식 속에는 도서관은 놀이동산이고 재미있는 이
야기책이 가득한 보물섬이 되었다.

현재 아이가 좋아하고 자주 가는 곳은 서점과 도서관이다.

세 번째는 시리즈 이용하기다.

요즘 시리즈로 읽는 재미있는 책들이 많이 있다. 오전시간에 엄
마 혼자 가서 시리즈를 빌려놓는다. 주의할 사항은 시리즈 두 권
정도만 빌려둔다. 빌린 시리즈가 재미있으면 다음 이야기가 읽고

싫어 스스로 도서관을 가자고 한다. 시작하는 책만 빌려주고 이어지는 책들은 읽고 싶은 마음을 이용해 스스로 빌려보도록 도와만 준다. 읽고 싶은 책이 대출 중이어도 서점에서 책을 사주지는 않는다. 예약을 해놓아 더 간절한 마음이 들도록 한다. 시리즈가 만화면 어떻게 하나요?라는 질문에는 만화여도 시리즈면 좋다라고 말해준다. 만화 시리즈는 도서관을 자주 가게 하는 정도로만 활용하면 되기 때문이다. 도서관은 책을 지속적으로 읽도록 하는 징검다리가 된다. 도서관에 책을 반납하러 갔다가 대출해오게 되기 때문이다.

네 번째는 도서관을 부분만 활용하기다. 반납한 곳, 신간도서 코너 활용하기다.

도서관을 자주 이용하는 게 좋다라는 말을 듣고 부모들이 쉽게 하는 실수는 아이에게 읽고 싶은 책을 골라보라고 하는 거다. 일상생활에서 작은 것도 선택해본 경험이 적은 아이들이 도서관에 있는 수만 권의 책에서 고를 수 있을까.

선택할 수 있도록 제한이 필요하다. 반납하는 곳과 신간 코너는 재미있는 책 고르기에 적합하다. 반납하는 곳의 책은 다른 아이들이 어떤 책을 읽고 있는지를 한눈에 알 수 있고, 서가에 꽂혀 있는 책들보다 재미있을 확률이 높다. 신간코너에는 주민들이 신청한 책과 요즘 새로 나온 책들 중 선택된 책들이 있는 곳이다. 많은 곳보다 제한적인 곳에서 선택하기 쉽다.

다른 사람들은 무슨 책을 읽을까를 쇼핑하는 기분도 좋다. 새로 나온 책들은 어떤 책이 있을까를 쇼핑하는 기분도 좋다.

읽고 싶은 책이 정해졌다면 검색하면 되지 않느냐, 검색해서 찾는 것도 선택이지 않느냐는 질문에 검색하여 찾는 방법도 아이 스스로 할 수 있도록 하는 환경이 먼저라고 대답한다. 엄마가 검색해주고 찾아주는 것보다 스스로 검색하고 싶을 때까지 기다려주면 좋다. 딸아이는 사람들이 검색하는 모습을 지켜보는 것도 재미있어했다. 엄마와 사람들이 검색하고 책을 찾는 과정에 익숙해진 어느날 검색을 하여 분류번호를 종이에 적는다. 도서관 도우미 학생들에게 적은 책을 찾아달라며 부탁을 한다. 학생들은 친절하게 안내하며 찾는 방법을 설명해준다. 여러 번 학생들을 괴롭히더니 요즘은 혼자 가능하게 되었다. 읽고 싶은 책을 정하고 기록하고 검색하고 찾는 과정도 스스로 학습이다. 도서관을 자주 활용하는 효과다.

다섯 번째는 방학 활용하기다.

독서하기 가장 좋은 계절은 가을이라고 하지만 아이들에게 독서습관 들이기 가장 좋은 계절은 여름이다. 봄, 가을은 놀이터에서 놀기에 좋은 계절이기에 책 읽을 시간이 상대적으로 적다. 겨울은 추워서 밖에 나가기 싫은 계절이라 집에서 독서하기 좋은 계절이고 여름은 시원한 곳인 도서관이나 서점을 가기에 좋은 계절이다. 나는 여름에 의도적으로 집에서 에어컨을 거의 틀지 않는다. 학교에서 돌아온 아이는 덥다고 성화다. 딸아이에게 더위를 식히는 곳은 도서관이나 서점이기에 "엄마 도서관 가요"라는 말을 먼저 한다.

여름방학은 살고 있는 시에 있는 도서관을 돌아가며 다니고 다른 도시에 이색 도서관이 있다면 가본다. 요즘 도서관은 부대시설이 많아서 하루를 머물러도 지겹다는 느낌이 들지 않을 만큼 다양한 공간이 있다.

도서관 이용하기에 주의할 점은 아이가 스스로 하고자 하는 마음이 들게 하는 게 먼저다.

도서관 이용하는 모든 방법에 부모가 알려주는 것은 수동적 학습이고 스스로 하고 싶은 마음으로 물어서 배워가는 것은 자발적인 능동적 학습이다. 스스로 도서관을 이용하는 재미까지 더해지니 도서관 가는 일이 즐겁다. 도서관을 자주 간다고 하더라도 부모가 찾아준 책을 읽거나 빌려오기만 한다면 도서관을 다녀왔다고 말할 수 있을까. 도서관은 보물이 가득한 보물섬이고 보물을 찾는 모험을 즐길 수 있는 곳이다. 스스로 찾은 보물들을 가지고 놀면서 다른 보물을 창조할 수 있는 곳이 도서관이다. 책 읽기가 즐거움이고, 읽고 싶은 책이 있고, 스스로 읽고 싶은 책을 찾아 읽고, 책 속에서 지혜의 보물을 찾아내는 맛이 좋으면 저절로 독서 습관이 생긴다.

나는 도서관을 자주 다녀서 독서 습관을 가지게 된 것이 아니다. 책 읽기가 재미있어서 도서관을 다니게 되었고, 도서관을 자주 가니 읽고 싶은 책들이 많아진다. 이번에는 책 대출하지 말아야지 다짐을 해도 도서관을 나올 때는 책이 손에 들려 있다. 대출한 책은 기간 내에 읽어야 하니 더 많은 시간 독서를 하게 된다. 도서관에서 꿈을 찾았고 꿈을 키웠고 꿈을 이루어가고 있다. 딸아이도 엄마처럼 도서관을 좋아하고 꿈을 키우고 있는 중이다.

우리 아이는 쇼핑하러 서점에 간다

쇼핑이 누군가에는 즐거움일 수 있고 누군가에게는 노동일 수도 있다. 나처럼 육신을 치장하는 데는 재주도 없고 관심 없는 사람은 쇼핑몰을 쇼핑하는 일은 노동이다. 독서 라이프 코치가 되기 전에는 타인이 바라보는 시선에 맞추어 사느라 육신을 치장하는 데 많은 시간과 돈을 썼다. 옷은 사도 사도 다음에 입을 옷이 없었다. 옷에 맞는 액세서리 값도 만만치 않았고 신어야 할 신발과 구두도 여러 켤레여야 했다. 경험을 통해 돈을 써서 꾸밀수록 외면의 세련미가 높아지고 주변의 부러움을 사는 일이 많다는 것을 알고 있다. 지금은 타인의 시선보다 내면의 소리에 더 신경 쓰게 된다. 독서 라이프 코치가 되기 전에는 신상 옷을 보고 고르는 즐거움이 행복했고 쇼핑몰의 고급스러운 분위기와 향기가 좋았다. 지금은 새로 나온 책을 보고 고르는 즐거움이 행복하고 서점의 지성스러운 분위기와 향기가 좋다.

오래전에 구입한 옷을 입고 다니는 외형의 모습을 부끄러워 할 줄은 알면서 의식수준이 성인 전에 머물러 있는 것을 부끄러운 줄 모르는 것이 더 부끄러운 일이지 않을까. 아이들은 부모가 보이는 삶의 방식대로 자기 삶의 방식을 만들어간다. 부모가 외형적인 것과 타인의 시선만 신경 쓰고 살아가면 아이도 외형과 타인의 시선이 기준이 된다. 나는 아이가 외형을 치장하는 쇼핑을 즐기는 아이보다 내면을 채우는 쇼핑을 즐기는 아이로 키우고 싶은 엄마다. 아이의 외형을 바꾸려고 노력하기보다 내면을 가꾸는 일을 더 중요하게 생각한다.

예를 들면 딸아이는 키가 작은 편이다. 같은 반 27명을 키 순서대로 한 줄로 세우면 첫 번째, 두 번째 자리는 아이의 자리다. 제 나이의 평균보다 키 작은 아이에게 주위 사람들은 매일 상처를 준다. 1학년 때는 6살이냐고 묻고, 2학년 때는 이제 초등학교 입학 하냐고 묻는다. 아이들에게 학년이나 나이는 자랑스러운 권력이나 마찬가지다. 아이들끼리 만나면 너 몇 학년이냐며 까불지 말라는 권력을 행사한다. 주변 사람들이 무심코 하는 말 한마디에 아이의 기분이 나쁠 수도 있지만 영혼이 건강한 아이는 잘 이겨나간다. 키 크게 하는 여러 방법을 소개 받았지만 외형의 키보다 내면의 키를 키우기로 했다. 외면은 아무리 가꾸고 치장을 해도 시간이 갈수록 늙어가지만 내면은 가꾸면 가꿀수록 더 젊어지고 건강해진다. 외면의 아름다움은 쓸 곳이 제한적이지만 내면의 아름다움은 쓸 곳이 많다. 외면의 아름다움은 가꾸면 가꿀수록 돈이 들지만 내면의 아름다움은 가꾸면 가꿀수록 돈이 벌린다. 외면을 가꾼다고 내면이 아름다워지지는 않지만 내면을 가꾸면 외면도 빛이 난다. 잘 먹어야 키가 큰다고 잔소리 하는 아빠에게 본인은 키 작지만 마음은 큰 아이라서 괜찮고, 마음 힘이 큰 사람이 키 큰 사람보다 더 강한 사람이라며 응대한다. 키보다 마음크기라고 하지만 간혹 키 작은것이 신경이 쓰이나보다. 110cm의 작은 거인 이지영의《불편하지만 불가능은 아니다》라는 책을 읽은 후부터는 간혹도 사라진 듯하다.

서점 쇼핑은 소비심리를 이용한 자극이다. 사람들은 소비를 하는 행위를 하면서 스트레스를 푼다고 한다. 무엇인가를 내 것으로 구입하면서 소비하는 행위가 사람들에게 일하는 맛을 준다. 우리는 올바른 소비심리를 자극하는 쇼핑하러 서점에 간다.

아이와 함께 쇼핑몰에 가면 아이는 신기한 것들이 많아서 만지고 싶어 하고 엄마는 못 만지게 해야 한다. 아이는 물건을 사는 데 관심이 없고 엄마는 아이의 마음에 관심이 없다. 반대로 서점을 쇼핑하러 갈 때는 자유롭다. 아이가 신기해하는 것을 만져볼 수도 있고 펼쳐볼 수도 있다. 좋아하는 책을 만나면 시간 가는 줄 모르고 집중을 한다. 도서관에서 빌리기도 하지만 쇼핑으로 구입하는 이유는 구입한 책과 빌리는 책의 차이 때문이다.

결혼하기 전에는 책을 구입해서 읽었지만 결혼을 한 후에는 책값 지출이 생활비에 차지하는 비율이 높은 관계로 빌려서 읽었다.

구입해서 읽으면 지혜가 내 것이 되고, 빌려서 읽으면 지혜도 빌려 읽는 듯하다. 구입한 책에는 밑줄 긋고 생각도 쓰고 나중에 다시 읽어볼 수도 있고 책장에 꽂힌 걸 볼 때마다 내용을 회상하게 된다. 빌린 책은 깨끗이 보고 돌려주어야 한다. 돌려주고 나면 머릿속에 생각도 돌려준 느낌이다. 독서량이 많아서 경제적인 면도 고려해야 하기에 빌려서 읽는 것과 사서 읽는 것에 균형을 맞추고 있다. 빌리는 것과 구입하는 것에 차이가 독서 습관에 영향을 준다는 것을 알기에 아이는 책을 쇼핑하는 즐거움을 주고 싶다. 서점 쇼핑 초기에는 책 선택을 힘들어 하고 부모가 보기에 돈 주고 사기에 아까운 책들도 있지만 아이에게는 소유하는 즐거움을 준다. 쇼핑을 하면 할수록 즐거워지는 것처럼 서점에서 책을 사면 살수록 사고 싶어진다.

서점 쇼핑을 할 때는 두 가지 원칙만 기준으로 하고 가정환경에 맞게 하면 된다.

원칙 한 가지는 아이가 원하는 책을 한 권 살 수 있도록 한다.
책 선택은 아이의 마음에 맡겨두고 부모는 개입하지 말아야 한다. 부모의 눈에 돈을 주고 사기 아까운 책들도 있지만 좋은 책을 사기 위해서가 아니라 책을 구입하는 손맛을 느끼게 하기 위해서라는 것을 기억하자. 부모의 불안한 마음을 가라앉히기 위해서 주의사항을 만들어주는 방법도 있다.

나는 책은 자유롭게 선택하되 만화책은 살 수 없고, 한 권만 살 수 있다는 주의사항을 만들었다. 만화책을 좋아하는 아이들은 주로 만화책만 선택하게 된다. 만화책은 약방에 감초와 같은 역할이어야지 독서의 전부가 되어서는 안 된다. 한 권만 사게 하는 이유는 결핍을 이용한 간절함을 자극하기 위해서다. 한 권으로 제한하면 비교하는 시간이 길어진다. 비교하기를 통해 책을 보는 안목이 생긴다. 읽고 싶지만 선택하지 못한 책을 구입하기 위해 다음에 또 오고 싶어진다.

원칙 또 한 가지는 아이가 계산한다.

부모가 계산하는 것과 아이가 계산하는 것의 차이는 소비의 주인이 누구냐의 차이다. 부모가 계산한다면 부모만 소비하는 욕구를 채우게 된다. 또 책을 계산하는 행위는 생활 속 수학공부다. 연산력을 위해 거스름 돈이 있는 액수를 준다. 예를 들면 책값이 13,000원이면 15,000원이나 20,000원을 주어 거스름돈을 정확하게 받았는지 확인하게 한다. 주의 사항은 아이에게 카드를 쥐어주어서는 안 된다. 연산력을 위해서가 아니라 올바른 소비 경제교육 때문이다. 식당에 가면 아이에게 카드를 주어 직접 계산을 해보게 하는 경험을 시키는 부모들을 종종 본다. 경제 교육 차원에서 하지 말아야 할 경험 중 하나다.

서점 쇼핑을 즐기게 된 후에는 인터넷 서점을 이용한 책 구입도

한 번씩 해준다. 책을 읽으면 읽을수록 읽고 싶은 책이 많아진다. 책 속에서 책을 발견하고 신문에서 신간을 발견한 아이는 읽고 싶은 책 제목을 적어주며 엄마처럼 택배 아저씨에게 받고 싶다고 한다. 인터넷 서점이 있다는 것을 알려주고 함께 인터넷으로 쇼핑을 한다. 아이가 읽고 싶어 하는 책을 주문해주면 아이는 사랑하는 연인을 기다리듯 책을 기다린다. 읽고 싶은 책을 기다리는 아이의 행복을 보는 엄마도 행복하다.

명품 가방 하나 없고, 세일하는 옷만 사고, 아이로션 같이 바르는 짠돌이 구질구질한 엄마이지만 아이의 지혜를 사는 일에 돈을 아끼고 싶지는 않다. 구질구질하다고 말하는 자신을 부끄럽게 여기지 않고 당당히 말할 수 있는 것은 독서로 내면 힘이 커진 후에 생긴 자신감이다.

키 작다고, 피부가 다르다고, 몸의 크기와 모양이 다르다고 감추거나 바꾸려는 아이보다 자신이 가진 것에 감사하며 당당할 수 있는 아이가 자존감이 큰 아이다.

우리는 쇼핑하러 서점에 간다.

부모가 사주는 책을 읽는 아이와 본인이 직접 고른 책을 읽는 아이의 마음은 어떨까?

부모가 사주는 책만 읽는 아이 생각력과 본인이 직접 다른 책들과 비교하며 선택한 책을 읽는 아이 생각력에는 어떤 차이가 있을까?

책을 싸구려 장식품이 되게 하라

　오래전에 아이들 교구수업을 하는 선생님인 적이 있었다. 수업을 위해 기본으로 준비되어야 하는 교구는 백만 원이 넘었고 보조교구와 교재까지 들이는 집은 몇백 만원이다. 15년 전이니 돈의 가치는 지금과 차이가 있다. 아이에게 좋은 교육을 해주고 싶은 마음으로 비싼 교구를 구입해놓고 훼손되거나 잃어버리지 않도록 아이들 손이 닿지 않는 곳에 보관을 해두었다가 수업하는 날만 꺼내놓는 엄마들이 많았다. 교구 값이 비싸 구성품 한 개를 잃어버렸을 때 아까운 마음은 이해하지만 교구를 구입한 목적을 잃어버리는 것 같아 안타까웠던 기억이다.

　목적을 모르는 안타까운 일을 나는 비싼 옷으로 한 적이 있다. 아이가 어릴수록 비싼 옷은 자율성에 해를 끼친다. 비싼 옷을 입히는 날은 행동에 제한이 많이 따른다. 비싼 옷을 망치기라도 한 날에는 인생을 망친 것처럼 조심하지 못한 것에 화를 낸다. 싸구려 옷을 입히는 날은 반대가 된다. 막 입고 버리면 된다는 마음으로 지워지지 않는 것을 묻혀도 웃어줄 수 있다.

비싼 옷과 싸구려 옷 둘 중에 옷의 기능을 더 많이 하는 쪽은 싸구려 옷이다. 아이도 행동이 자유로울 수 있고 혼나지 않는 막 입는 옷을 원하지 않을까.

책도 옷 입히는 것과 같다. 책은 영혼의 옷 입히기다. 비싼 옷, 비싼 교구처럼 비싼 책을 구입하게 되면 책을 구입한 목적과는 달리 거실 잘 보이는 곳에서 뽐내는 고급 장식품이 될 수도 있다.

비싼 책을 구입하지 말자가 아니라 책은 싸구려 장식품처럼 편하게 많이 활용하라는 말이다. 이것은 깨진 유치창의 심리를 이용한 독서법이다.

깨진 유리창 이론은 1969년 스탠포드 대학 심리학 교수였던 필립 짐바르도Philip Zimbardo는 유리창이 깨지고 번호판도 없는 자동차를 브롱크스 거리에 방치하고 사람들의 행동을 관찰했다. 사람들은 배터리나 타이어 같은 부품을 훔쳐가고 더 이상 훔쳐갈 것이 없자 자동차를 마구 파괴해 버렸다.

깨진 유리창 하나를 방치하자, 그 지점을 중심으로 점차 범죄가 확산되어 간 것이다. 1982년 미국의 범죄학자 조지 켈링George Kelling과 정치학자 제임스 윌슨James Wilson은 이 실험에 착안하여, 미국의 월간지 《애틀랜틱 먼슬리Atlantic Monthly》에 기고한 글에서 '깨진 유리창 이론'이라는 명칭을 최초로 붙였다.

깨진 유리창 하나를 방치하자, 그 지점을 중심으로 점차 범죄가 확산되어 간 것처럼 책도 싸구려 장식품처럼 방치해 놓고 마음껏 만지게 하면 점차 책 읽기가 확산되어 간다.

책을 집 곳곳에 놓고, 바닥에 깔아놓고, 발에 밟히고 항상 눈에 띄어 손에 잡히게 해두자. 책은 손만 뻗으면 잡히는 장난감이고 매일 막 가지고 놀아도 되는 장난감이어야 한다. 아이가 어릴수록 입으로 빨고 손으로 찢으면서 읽는다. 영아기에는 책을 물어뜯거나 찢기는 독서준비 단계이니 마음껏 빨고 찢도록 두어야 한다. 그 시기가 지나면 책을 찢지 않게 된다. 대개의 아이들은 그 시기가 지나면 책은 읽는 것이라는 것을 눈치로 안다. 눈치가 느려 모르면 가르쳐주면 된다. 책 읽는 재미를 아는 아이는 찢거나 함부로 하지 않고 소중히 다룰 줄 알게 된다. 처음부터 어른처럼 책을 읽는 아이들은 없다. 물고 빨고 던지고 쌓으며 놀이로 친근감이 형성되고 엄마의 책 읽어주기를 통해 재미있는 이야기를 경험하며 읽기를 좋아하게 된다.

고급스러운 책꽂이에 고급스럽게 꽂혀 있어도 부담스러워 하지 않고 편하게 빼내 읽을 수 있을 때까지는 책으로 집을 지저분하게 해야 한다.

아이가 어렸을 때 우리 집은 항상 책으로 지저분한 환경을 만들어 주었다. 현관문을 열고 들어오며 재활용 종이상자에 가득한 책이 있었고 거실 바닥 곳곳에 책을 깔아두고 세워두었다. 방방마다 책이 널브러져 있었다. 집을 방문한 손님들은 널브러져 있는 책을 보고 눈살을 찌푸리기도 했다. 딸아이는 기어가다 손에 잡히는 책을 넘기고 찢고 빨면서 책과 친해졌다. 이리 기어도 책, 저리 기어도 책이었기에 책을 제일 많이 가지고 놀았다. 책을 읽기 시작할 때부터는 널브러져 있는 책들 중에 손이 가는 책을 덥석 잡고 읽는 것이 일상이 되었다. 워킹맘일 때는 어쩌다 집에 있는 주말에만 책을 가지고 놀 수 있었지만 독서 습관 환경만은 책이 싸구려 장식품이 되도록 했다. 책을 보지 않더라도 전혀 신경쓰지 않고 싸구려처럼 막 만지고 놀 수 있도록 해두었더니 깨진 유리창을 눈치 보지 않고 돌을 던져 깨듯이 책을 가지고 놀았다. 책을 어디에서든 보게 되는 아이는 책 읽는 것이 자연스럽다. 책이 많은 도서관이나 서점에 가도 부담감을 느끼지 않고 두꺼운 책도 부담감을 느끼지 않는다.

비싼 책이더라도 싸구려처럼 활용하면 비싼 값을 한다. 비싼 값을 주고 산 물건이더라도 많이 사용하면 아깝지 않다. 우리 집은 책을 귀하게 여기지만 고급스럽게 다루지는 않는다. 가족 각자 읽는 책이 여기 저기 널려 있다. 아이가 초등학생이 되면서부터는 널브러져 있는 환경에서 책장에 정리된 환경으로 바꾸기 시작했다. 하루라도 책을 읽지 않으면 입안에 가시가 돋치는 아이가 되었기에 가지런히 정리가 되어 있어도 부담감을 느끼지 않는다. 지금은 이동 동선을 따라 책을 가지런히 정리해두는 정도다.

곳곳에 책이 있으니 책을 보지 않을 수 없고, 보게 되니 읽지 않을 수 없다. 집은 지저분하지만 영혼과 생각이 고급스러워지니 오히려 기쁘다. 집을 깨끗이 하고 고급 인테리어와 장식품으로 가득한 환경이 나쁘다라고 말하고 싶지는 않다. 정신이 고급스럽게 깃들어 있다면 말이다.

정신이 고급스러워지는 아이의 모습을 지켜보는 부모의 행복을 느껴보라. 세상을 다 얻은 것처럼 든든하다. 나는 딸에게 나의 딸이 아니라 나라의 딸이라고 말한다. 세상을 널리 이롭게 하기 위해 태어난 나라의 딸이다. 큰 품으로 크게 키워서 큰 인물이 되도록 하는 것이 엄마로서의 사명이다.

큰 인물로 키우는 돈 적게 들이고 쉬운 방법 중 하나로 독서를 선택했고 독서를 위해 집이 지저분함을 참아내며 책이 싸구려 장식품이 되게 했다. 고급스러운 장식품이 많다고 삶이 고급스럽지는 않다. 생각이 고급스러워야 삶이 고급스럽다. 독서 습관을 위해서는 책이 싸구려 장식품이 되어야 한다.

독서를 하면 큰 인물이 되느냐며 비아냥거리는 사람들도 있다. 그 사람의 인격이 부족해서가 아니라 독서를 하지 않아서 독서의 위대한 힘을 믿지 못하기 때문이다. 큰 인물들의 공통점은 매일 독서를 했다는 점이다. 독서를 할 때 뇌 활성화 정도가 과학적으로도 증명이 되었는데 믿지 못하고 사교육으로 눈을 돌리는 부모의 마음은 자식을 남에게 맡기겠다는 것처럼 느껴진다. 자식을 잘 키워 줄 최고의 교사는 엄마다. 내 아이를 맡아줄 좋은 교육, 좋은 교사를 찾아다니지 말고 아이의 영혼에 가장 고급스러운 독서를 내 아이의 가장 좋은 교사인 엄마와 함께하자.

독서에 약이 되는 보상, 독이 되는 보상

우리나라 교육에 보상과 벌이 많이 사용된다. 교육을 담당하는 학교, 가정, 학원에서는 잘한 행동에는 상을 주고 못한 행동에는 벌을 준다. 말을 잘 들으면 어른의 권력으로 아이들이 좋아하는 놀이, 영상을 보여주기도 하고 잘못한 행동에는 반성문이나 벌점, 타임아웃을 준다. 요즘은 벌이 학대 문제로 야기될 소지가 있기에 벌보다는 보상으로 행동변화를 시키려 한다.

보상은 어떤 것에 대한 대가이다. 어떤 것에 대한 대가를 위해 행동을 하도록 하는 훈련이 보상교육이다. 아이들 스스로 내면이 원하는 방향으로 행동을 하게 하는 내적 보상은 약이 되고 부모와 교사들이 원하는 방향에 맞게 행동을 하게 하는 물질적인 외적 보상은 독이 된다.

동기이론으로 예를 들어보자. 과제를 해야 하는 이유가 내 안에서 발생되는 내적 동기와 과제를 해야 하는 이유가 외부에서 발생

되는 외적 동기가 있다. 내적 동기가 있는 아이는 책 읽는 자체가 너무 즐거워서 계속 책을 읽게 되고, 외적 동기가 있는 아이는 스티커를 받기 위해 책을 읽으니 일시적인 읽기가 될 수 있다. 우리가 사용하는 보상(칭찬, 선물, 스티커 등)은 주로 외적 동기에 속한다.

내 마음 깊은 곳에서 우러나서 어떤 행동을 하고 싶은 것이 아니라, 무언가를 얻기 위해서 행동을 하게 된다. 책 읽는 것 자체가 좋아서 즐겁게 책을 읽는 아이는 내적 동기로 가득 찬 상태이다. 이를 지켜보던 엄마가 책을 읽는 대가로 칭찬 스티커를 준다거나 맛있는 간식을 준다. 외적 보상을 받은 아이는 책을 읽을 때마다 엄마의 반응을 살피다가 외적 보상이 없으면 책을 읽고 싶은 내적 동기가 사라지게 된다.

마음속에 내적 동기가 있으면 그 자체가 원동력이 되지만 외적 보상에 대가를 바라고 있으면 점차 내적 동기는 사라지고 외적보상이 약해지거나 끊어지면 수행 과제에 흥미를 잃어버린다. 아이들은 외적 보상을 주는 권위자의 눈에 띄도록 행동을 과장하거나 보이는 앞에서만 나타내기도 한다.

스스로 내면의 욕구에 의해 자신의 삶을 주체적으로 이끌지 못하고 외부에서 주어지는 물질적 보상에 따라 움직이던 아이는 물질적 보상이 자신의 삶에 아무런 영향을 미치지 못할 때 공허감을 느끼고 불행하기까지 한다.

나는 아이에게 행동을 실천함으로 인해 얻게 되는 만족감, 성취감, 즐거움 등의 내면에서 유발되는 동기가 보상이 되는 환경을 주려고 노력했다. 엄마 품을 점차 벗어나 외적 보상을 교육으로 활용하는 사회 경력이 많아지니 독이 되는 보상을 이용한 거래를 제안했다. 책 읽으면, 정리하면, 숙제하면 등의 무엇인가를 하면 본인에게 무엇을 해줄 것이냐며 묻는 횟수가 늘어났다.

예를 들면 친구들은 받아쓰기 100점 맞으면 엄마에게 선물 받는다며 불만 섞인 목소리로 받아쓰기 100점을 3번 맞으면 원하는 장난감을 사달라고 요구한다. 아이가 거래를 제안할 때나 학교담임 교사가 바른 행동과 말을 하면 스티커를 주고 스티커를 다 채우면 선물을 준다며 좋아할 때 변함없이 아이에게 들려주는 말이 있다.

"너의 주인은 누구니? 엄마나 선생님의 노예가 될 참이니? 물질적인 만족을 채우기 위해 하는 행동이라면 하지 말아라."

"받아쓰기 100점 맞는 아이보다 자기 생각을 글로 표현하는 아이였으면 좋겠다. 받아쓰기를 100점 맞기 위해 기계적인 팔 운동을 하는 것보다 너의 생각을 아름다운 우리 글로 표현할 줄 아는 지혜로운 아이가 되기를 바라."

받아쓰기 100점 맞아서 뿌듯함 자체가 약이 되는 내면 보상이고 부모에게 받는 물건은 독이 되는 외적 보상이다.

외적 보상은 뇌물이 오고가는 사회를 만드는 데 주요 역할을 한다. 어릴 때부터 '네가 무엇을 하면 내가 무엇을 줄게'의 메시지를 반복해서 주게 되면 성인이 되어서도 '내가 무엇을 해주면 넌 무엇을 줄 거니?'의 생각 습성을 가지게 된다. 무엇을 하면 무엇을 주는 행위가 공적인 일에 일어나면 뇌물이 된다.

물질적인 보상을 위해 거래를 하는 아이로 자라지 않기를 당부한다. 권위자의 노예로 살지 않기를 당부한다.

헝가리의 교육심리학자 폴가는 천재성을 이끌어 내는 가장 큰 힘은 동기 유발이라고 보았다. 지극히 평범한 아이를 천재를 만들 수 있을까?라는 호기심으로 천재 만들기 실험용 아기를 낳아줄 지극히 평범한 여자를 구한다는 이색광고를 냈다. 결혼을 하고 아이를 낳았다. 여자는 선천적으로 체스를 못한다는 고정관념이 팽배해 있던 시대에 첫 딸에게 체스를 가르쳤다. 호기심 가득한 아이가 다가와 체스를 만지면 '좀 참아, 이렇게 재밌는 건 좀 더 커야만 할 수 있단다'라고 말했다고 한다. 아이가 도저히 하고 싶어 못 견디고 마구 울면 그제야 조금씩 알려주었다고 한다. 세 딸 모두 세계 체스 최고의 명인이 되었다.

교육은 변화를 이끌어내는 과정이다. 변화에는 동기 유발이 핵심이다. 폴가의 세 딸이 체스 최고의 명인이 될 수 있었던 것은 내적 동기가 일도록 하는 환경이었고, 내적 동기에 대한 보상은 그것을 함으로 인해 느껴지는 내면에 있었다. 예를 들면 체스를 하고 싶었던 마음으로 체스를 즐겼고, 그로 인해 대회에 나가 상을 받고 명인이 되는 과정에서 성취감·만족감 등이 보상이 된 것이다.

독서 습관에도 동기 유발이 핵심이다. 부모는 내적 동기가 일도록 동기 유발을 할 수 있는 환경을 만들어주고 보상은 책을 읽음으로 얻어지는 자신의 내면으로 보상을 받게 하면 된다.

가장 먼저 우리가 많이 선택하고 있는 외적 보상을 멈추어야 한다. 책을 읽는 주인이 아이가 되어야 하고 보상은 책을 읽는 기쁨과 지적 호기심을 채우는 자기만족이어야 한다.

책을 잘 읽지 않는 아이들의 부모 양육 태도를 살펴보면 책 좀 읽으라는 잔소리가 많거나 외적 보상으로 마치 제발 책을 읽어달라고 구걸하는 수준이다.

책 좀 읽으라는 잔소리를 듣는 아이의 마음을 들여다보자. 부모 입장에서는 책을 읽지 않기에 잔소리를 하지만 아이는 책 읽기가 즐겁지 않아서 읽지 않는다. 스스로 좋아서 하는 것이 아니라 매일 해야 하는 숙제처럼 인식을 하고 있는 상황에서 책을 읽어야 하는 마음만 있고 행동으로 실천하고자 하는 의지는 없다. 누군가가 책 읽으라고 한다면 하려고 했더라도 하기 싫은 마음이 든다. 좋아하는 것을 하려고 하는데 하라고 하면 더 신나게 할 수 있지만, 별로 하고 싶지 않을 일을 하려고 하는데 하라고 하면 더 하기 싫어진다. 책 읽기가 매일 하는 숙제처럼 하기 싫은 일이라면 잔소리로 인한 책 읽기는 숙제를 넘어 노동이 된다.

나는 독서 습관에 동기 유발을 활용한 덕을 톡톡히 보았다. 아이가 책을 읽어달라고 할 때도 폴가처럼 '좀 참아. 좀 더 커서 읽자'라는 말을 했다. 독서를 놀이처럼 즐겁게 하는 지금도 책을 읽는 목적이 권수를 채워 칭찬받기 위해서라면 책 읽지 말라고 혼낸다. 책을 읽는다는 것은 다른 사람의 생각을 읽고 너의 생각을 키운다는 것인데 글자만 읽는 책 읽기만 하는 건 시간 낭비이니 차라리 그 시간에 잠을 자라고 나무란다. 아이는 엄마가 책 읽지 말라는 말을 가장 큰 벌이라 생각한다.

독서 습관을 위해 부모가 정한 권수의 책을 채우면 용돈 보상을 사용하는 가정도 있다. 보상은 익숙해지면 보상이 아니다. 예를 들면 한 달에 30권을 읽으면 3,000원을 준다는 보상을 사용했다면 처음 3,000원을 받을 때는 받는 기쁨과 받고 싶은 의욕이 생긴다. 계속 지속되어 3,000원 받는 것에 익숙해지면 당연한 일이 일어나는 일상이 된다. 더 큰 보상이 주어질 때는 또 의욕이 생기고 기쁨이 생긴다. 책 읽기의 보상이 외부에서 오는 것이라면 외부의 자극의 강도가 점점 높아져야 한다. 보상으로 책 읽는 습관이 생긴 것처럼 보여도 보상이 사라지면 행동도 사라질 가능성이 크다.

만약에 돈을 외적 보상을 주고 싶다면 자선이 되도록 하자. 예를 들면 한 달에 책 30권을 읽으면 3,000원을 주겠다. 3,000원은 어려운 이웃을 돕기 위한 기부금으로 사용하자. 아이가 책을 읽는 행위는 자선을 베풀게 된다. 독서를 하는 목적 중에 하나가 나눔이다. 지혜를 키우고 나누어서 더 나은 세상을 만들어가는 독서의 목적을 경험하는 데 보상을 사용하면 부모는 외적 보상을 이용하지만 아이에게는 내적 보상이 된다. 외적 보상을 사용하더라도 내적 동기를 유발하기 위한 마중물로만 일시적으로 사용을 하면 좋겠다.

예를 들면 책을 읽지 않는 아이이게 책을 읽는 행동을 이끌어내기 위해 용돈, 스티커 등의 보상을 사용한다. 책 읽기는 싫지만 보상을 받기 위해 책 읽는 행동이 시작된다. 책을 읽다 보니 재미있어서 책 읽는 습관이 되는 아이들도 있다. 외적 보상이 책 읽는 즐거움을 맛보는 마중물이 되어 독서 습관이 자리 잡힌 좋은 결과다.

가정에서 쉽게 실천하여 큰 효과를 볼 수 있는 동기 유발 환경들이 있다.

아이가 책을 읽고 있으면 부모의 표정이 밝아지고 마음은 뿌듯해진다. 부모의 마음이 뿌듯해지면 아이를 대하는 말과 행동이 부드러워진다. 아이가 책을 읽을 때 부모의 표정으로 보상을 하게 되면 책 읽는 겉모습만 흉내내는 독서가 될 수 있다. 읽기만 하는 독서를 하게 될 가능성이 높다. 아이의 책 읽는 모습은 제3자를 통해 흘려 격려하기를 앞에서 언급했다. 아이가 책을 읽는 행위에는 무반응을 보이고 아이가 책을 읽은 것을 생각으로 표현할 때는 표정이 밝아진다. "독서를 통해 너의 생각을 키워가는 모습을 보니 든든하구나"의 메시지를 준다. 부모의 메시지가 책을 읽고 생각을 표현하게 하는 동기 유발의 환경이 되어 말도 잘하게 되고 생각하는 독서 습관이 자리 잡는다.

아이가 책에서 얻은 역사적 지식을 말할 때는 아이를 통해 배우게 된다. 아이의 가르침을 환영해주는 일도 내적 보상이다. "엄마가 몰랐던 역사적 사실을 네가 가르쳐줘서 고맙다. 엄마의 역사 선생님이 되어 줄래" 등의 말들이 독서하는 아이의 마음을 춤추게 한다.

책 읽는 행위에 칭찬을 하기보다 책을 읽고 대화를 하면서 '책을 읽으니 지식이 많아지는 것'을 축하하고 '대화 수준이 높아진 것'을 격려하고 '서로 존중하는 인격체로 대화를 하는 경험'을 통해 성취감·존중감이 생기게 하여 동기 유발 환경을 제공하자.

아이가 재미있게 읽을 수 있는 책을 검색하고 준비해주는 것도 지적 호기심을 채우는 환경이 된다. "네가 재미있게 읽었던 책을 쓴 작가가 쓴 책이 또 있구나, 엄마가 예전에 읽었던 책인데 재미있었던 기억이 있어 너도 한번 읽어 볼래? 네가 좋아하는 모험소설을 구해 왔단다" 등의 엄마의 따뜻한 배려와 사랑이 보상이 된다. 독서를 하다보면 책 속에 책이 있다는 말을 경험하게 된다. 재미있게 읽고 있는 책 속에 읽고 싶은 책이 소개되어 있다. 스스로 책을 구입해서 읽을 수 있을 때까지는 읽고 싶은 책을 채워주는 환경도 필요하다.

책을 읽고 내적 보상이 생기면 책 먹는 아이가 된다. 매일매일 보상을 받으며 책을 통해 지성을 키우게 되고 그런 모습은 주위의 부러움을 산다. 부러움을 느끼는 아이는 책 읽는 행위가 자긍심이 된다. 자기의 생각을 말하는 데 자신감이 된다. 스스로 뿌듯해하면서 지적 성장을 즐기는 독서하는 아이의 모습을 바라보는 부모의 마음은 밥 안 먹어도 배부르다는 속담을 경험하게 된다.

식책탁을 활용하라

사람이 눈에서 멀어지면 마음도 멀어진다고 한다. 사람은 서로 눈으로 보고 살 부딪히며 생활해야 미운 정이든 고운 정이든 들게 마련이다. 부모 자녀와의 관계도 서로 눈으로 보고 살 부딪히는 시간이 많을수록 사랑이 깊어진다. 요즘은 가족 구성원 모두가 바빠서 얼굴 보고 살 부딪히며 생활할 시간이 줄어들고 있다. 가족 간 사랑의 질과 크기가 사회적 관계를 형성해가는 데 영향을 주기에 가족이 함께하는 시간이 절대적으로 필요하다. 바쁜 일보다 중요한 일을 먼저 하자.

식책탁은 식탁과 책상의 합성어다. 식책탁의 기능은 가족이 얼굴보고 살 부딪히며 생활하는 공간이다. 대개의 가정에는 식탁과 책상이 따로 있다. 아이가 초등학교 입학할 때쯤 아이 책상도 따로가 된다. 식책탁 효과를 알게 된 것은 이사로 인한 우연에서였다.

딸아이가 초등학교에 입학할 때 이사를 하게 되었다. 이사를 할 때마다 필요 없는 짐이 많다는 것을 깨닫게 된다. 심플하게 살기 위해 가구와 짐을 정리하기로 했다. 쇼파, 식탁, 아이 가구 등을 정리하고 책만 가득 싸서 이사를 했다.

이사를 하기 전 우리 가족의 생활은 식탁에서 각자의 속도로 식사 후 자기 일을 하기 위해 각자 책상으로 흩어졌다. 각자의 공간에서 조용히 입을 닫고 엄마는 독서와 메모, 아빠는 컴퓨터나 TV 시청, 아이는 숙제 및 공부 등 각자의 일을 했다. 한집에 살고 있지만 각자의 삶을 살아가는 개인이었다.

아침은 더 개인적인 생활이다. 하숙생들처럼 각자 일어나야 할 시간에 일어나고, 준비를 하고 차려진 밥을 먹고, 각자의 시간을 위해 집을 나선다. 하루의 생활을 살펴보니 가정은 각자의 작은 공간이 모인 건물구조일 뿐이다. 청소년 문제가 심각해지고 나라 전체가 우울감을 안고 있다는 소식을 접할 때마다 원인이 무엇일까를 생각해본다. 가정의 기능이 사라지고 있는 것도 원인 중 하나이지 않을까라는 결론에 도달한다. 가족도 함께보다는 개인의 삶을 산다. 함께하는 시간이 줄어들면서 행복감이 줄어들고 우울감이 늘어난다.

이사 후에 부엌에 있어야 할 식탁을 거실 가운데 놓았다. 소파는 치우고 거실 벽면은 책장이 자리했다. 거실 유리창 쪽에는 식물들을 가득 놓아두었다. 거실이라기보다는 도서관 같았다.

식탁과 책상을 함께 사용해야 하는 식책탁뿐이었으니 각자의 생활을 위해 모일 수밖에 없었다.

식사 후 음식을 정리해야 책상으로 쓰게 된다. 가족이 음식을 먹을 때까지 자리에 앉아 있게 되니 자연스럽게 대화를 하게 된다. 식사 후에는 책상으로 활용되니 각자 해야 할 일을 하기 위해 모이게 된다. 한 책상에서 각자 일을 하는 것을 함께한다고 할 수 있을까 의문이 생길 수도 있지만 실행해보면 가능이 된다.

식책탁 활용의 효과 첫 번째는 대화가 많아진다.

각자의 일을 하지만 옆 사람이 하는 일을 눈으로 보니 관심이 생긴다. 관심은 질문을 끌어내고 질문은 대화의 시작이 된다. 또 옆에 사람이 있으니 각자 일을 하다 대화가 쉬워진다. 아이가 펼쳐놓은 교과서를 보다가 엄마의 학창 시절이 떠오르기도 하고 엄마가 책에 줄 긋고 색칠하고 메모하는 모습에 관심이 생기기도 한다.

예를 들면 아이는 일기를 쓰다가 학교생활에서 중요한 사건을 이야기하고 싶었는지 "엄마! 오늘 학교에서 무슨 일이 있었는지 아세요?"라며 대화의 문을 연다. 엄마, 아빠는 하던 일을 잠시 멈추고 아이의 말을 들을 수밖에 없고 아이의 말에 각자의 생각과 마음을 주고받으며 대화를 한다. 대화가 잠시 이어지다가 다시 각자의 일에 집중한다.

두 번째는 정이 든다. 사랑이 깊어진다.

한곳에 모여 함께하니 가족이 하는 일에 관심이 생긴다. 관심은 서로를 알아가는 시작이다. 각자에게 어떤 일이 일어나고 있는지 알게 되면 위로, 격려, 조언을 함께 나누게 되니 관심과 사랑이 깊어진다. 세계 곳곳에 영향력 있는 유대인들의 힘은 식탁에서 나온다는 말을 이해하게 된다. 아이가 게임을 하더라도 식책탁에서 함께하도록 하자. 게임을 그만하라는 잔소리는 아이를 숨어서 하게 만들고 통제는 더 갈망하게 만든다. 아이가 게임을 하면서 무심결에 내뱉는 단어가 대화의 시작이 된다.

"아~이씨"

"지고 있니? 게임 상황을 중계 좀 해줘. 궁금해."

대화를 함께 나누면 오히려 게임을 즐기는 도구로 활용한다.

세 번째는 소통이 자유롭다.

서로를 이해하는 시간이 많아지니 마음이 통하게 된다. 마음이 통하면 행복이 흐르게 된다. 함께하는 시간이 행복해지니 점점 더 함께 있는 시간이 늘고 대화가 늘었다. 식책탁이 없을 때는 의견을 나누어야 할 만큼 특별한 일이 아니면 조용한 가정이었다. 대화는 가정생활을 운영하기 위한 도구였고 심각해지면 싸움으로 끝이 났다. 대화가 길어지면 싸움이 되니 가급적 대화하는 시간을 만들지 않으려 했다. 각자 일에 충실할 때는 가족이 함께 있어도 외롭고 우울했다. 행복하기 위해 무엇인가를 찾아 일을 만든다. 식책탁이 소통의 장이 되니 행복을 찾아 밖으로 헤매고 다니지 않게 되었다.

네 번째는 독서가 깊어진다.

식책탁에서 우리 모녀가 가장 많이 하는 일이 독서다. 엄마가 좋아하는 놀이는 독서와 글쓰기이고 딸이 가장 좋아하는 놀이는 독서다. 식책탁에서 독서하는 시간이 많다.

딸아이는 엄마가 읽고 있는 책 제목을 유심히 본다. 제목을 통해 엄마의 생각이 머무는 곳을 유추한다. 반대로 읽고 있는 책을 통해 아이의 생각이 잠시 쉬어가는 곳을 알게 된다.

독서가 깊어지는 건 대화 덕분이다. 읽다가 놀랍거나 신기하거나 감명 받은 곳에서 서로 입을 열어 대화를 한다. 대화는 이성을 꽃 피우는 불씨다. 좋은 글과 생각을 대화로 나누니 독서가 깊어진다.

엄마가 독서 후에 독서 노트를 쓰는 것을 보는 아이는 독서 일기 쓰는 일이 자연스럽다. 책을 쓴 작가의 생각에 대한 나의 생각정리는 생각과 대화의 재료가 된다.

사교육을 왜 하지 않느냐는 질문을 많이 받는다. 이유는 여러 가지지만 가족끼리 식책탁에서 나누는 행복을 사교육에 뺏기고 싶지 않은 이유도 있다. 사람들은 자주 보는 모습이 익숙해질 수밖에 없다. 텔레비전을 보는 부모의 모습을 자주 본다면 텔레비전이 익숙해지고 각자의 공간에서 할 일을 하는 모습을 자주 본다면 외로움이 익숙해진다.

아무리 조용한 가족이더라도 함께 모이면 말을 더 많이 하게 된다. 무엇이든지 하면 할수록 늘어나는 것처럼 대화도 그렇다. 대화가 늘면 덩달아 늘어나는 것이 많다. 처음에는 낯설고 서툴러서 함께 있는 시간이 어색할 수도 있다. 처음이 없는 시작은 없다. 모든 일에 시작은 서툴고 어색한 것이 당연하다.

지금은 또 한 번의 이사로 식책탁을 거실에 두지 못했지만 가족이 함께 모여 가족 에너지 버스 운행하며 가족 사랑을 키워가는 중이다. 가족 에너지 버스가 궁금하다면 존 고든의《에너지 버스》라는 책을 읽어보면 도움을 받을 수 있다. 그 책을 읽고 우리 가족에 맞게 만들어낸 우리 가족의 식책탁 활용 문화다.

식책탁을 가정의 행복을 살리는 좋은 도구로 활용하면 좋겠다.

불행한 삶에서 행복한 삶의
징검다리가 되어준 책 읽기

책 읽는 삶을 살기 전까지는 살아온 삶이 불행한 삶이었음을 몰랐다. 불행한 삶인지도 모르고 애를 쓰며 산 내 모습이 애처롭기까지 하다.

가난했고 책을 읽지 않는 부모님이셨지만 자식을 잘 키우고 싶은 마음을 가지신 부모님 사랑으로 자랐다. 예쁜 옷은 못 입었지만 벌거벗고 다니지는 않았다. 고급요리는 못 먹었지만 삼시세끼 밥은 먹었다. 사회가 정해놓은 순서에 따라 성실히 살았다. 앞만 보고 열심히 살면 성공할 거라는 믿음으로 쓸 수 있는 애를 다 쓰며 앞만 보고 달렸다. 행복하지도 불행하지도 않은 삶이었고 미래의 행복을 위해 오늘을 희생하는 것은 당연하다는 마음으로 살았다. 다람쥐가 쳇바퀴를 돌리는 모습이 귀엽기도 하지만 계속 보고 있으면 불쌍하다는 생각이 든다. 다람쥐가 쳇바퀴를 돌리는 모습이 책을 읽기 전 내가 살아온 삶이었다.

지나온 삶에 불행하다는 꼬리표를 붙이는 까닭은 불우해서가 아니라 하루 24시간의 선물을 가치 있는 일에 쓰지 못했다는 것도 모르고 열심히 산 모습이 안타깝기 때문이다.

가치 있는 삶!

사람으로 태어났으면 오래 살기만을 소망하지 말고 하루를 살더라도 가치 있게 살아야 한다는 신념을 선물해준 것이 책이다.

성공에도 가치로운 성공이 있다는 것을 깨닫게 해준 것도 책이다.

지금의 희생이 미래의 행복이 아니라 지금 순간에 감사하며 사는 것이 행복이라는 것을 느끼게 해준 것도 책이다.

부모가 되었으면 부모 자신의 인생이 먼저가 아니라 자식을 위해 가릴 줄 아는 삶을 살 줄 알아야 한다는 가르침을 준 것도 책이다.

나를 낳아주신 부모가 어떤 모습이었든 최선이었으니 탓하지 말고 감사한 마음을 가져야 한다는 채찍을 준 것도 책이다.

부모로부터 받은 정서적 허기로 삶을 이겨내지 못하고 죽고 싶다는 마음이 들 때 세상 사람들의 이야기로 살아갈 용기를 전해준 것도 책이다.

가슴 뛰는 일을 찾아라, 좋아하는 일을 해라, 하고 싶은 일을 하라는 말을 이해하지 못하고 방황할 때 꿈을 품게 한 것도 책이다.

나에게 주어진 모든 것은 욕심을 채우기 위한 것이 아니라 다른 사람들에게 나누기 위함이라는 선한 영향력의 삶의 지혜를 준 것도 책이다.

내 입에서 나오는 말이 불만, 불행을 품은 가시였다는 것을 보게 하고 사람을 세우고 살리는 말의 힘이 있다는 것을 알게 한 것도 책이다.

책을 읽고 글을 쓰는 삶은 가치로운 삶을 살아가도록 포근히 때로는 아프게도 하지만 항상 친절히 알려주었다.

가장 좋은 것을 자식에게 주고 싶은 것은 부모의 마음이다.

나는 부모다.

내가 가진 가장 좋은 것은 독서 습관이다.

부모로서 가장 좋은 것을 자식에게 안 줄 이유가 없다.

세상에서 가장 아름다운 교육은 생각력을 키우는 독서 교육이다.

다람쥐 쳇바퀴 돌리는 것처럼 좁은 다람쥐 집처럼 좁은 세상에서 같은 일을 반복하고 있는 세상의 다람쥐들이 어느 날 자신의 모습을 보게 되었을 때 너무 슬퍼하지 않기를 바란다.

부모의 강요에 의해 쳇바퀴를 돌리는 다람쥐들이 삶의 의미를 잃어버리고 죽음을 선택하는 일이 없기를 바란다.

삶의 의미를 잃어버리게 하는 것이 부모의 역할이 아니라 삶의 의미를 갖게 하는 것이 부모의 역할이라는 것을 빨리 알아차리기를 바란다.

독서 교육은 책 많이 읽기가 아니라 생각력을 키우는 독서를 통해 자신을 바로 세우고 가정을 바로 세우고 나라를 바로 세우기다.

사람들의 생각이 바로 서면 삶이 바로 선다. 국민의 개인의 삶이 바로서면 나라가 바로 서게 된다.

자녀들의 생각을 바로 세우기 위해서는 부모 생각이 바로 서야 한다. 부모의 생각이 바로 서면 자녀의 생각이 바로 서고 가족이 건강해진다.

국민 모두가 독서로 가치 있는 삶의 행복한 주인이기를 바란다.

나는 독서로 행복한 삶을 디자인 하는 독서 라이프 코치다. 많은 사람들이 자신의 행복을 디자인하는 독서 라이프 코치가 되기를 희망하며 이 책을 세상에 내놓는다.

아이의 생각력을
키우는 독서교육

초판 1쇄 인쇄 _ 2018년 11월 20일
초판 1쇄 발행 _ 2018년 11월 25일

지은이 _ 김지영
펴낸곳 _ 바이북스
펴낸이 _ 윤옥초
책임 편집 _ 김태윤
책임 디자인 _ 이민영

ISBN _ 979-11-5877-068-6 03810

등록 _ 2005. 7. 12 | 제 313-2005-000148호

서울시 영등포구 선유로49길 23 아이에스비즈타워2차 1005호
편집 02)333-0812 | 마케팅 02)333-9918 | 팩스 02)333-9960
이메일 postmaster@bybooks.co.kr
홈페이지 www.bybooks.co.kr

책값은 뒤표지에 있습니다.
책으로 아름다운 세상을 만듭니다. — 바이북스